John Steinbeck

El autobús perdido

John Steinbeck

El autobús perdido

Traducción de
Federico y Antón Corriente

Nørdicalibros
JOHN STEINBECK
BIBLIOTECA

Título original:
The Wayward Bus

C/ Doctor Blanco Soler, 26 · 28044 Madrid
Tlf: (+34) 91 705 50 57
info@nordicalibros.com
Primera edición: febrero de 2021
Tercera edición: septiembre de 2025
ISBN: 979-13-87563-59-2
Depósito Legal: M-19709-2025
IBIC: FA
Thema: FBA

Impreso en España / *Printed in Spain*
Imprenta Kadmos
Salamanca

Diseño de la colección: Filo Estudio
Maquetación: Diego Moreno
Corrección ortotipográfica: Victoria Parra y Ana Patrón

PARA GWYN

I pray you all gyve audience,
And here this mater with reverence,
By figure a morall playe;
The somonynge of Everyman called it is
That of our lives and endynge shewes
How transitory we be all day.
EVERYMAN[1]

[1] Ruego me escuchen todos / y oigan con reverencia esta cuestión / en forma de comedia moral; / que la llamada de Everyman lleva por nombre / y de nuestras vidas y su final muestra / cuán pasajeros seremos siempre. *(Todas las notas de esta edición son de los traductores).*

CAPÍTULO 1

A sesenta y siete kilómetros al sur de San Ysidro, yendo por una gran carretera que va de norte a sur en California, se llega a un cruce de caminos que desde hace unos ochenta años recibe el nombre de Rebel Corners. De aquí sale hacia el oeste y en ángulo recto una carretera rural que, pasados setenta y ocho kilómetros, enlaza con otra carretera de norte a sur que va desde San Francisco a Los Ángeles y, por supuesto, a Hollywood. Todo aquel que quiera ir desde el valle del interior hacia la costa en esta parte del estado tiene que tomar la carretera que arranca de Rebel Corners, va serpenteando entre montes y algo de desierto y atraviesa tierras de labranza y montañas hasta que, por fin, alcanza la carretera costera, justo en plena ciudad de San Juan de la Cruz.

Rebel Corners recibió su nombre en 1862. Se cuenta que una familia, de apellido Blanken, tenía una herrería en el cruce de caminos. Los Blanken y sus yernos eran paisanos de Kentucky, pobres, ignorantes, orgullosos y violentos. Como no poseían muebles ni propiedades, vinieron del este con lo que tenían: sus prejuicios y su política. No eran dueños de esclavos, pero aun así estaban dispuestos a vender caras sus vidas en defensa del libre derecho a poseerlos. Al comenzar la guerra, los Blanken hablaron de volver a atravesar el inconmensurable oeste para luchar por la Confederación, pero el camino era muy largo, lo habían recorrido ya una vez y estaba demasiado lejos. Y así fue como, en una California en la que predominaba el apoyo al norte, los

Blanken llevaron a cabo su propia secesión de ciento sesenta acres y un taller de herrería, separándose de la Unión e integrando Blanken Corners en la Confederación. También se dice que cavaron trincheras y abrieron vanos estrechos para los rifles en los muros del taller, con el fin de defender aquel islote rebelde de los odiados yanquis. A todo esto, los yanquis, que en su mayoría eran mexicanos, alemanes, irlandeses y chinos, lejos de atacar a los Blanken, se sentían más bien orgullosos de ellos. Los Blanken nunca habían vivido tan bien, pues el enemigo les traía pollos, huevos y salchichas de cerdo en época de matanza, gracias a que todo el mundo pensaba que, sin reparar en la causa, semejante valor merecía un reconocimiento. El lugar recibió el nombre de Rebel Corners y lo ha conservado hasta hoy.

Después de la guerra los Blanken se volvieron vagos, llenos de odios y agravios, y surgieron pleitos entre ellos, como sucede con todas las naciones derrotadas, de modo que al evaporarse con el fin de la guerra el orgullo que inspiraban, la gente dejó de llevarles los caballos a herrar y los arados para cambiarles la punta. Al final, lo que no pudieron hacer los ejércitos de la Unión por la fuerza de las armas lo hizo el First National Bank of San Ysidro extinguiendo su derecho a redimir la hipoteca.

Ahora, cosa de ochenta años después, nadie recuerda gran cosa de los Blanken salvo que eran gente muy orgullosa y muy desagradable. A lo largo de los años siguientes la propiedad cambió de manos muchas veces antes de ser incorporada al imperio de un magnate de la prensa. La herrería ardió, fue reconstruida y volvió a arder, y lo que quedó fue convertido primero en taller mecánico con surtidores de gasolina, luego en tienda-restaurante-taller y además estación de servicio. Cuando Juan Chicoy y su mujer lo compraron y obtuvieron la licencia para hacerse cargo de un servicio de transporte público entre Rebel Corners y San Juan de la Cruz, se convirtió en todas esas cosas, y por añadidura, en estación de autobuses.

Los rebeldes Blanken, por la vía del orgullo y de una facilidad para darse por ofendidos que constituye la piedra de toque de la ignorancia y la pereza, desaparecieron de la faz de la Tierra, y nadie recuerda qué aspecto tenían. Rebel Corners, sin embargo, es bien conocido, y a los Chicoy se los quiere bien.

Detrás de los surtidores de gasolina había un pequeño comedor con una barra y banquetas fijas redondas, así como tres mesas para aquellos que quisieran comer con algo más de ceremonia. Estas no se usaban a menudo, pues la costumbre era dejar propina a la señora Chicoy si le servía a uno en la mesa, y no dejarla si lo hacía en la barra. En el primer estante tras la barra había bollos dulces, caracolas y rosquillas; en el segundo, sopas enlatadas, naranjas y plátanos; en el tercero, cajas individuales de copos de maíz, de arroz, Grape-Nuts y otros cereales maltratados. En uno de los extremos, detrás de la barra, había una plancha; al lado de la plancha, un fregadero, grifos de cerveza y soda junto a este, recipientes de helado junto a los grifos, y sobre la barra misma, entre los servilleteros, las ranuras para las monedas de la gramola, la sal, la pimienta y el kétchup, estaban a la vista los pasteles bajo grandes cubiertas de plástico. Las paredes, donde les quedaba espacio libre, estaban abundantemente decoradas con calendarios y carteles que mostraban a unas chicas radiantes e inverosímiles con pechos enormes y sin caderas, rubias, morenas y pelirrojas, pero todas con el mismo busto muy desarrollado, de modo que un visitante de otra especie quizá dedujera a partir de las obsesiones del artista que la capacidad de procreación residía en las glándulas mamarias.

Alice Chicoy, es decir, la señora de Juan Chicoy, que se afanaba entre aquellas chicas deslumbrantes, tenía las caderas anchas, el pecho caído y caminaba bien erguida sobre los talones. No sentía celos en absoluto de las chicas de los calendarios y de la Coca-Cola. Nunca había visto a ninguna que se les pareciera, y no creía que nadie más hubiera visto tal cosa. Freía sus huevos y hamburguesas, calentaba sus sopas de lata, tiraba cerveza, sacaba helado con su cuchara de helado, y antes de que se hiciera de noche le dolían los pies, cosa que le ponía irritable y de mal humor. Según iba pasando el día, se le iban aflojando los rizos planchados del pelo, de manera que le colgaba húmedo y grasiento sobre la cara; primero lo apartaba con la mano, para luego acabar soplando para quitárselo de los ojos.

Junto al comedor había un garaje reconvertido a partir del último de los talleres de herrería, con el techo y las vigas todavía ennegrecidos por el hollín de la antigua fragua, y era aquí donde oficiaba Juan Chicoy cuando no conducía el autobús entre Rebel Corners y San Juan de la Cruz. Era un hombre bien plantado, Juan Chicoy, medio mexicano y medio irlandés, rondando los cincuenta años de edad, con unos ojos negros de mirada penetrante, una buena mata de pelo y un rostro moreno y hermoso. La señora Chicoy estaba locamente enamorada de él, y también le temía un poco, pues era un hombre, y hombres no había muchos, como tenía comprobado Alice Chicoy. Hombres no hay muchos en ninguna parte del mundo, como comprueba todo el mundo tarde o temprano.

En el garaje, Juan Chicoy arreglaba neumáticos pinchados, sacaba el aire que bloqueaba los conductos del combustible, limpiaba el polvo duro como el diamante de los carburadores atascados, colocaba diafragmas nuevos en bombas de gasolina con forma de tubérculo y hacía todas esas pequeñas cosas de las que el público aficionado al mundo del motor no sabe nada en absoluto. A estas cosas se dedicaba salvo entre las diez y media y las cuatro; era durante ese tiempo cuando conducía el autobús, llevando a San Juan de la Cruz a los pasajeros que dejaban en Rebel Corners los grandes autobuses Greyhound y trayéndolos de vuelta desde San Juan de la Cruz a Rebel Corners. Aquí los recogía el Greyhound que salía hacia el norte a las cuatro y cincuenta y seis minutos, o bien el que iba al sur a las cinco y diecisiete.

Durante las ausencias del señor Chicoy por estar de ruta, de sus tareas en el garaje se iban encargando una serie de mozos precoces o jóvenes inmaduros, que venían a ser más o menos aprendices. Ninguno de ellos duraba mucho. Los clientes desprevenidos que llegaban con el carburador sucio no podían imaginar el destrozo que dichos aprendices eran capaces de hacerle a un carburador, y mientras que el propio Juan Chicoy era un mecánico magnífico, sus aprendices solían ser adolescentes gallitos que pasaban el rato entre una y otra faena metiendo monedas en la gramola del comedor y armando trifulcas de poca monta con Alice Chicoy. Estos jóvenes se veían llamados constantemente a la búsqueda de oportunidades, que los atraía siempre hacia el sur, a Los Ángeles y, cómo no, a Hollywood, donde con el tiempo acabarán por congregarse todos los adolescentes del planeta.

Tras el taller había dos pequeñas casetas anexas con enrejados, en una de las cuales se leía «Caballeros» y en la otra «Señoras». A cada una de ellas se llegaba por un sendero, uno de los cuales rodeaba el taller por la derecha, y el otro, por la izquierda.

Lo que definía a Corners y hacía que fuera visible a kilómetros de distancia entre los campos de cultivo eran los grandes robles americanos que crecían junto al taller y el restaurante. Altos y gráciles, con troncos y miembros negros, de un verde vivo en verano, negros e inquietantes en invierno, estos robles eran todo un hito en el valle extenso y llano. Nadie sabe si fueron los Blanken quienes los plantaron o si simplemente se asentaron junto a ellos. Lo último parece más lógico, en primer lugar, porque no consta que los Blanken plantaran nada que no se pudieran comer, y segundo, porque los árboles parecían de una edad superior a los ochenta y cinco años. Quizá tuvieran doscientos. Por otra parte, quizá sus raíces se encontraban sobre algún pozo subterráneo, lo cual haría que alcanzaran rápidamente un gran tamaño en aquella tierra semidesértica.

Estos grandes árboles daban sombra a la estación de servicio en verano, así que los viajeros aparcaban debajo de ellos, almorzaban y enfriaban sus motores recalentados. La estación de servicio en sí también era agradable, pintada en tonos vivos del verde y el rojo, con una ancha hilera de geranios que rodeaba por completo el restaurante, geranios rojos y hojas de un verde intenso, densas como un seto. La gravilla blanca que había delante y alrededor de los surtidores se rastrillaba y regaba a diario. En el restaurante y en el taller había método y orden. Por ejemplo, en los estantes del restaurante, las sopas enlatadas, las cajas de cereales y hasta los pomelos estaban dispuestos en pequeñas pirámides, cuatro en el nivel inferior, luego tres, luego dos y uno en equilibrio en la parte superior. Lo mismo se podía decir de las latas de aceite del taller, y las correas de ventilador colgaban ordenadamente de sus clavos, dispuestas según su tamaño. Era un lugar muy bien cuidado. Las ventanas del restaurante estaban protegidas contra las moscas, y la puerta mosquitera se cerraba de un golpe cada vez que entraba o salía alguien. Y es que Alice Chicoy odiaba a las moscas. En un mundo que a Alice no le resultaba fácil de soportar ni comprender, las moscas eran la última y malévola cruz con la que tenía que cargar. Las aborrecía con un odio cruel, y la muerte de una mosca de un golpe de matamoscas, o el que se ahogara lentamente en la capa viscosa de una trampa de papel, era algo que le producía un placer exaltado.

Al igual que Juan solía contar con una serie de aprendices para ayudarle en el taller, Alice contrataba a una serie de chicas para que la ayudaran en el comedor. Estas chicas desgarbadas, románticas y poco agraciadas —las guapas solían marcharse con algún cliente a los pocos días— no parecían contribuir gran cosa en lo que se refiere al trabajo. Extendían la suciedad por todas partes con la ayuda de trapos húmedos y se dedicaban a soñar despiertas mientras hojeaban revistas de cine y suspiraban junto a la gramola. A la más reciente de ellas se le enrojecían los ojos y se acatarraba a menudo. Se dedicaba a escribir cartas largas y apasionadas a Clark Gable. Para Alice Chicoy, todas ellas eran sospechosas de dejar entrar a las moscas. Norma, la recién llegada, había tenido que sufrir muchas veces la lengua viperina de Alice Chicoy a cuenta de las moscas.

La rutina de la mañana en Corners era invariable. Con las primeras luces del día o, en invierno, antes incluso, se encendían las luces del comedor y Alice ponía en marcha la cafetera (una gran efigie plateada, como una especie de divinidad, que en algún futuro periodo arqueológico podría acabar expuesta como objeto de culto de la raza de los barrófilos, que precedieron a los atomitas, quienes, por alguna razón desconocida, desaparecieron de la faz de la Tierra). El restaurante ya estaba acogedor y agradable para cuando llegaban cansinos los primeros camioneros a desayunar. Luego llegaban los vendedores, que se apresuraban hacia las ciudades del sur a oscuras para poder disponer de una jornada de trabajo completa. Los vendedores siempre se fijaban en los camiones y paraban, pues está muy extendida la creencia de que los camioneros son grandes entendidos en materia de café y comidas en la carretera. Una vez había salido el sol, llegaban los primeros turistas en sus propios coches para desayunar y conseguir información sobre sus rutas.

A Norma no le interesaban demasiado los turistas que llegaban del norte, pero los que venían del sur, o los que llegaban por el atajo desde San Juan de la Cruz y que podían haber estado en Hollywood le fascinaban. En cuatro meses, Norma había conocido en persona a quince visitantes que habían estado en Hollywood, a cinco que habían estado en un plató y a dos personas que habían visto a Clark Gable cara a cara. Inspirada por las dos últimas, que llegaron muy seguidas, escribió una carta de doce páginas que comenzaba «Querido señor Gable» y terminaba «Con amor, una amiga». A menudo le estremecía la idea de que el señor Gable pudiera enterarse de que la había escrito.

Norma era una chica fiel. Que fueran otras, las tontilocas con la cabeza a pájaros, las que se dedicaran a perseguir a los advenedizos, a los Sinatra, los Van Johnson, los Sonny Tufts. Incluso durante la guerra, época en la que no se rodaron películas de Gable, Norma se había mantenido fiel y había mantenido vivo su sueño con una foto en color del señor Gable en traje de piloto y con dos cintos de munición del calibre 50 sobre los hombros.

A menudo se burlaba de Sonny Tufts. A ella le gustaban los hombres mayores de rostro interesante. A veces, mientras pasaba el trapo húmedo de aquí para allá sobre el mostrador, sus ojos soñadores quedaban fijos sobre la puerta mosquitera, sus párpados caían poco a poco y se quedaba un momento con los ojos cerrados. Entonces se podía estar seguro de que en el jardín secreto de su mente, Gable acababa de entrar en el restaurante, había perdido el aliento al verla y se había quedado ahí plantado, con la boca ligeramente entreabierta y, en sus ojos, la certeza de que estaba ante la mujer de su vida. Y a su alrededor, las moscas entraban y salían con impunidad.

Nunca fue más allá de eso. Norma era demasiado tímida. Además, no sabía cómo manejarse en casos semejantes. De hecho, para ella la seducción había consistido en una serie de combates de lucha libre en el asiento trasero de un coche con el objeto de conservar la ropa. Hasta el momento había ganado a base de pura concentración. Estaba convencida de que el señor Gable no solo no haría ese tipo de cosas, sino que tampoco le harían gracia si oyera hablar de ellas.

Norma llevaba la ropa de trabajo que vendían en las tiendas National Dollar Stores, aunque, por supuesto, tenía un vestido de satén para las fiestas. Si se miraba atentamente, sin embargo, siempre se podía descubrir algún pequeño toque primoroso incluso en sus ropas de trabajo. Su broche de plata mexicano, una representación de la piedra del calendario azteca, le había correspondido en el testamento de su tía después de que Norma cuidara de ella durante siete meses. Lo que le habría gustado heredar en realidad era la estola de piel de foca y el anillo de perlas barrocas y turquesa, pero acabaron yendo a parar a otra rama de la familia. Norma tenía también un collar de pequeñas cuentas de ámbar, regalo de su madre. Nunca llevaba el broche mexicano y el collar a la vez. Además de lo dicho, Norma poseía dos piezas de joyería que eran de lo más extravagante, y era bien consciente de ello. En el fondo de su maleta tenía un anillo de boda con un baño de oro y un anillo de diamante gigantesco de tipo brasileño, que juntos le habían costado cinco dólares. Solamente se los ponía al acostarse. Por la mañana se los quitaba y los ocultaba en la maleta. Nadie en el mundo sabía que los tenía. En la cama, se quedaba dormida dándoles vueltas sobre el anular de la mano izquierda.

La disposición de las partes dedicadas a vivienda y dormitorios en Corners era sencilla. Directamente detrás del comedor había un cobertizo adosado. La puerta que había al final del mostrador del comedor daba al salón-dormitorio de los Chicoy, en el que había una cama de matrimonio con una colcha bordada, una consola de radio, dos sillones acolchados de más y un sofá —conjunto que recibe el nombre de *suite*— y una lámpara de lectura de metal con una pantalla de vidrio jaspeado verde. A la habitación de Norma se accedía a través de esta, pues Alice tenía la teoría de que a las chicas jóvenes había que vigilarlas un poco y no permitir que se desmandaran. Para ir al cuarto de baño Norma tenía que pasar por la habitación de los Chicoy. O eso, o bien salir por la ventana, lo cual solía hacer a menudo. La habitación del aprendiz de mecánico estaba junto a la de los Chicoy por el otro lado, pero él disponía de una entrada exterior y usaba el cubículo emparrado rotulado «Caballeros» que había detrás del taller.

Era un conjunto agradable de edificios, funcional y agradable. El Rebel Corners de la época de los Blanken había sido un lugar mísero, sucio y de poca confianza, pero aquí los Chicoy habían logrado prosperar. Había dinero en el banco y una cierta seguridad y felicidad.

Esta isla cubierta de grandes árboles se podía divisar a kilómetros de distancia. Nadie tuvo que buscar nunca indicaciones en la carretera para saber cómo llegar a Rebel Corners o a la carretera que iba a San Juan de la Cruz. En el gran valle, los campos de cereales se extendían hacia el este, hasta las estribaciones y las montañas altas, y hacia el oeste terminaban más cerca, en las suaves colinas donde se acurrucaban los robles de Virginia formando islas negras. En verano aquel calor amarillo brillaba, quemaba y refulgía sobre las colinas ardientes, y la sombra de los grandes árboles que cubrían Corners hacían del lugar un rincón buscado y para el recuerdo. En invierno, cuando llegaban las grandes lluvias, el restaurante era un refugio cálido que ofrecía café, frijoles con chile y tartas.

Bien entrada la primavera, cuando la hierba estaba verde sobre los campos y estribaciones del monte, cuando los altramuces y las amapolas pintaban la tierra de espléndidos tonos azulados y dorados, cuando los grandes árboles se despertaban entre hojas nuevas de un amarillo verdoso, no había lugar más bello en el mundo.

No era una belleza que se pudiera ignorar por estar acostumbrado a ella. Te agarraba del cuello por la mañana y causaba un dolor placentero en la boca del estómago al ponerse el sol sobre ella. El olor dulce de los altramuces y de la hierba alteraba el ritmo de la respiración, inducía a jadear de un modo casi sexual. Fue durante una de estas temporadas de floración y crecimiento, aunque antes de la primera luz del alba, cuando Juan Chicoy salió y se dirigió al autobús con un farol eléctrico en la mano. Pimples[2] Carson, su aprendiz de mecánico, venía tras él, trastabillando, soñoliento.

Las ventanas del comedor estaban todavía oscuras. Ni siquiera había comenzado a aparecer un tono gris sobre los montes del este. Era tan de noche que los búhos no habían dejado de ulular sobre los campos. Juan Chicoy se acercó al autobús aparcado ante el taller. A la luz de la linterna tenía el aspecto de un gran globo de ventanas plateadas. Pimples Carson, que en realidad no había despertado aún, se quedó ahí con las manos en los bolsillos, tiritando, no porque hiciera frío, sino por el mucho sueño que tenía.

Una ráfaga suave de viento pasó sobre los campos y trajo el olor de los altramuces y el olor de una tierra que emanaba vida en un arrebato productivo.

---

[2] «Granos».

CAPÍTULO 2

La linterna, con un reflector plano orientado hacia abajo, solo alumbraba bien las piernas, pies, ruedas y la parte de los troncos de los árboles que quedaba cerca del suelo. Cabeceaba y se balanceaba, y la pequeña bombilla incandescente era de un blanco azulado cegador. Juan Chicoy la llevó hasta el garaje, sacó un manojo de llaves del bolsillo del peto, encontró la que abría el candado y abrió las hojas del portón. Encendió la luz superior y apagó la linterna.

Cogió una gorra de mecánico a rayas de su mesa de trabajo. Llevaba un peto Headlight, con grandes botones de latón en la pechera y pasadores a los lados, y por encima del mismo una chaqueta negra de piel de caballo con los extremos de las mangas y el cuello de punto negros. Los zapatos eran duros y de puntera redonda, con unas suelas tan gruesas que parecían infladas. Una antigua cicatriz en la mejilla, junto a su gran nariz, se veía como una sombra bajo la luz que llegaba del techo. Se pasó los dedos por la espesa cabellera negra para recogerla toda bajo la gorra de mecánico. Sus manos eran breves, anchas y fuertes, con unos dedos cuadrados y uñas gastadas por el trabajo, retorcidas y surcadas por los martillazos que habían recibido. Al dedo anular de la mano izquierda le faltaba la falangeta, y ahí donde había sido amputado el dedo la carne se abultaba un poco en forma de hongo. Este pequeño apéndice en forma de bola era reluciente y de una textura diferente a la del resto del dedo, como si la articulación quisiera convertirse en la punta de un dedo, y en este dígito lucía una alianza gruesa de oro, como si, al no servir ya para trabajar, fuera aceptable emplearlo para llevar un adorno.

Un lápiz, una regla y un indicador de presión para neumáticos le asomaban de un pequeño bolsillo de la pechera del peto. Juan iba afeitado, pero del día anterior, y a ambos lados de la barbilla y el cuello, la barba que le salía era entrecana y blanca como la de un Airedale viejo. Resultaba tanto más aparente al ser el resto de la barba de un negro tan intenso. Entornaba sus ojos negros y joviales a la manera de quien fuma y no puede sacarse el cigarrillo de la boca. Y la de Juan era una boca generosa, relajada, con un labio inferior que sobresalía ligeramente, no con petulancia, sino con humor y un aire de confianza en sí mismo, y el labio superior bien formado salvo en una parte hacia la izquierda, en la que sobre el tejido rosáceo tenía una cicatriz profunda, casi blanca. El labio debió de quedar cortado por completo alguna vez, y ahora aquel hilo blanquecino, delgado y tirante constreñía el grosor del labio y lo hacía rebosar sobre un par de pequeños pliegues a cada lado. No tenía las orejas muy grandes, pero le sobresalían marcadamente de la cabeza, como conchas, o colocadas en el ángulo en el que las sostendría alguien con la mano si quisiera oír mejor. Juan parecía escuchar siempre con atención, a la vez que sus ojos medio cerrados parecían reírse de lo que oía y la mitad de la boca mostraba desaprobación. Sus movimientos eran precisos, incluso cuando no hacía nada que requiriera precisión. Caminaba como si se dirigiera a algún lugar muy determinado. Movía las manos de forma veloz y precisa, y nunca enredaba con cerillas ni con clavos. Tenía los dientes largos, y a uno y otro lado los tenía de oro, lo que confería una cierta ferocidad a su sonrisa.

Ante la mesa de trabajo, descolgó unas herramientas de sus clavos y las colocó en una caja larga y aplanada:

llaves inglesas, alicates, varios destornilladores, un martillo neumático y un sacabocados. Junto a él, Pimples Carson, todavía muy adormilado, apoyaba el codo sobre la madera aceitosa de la mesa. Pimples llevaba el jersey andrajoso de un club de motociclismo e iba tocado con la copa de un sombrero de fieltro al que se le habían quitado las alas con un corte en forma de dientes de sierra. Era un muchacho de diecisiete años, desgarbado y escurrido, con los hombros estrechos, una nariz larga y zorruna y unos ojos apagados por la mañana que más tarde resultaban ser de un marrón verdoso. Tenía una pelusa dorada sobre las mejillas, mejillas que tenía surcadas, acribilladas y erosionadas por el acné. Sobre las cicatrices viejas se le iban formando pústulas nuevas, moradas y rojas, unas que surgían y otras que remitían. Tenía la piel reluciente por los productos que vendían para tratar el problema y que no servían para nada.

Pimples llevaba unos vaqueros ajustados, tan largos que las perneras tenían un dobladillo de veinticinco centímetros. Estaban sujetos a su estrecha cintura por un cinturón de cuero ancho y hermosamente labrado con una hebilla gruesa y grabada en la que había incrustadas cuatro turquesas. Mantenía las manos junto a los costados todo lo que podía, pero a su pesar los dedos acudían a sus mejillas horadadas hasta que se daba cuenta de lo que estaba haciendo y las volvía a bajar. Había escrito a todas las marcas que anunciaban curas para el acné y había ido a ver a muchos médicos, quienes sabían que no podían curarle, pero también que probablemente se le pasaría en unos pocos años. Aun así, le recetaban ungüentos y lociones, y uno de ellos le había puesto a hacer una dieta de verduras.

Tenía los ojos alargados, estrechos y rasgados como los de un lobo adormilado, y a aquella hora temprana de la mañana los tenía casi sellados por las legañas. Pimples poseía una capacidad prodigiosa para el sueño. Si se le dejaba a su aire, podía pasar casi todo el tiempo durmiendo. La totalidad de su organismo y de su alma era un campo de batalla particularmente virulento de la adolescencia. Su concupiscencia era constante, y cuando no era de naturaleza directa y abiertamente sexual, discurría por los canales de la melancolía, de un sentimentalismo profundo y lacrimógeno o de una intensa y almizclada religiosidad. Su mente y sus emociones estaban como su rostro: en constante erupción, siempre irritadas y en carne viva. Pasaba por momentos de violenta pureza en los que aullaba contra su propia depravación, y estos normalmente eran seguidos por episodios de vagancia melancólica que le dejaban casi completamente postrado. De la depresión pasaba al sueño. A un sueño opiáceo que le dejaba drogado y apagado por bastante tiempo.

Aquella mañana llevaba unos zapatos *oxford* bicolores con adorno perforado, blancos y marrones, sin calcetines, y en los tobillos, hasta donde se los veía asomar bajo el dobladillo de las perneras vueltas hacia arriba, llevaba manchas de mugre. En sus periodos depresivos Pimples estaba tan postrado que no se bañaba muy a menudo, ni comía apenas. La copa del sombrero de fieltro con sus cortes tan parejos no tenía en realidad fines estéticos, sino que servía para mantenerle apartado de los ojos el largo cabello castaño y protegerlo de la grasa cuando trabajaba debajo de un coche. Ahora observaba con aire embobado y ausente cómo Juan Chicoy guardaba las herramientas en la caja mientras su mente iba dando tumbos entre grandes nubes esponjosas de sueño, poderosas casi hasta la náusea.

—Conecta el cable largo de la luz. Vamos, Pimples. ¡Venga ya, despierta! —dijo Juan.

Pimples pareció sacudirse como un perro.

—No consigo espabilarme —aclaró.

—Bueno, lleva la luz ahí fuera y sácame la camilla. Hay que ponerse en marcha.

Pimples cogió la linterna, que iba en una cesta para proteger el globo, y empezó a desenroscar el pesado cable forrado de goma del asa. Enchufó el cable en una toma cercana a la puerta y la linterna se encendió de golpe. Juan levantó su caja de herramientas, salió por la puerta y se puso a observar el cielo oscuro. El aire había cambiado. Se había levantado un poco de viento que agitaba las hojas nuevas de los robles y soplaba entre los geranios; era un viento incierto, húmedo. Juan lo olfateó como quien huele una flor.

—Dios, como llueva otra vez, va a ser demasiado.

Hacia el este, la silueta de los picos de las montañas apenas comenzaba a hacerse visible a la luz del amanecer. Pimples salió cargando con la linterna encendida y soltando poco a poco las vueltas de cable tras él sobre el suelo. La luz hacía que destacaran los grandes árboles, y se reflejaba en el amarillo verdoso de las pequeñas hojas nuevas de los robles. Pimples llevó la luz hasta el autobús y volvió al garaje a por el tablero alargado con rueditas en una de sus caras sobre la que podía tenderse un hombre y desplazarse mientras hacía su trabajo debajo de un vehículo. La dejó caer junto al autobús.

—Bueno, que llueva es lo suyo —contestó Pimples—. Casi todos los años te llueve para esta época en California.

—De la época del año no me quejo, pero con esta corona dentada sin montar, los pasajeros esperando, la tierra que está toda blanda de la lluvia…

—Bueno para el forraje —dijo Pimples.

Juan se detuvo y echó un vistazo a su alrededor. Divertido, arrugó los párpados.

—Pues claro. Y que lo digas.

Pimples apartó tímidamente la mirada.

El autobús estaba ahora iluminado por la linterna y tenía un aspecto extraño y desvalido, ya que donde deberían haber estado las ruedas traseras había dos recios caballetes, y en lugar de descansar sobre ejes, la parte trasera del autobús descansaba sobre un banco de acero que reposaba a su vez sobre ambos caballetes.

Era un autobús viejo, con un motor de cuatro cilindros y compresión baja con un cambio extra de marchas especial y patentado que le daba cinco velocidades de marcha hacia delante en lugar de tres, dos por debajo de la media y dos de marcha atrás. Los flancos abombados del autobús, pesados y relucientes de pintura de aluminio, mostraban sin embargo los golpes y abolladuras, el desgaste y los arañazos de una carrera larga y violenta.

De algún modo, los trabajos caseros de pintura en automóviles viejos logran darles un aspecto más decrépito e indigno del que tendrían si se los deja en un deterioro honorable.

Por dentro, el autobús también había sido restaurado. Los asientos que fueran una vez de mimbre estaban ahora forrados en hule rojo, y aun siendo un trabajo bien hecho, no era obra de un profesional. En el aire se notaba el olor ligeramente amargo del hule, y el olor fuerte y penetrante del aceite y la gasolina. Era un autobús viejo, viejo de verdad; había hecho muchos viajes y topado con muchas dificultades. Las tablas de roble del suelo estaban surcadas y pulidas por los pies de los pasajeros. La chapa de los lados había sido deformada y enderezada. No se podían abrir las ventanas, pues la carrocería entera estaba ligeramente retorcida a golpes. En verano Juan quitaba las ventanas y en invierno las volvía a colocar.

El asiento del conductor estaba desgastado hasta los mismos muelles, pero en la parte más desgastada había un cojín floreado de cretona que tenía el doble cometido de proteger al conductor y sujetar los muelles que de otro modo quedarían al descubierto. Colgando de la parte superior del parabrisas estaban los penates: el zapatito de un bebé, para pedir amparo, pues los pies vacilantes de un bebé precisan del cuidado y ayuda constantes de Dios; también un minúsculo guante de boxeo, eso por el poder, el poder del puño sobre el antebrazo que lo impulsa, el impulso del pistón que mueve la biela, el poder de la persona como individuo responsable y orgulloso. También colgaba sobre el parabrisas una pequeña muñeca *kewpie* de plástico con un tocado de plumas de avestruz de color guinda y verde y un *sarong* provocativo. Esto era por los placeres de la carne y de la vista, el olfato y el oído. Cuando el autobús se ponía en marcha estos objetos giraban, brincaban y se balanceaban ante los ojos del conductor.

Allí donde el parabrisas describía un ángulo en el medio y arrancaba el listón central del mismo, posada sobre el salpicadero había una pequeña virgen de Guadalupe de metal, pintada de colores vivos. Los rayos eran dorados, la túnica, azul, y estaba de pie sobre la luna nueva, que sostenían unos querubines. La virgen venía a ser el lazo de Juan Chicoy con la eternidad. Tenía poco que ver con la religión en cuanto que Iglesia y dogma, pero mucho que ver con la misma como memoria y sentimiento. Esta virgen morena era su madre y también la casa en penumbra en la que, hablando un español con algo de acento irlandés, su madre lo había criado. Pues ella había hecho de la Virgen de Guadalupe su propia diosa particular. Se había deshecho de san Patricio, santa Brígida y las diez mil vírgenes pálidas del norte, y había recibido en su seno a la virgen morena con sangre en las venas y una relación estrecha con el pueblo.

La madre de Juan Chicoy admiraba a su Virgen, cuyo día se celebra con una explosión de fuegos artificiales, cosa en la que, por supuesto, su padre mexicano no veía nada de particular. Los cohetes eran la manera natural de celebrar los días de los santos. ¿Quién podía pensar otra cosa? El tubo que ascendía silbando era obviamente el alma en su ascenso al cielo, y la gran explosión luminosa en lo alto era su entrada dramática al salón del trono del mismo. Juan Chicoy, aunque no era creyente en el sentido habitual del término, ahora que tenía cincuenta años, no se habría sentido tranquilo conduciendo el autobús sin la compañía y la protección de la Guadalupana. Era una religión práctica la suya.

Debajo de la virgen había una especie de guantera reconvertida, y en su interior un revólver Smith & Wesson del calibre 45, un rollo de gasa, un bote de yodo, un vial de sales de lavanda y una pinta de *whisky* sin abrir. Con estos artículos, Juan se sentía bastante confiado en poder hacer frente a la mayoría de los posibles imprevistos.

El parachoques delantero del autobús había llevado escrita, apenas legible ya, la leyenda *«el Gran Poder de Jesús»,*[3] pero eso lo había pintado alguno de los anteriores dueños del vehículo. Ahora ponía simplemente «Sweetheart»[4] con letras rotundas, tanto en el parachoques delantero como el trasero. Y Sweetheart era como llamaban al autobús todos los que lo conocían. Ahora estaba inmovilizado, con las ruedas traseras quitadas y la parte trasera levantada en el aire y descansando sobre un banco entre dos caballetes.

Juan Chicoy sostenía la corona nueva y el piñón e iba engranando con cuidado una pieza sobre la otra.

—Acerca la luz —le dijo a Pimples, e hizo girar por completo el piñón en la corona dentada—. Me acuerdo de una vez que le puse una corona nueva a un piñón viejo y se salió enseguida.

[3] En castellano en el original.
[4] «Corazón», «cariño».

—Vaya ruido hace un diente roto —dijo Pimples—. Suena como si saliera disparado hacia ti a través del suelo. ¿Cómo cree que se ha roto?

Juan sostuvo la corona dentada de lado y contra la luz e hizo girar lentamente el piñón, inspeccionando mientras lo hacía cómo encajaba cada diente de uno y otro engranaje.

—No lo sé —contestó—. Hay muchas cosas del metal que no sabe nadie, y con los motores pasa lo mismo. Fíjate en Ford, por ejemplo. De cada cien coches que hace, hay dos o tres que no valen para nada. No es una sola cosa que esté mal, es el coche entero. Los muelles, el motor, la bomba del agua, el ventilador y el carburador. Se va cayendo a pedazos poco a poco y nadie sabe por qué. Y luego coges otro coche directamente de la cadena de montaje y jurarías que es exactamente igual que los otros, pero no. Tiene algo que no tienen los demás. Tiene más potencia. Es casi como un tío con muchas pelotas. No se avería hagas lo que hagas.

—Yo tuve uno así —dijo Pimples—. Un Model A. Lo vendí. Me juego algo a que aún anda. Lo tuve tres años y nunca me gasté ni diez centavos en arreglarlo.

Juan dejó la corona y el piñón sobre los peldaños de la escalerilla del autobús y recogió la corona vieja del suelo. Con el dedo buscó la parte áspera donde se había roto el diente.

—El metal es una cosa muy rara —dijo—. A veces parece que se cansa. Sabes, allá en México, de donde vengo, la gente solía tener dos o tres cuchillos de carnicero. Mientras usaban uno dejaban los otros clavados en la tierra. «Así descansa la hoja», decían. No sé si es verdad, pero sé que a esos cuchillos se les sacaba un filo que valía para afeitarse. Será que nadie sabe de metal, ni siquiera los que lo fabrican. Vamos a poner este piñón en el eje. Ahí, aguanta la luz ahí.

Juan puso su pequeña camilla detrás del autobús, se tendió de espaldas sobre ella y se deslizó debajo empujando con los pies.

—Aguanta la luz un poco más a la izquierda. No, más alto. Ahí. Ahora pásame la caja de herramientas, ¿quieres?

Mientras las manos de Juan trajinaban le cayó un poco de aceite sobre la mejilla. Se la limpió con el dorso de la mano.

—Es un trabajo sucio, este.

Pimples le escudriñó por debajo del autobús.

—¿Y si cuelgo la luz de esa tuerca?

—Tendrás que cambiarla de sitio otra vez dentro de nada —contestó Juan.

—Ojalá consiga ponerlo en marcha hoy. Me gustaría dormir en mi propia cama. No hay manera de descansar sentado.

Juan se rio.

—¿Has visto en tu vida gente más enfadada que cuando tuvimos que volver al romperse el diente? Ni que lo hubiera hecho a propósito. Estaban tan cabreados que le montaron la bronca a Alice por la tarta. Pensarían que la había hecho ella. Cuando la gente está de viaje no quieren que los entretenga nada.

—Bueno, tienen nuestras camas —observó Pimples—. Yo no veo que tengan de qué quejarse tanto. Usted y yo y Alice y Norma somos los que hemos dormido sentados. Y los Pritchard esos son los peores. No me refiero a Mildred, la chica, sino a su viejo y a su vieja. Se creen que los están timando o algo. Me ha dicho cien veces que si es presidente o no sé qué y que va a hacer que alguien pague por esto. Que es un ultraje, dice. Y a él y a su mujer les ha tocado su cama. ¿Dónde ha dormido Mildred? —A Pimples le brillaron un poco los ojos.

—En el sofá, me imagino. O igual con sus padres. Al tipo de los artículos de broma le tocó la habitación de Norma.

—Me cae bien ese tío. No dijo casi nada. Que si podía acostarse ya. No dijo nada de si era tal o cual. Para eso ya estaban ahí los Pritchard esos, todos menos Mildred. ¿Sabe adónde van, señor Chicoy? Se van de viaje a México. Mildred ha estudiado español en la universidad. Les va a hacer de intérprete.

Juan introdujo un pivote en el eje y lo ajustó en su lugar con unos golpes suaves. Salió de debajo del autobús.

—Vamos ya a por ese tren trasero.

La luz se iba abriendo camino por el cielo y sobre las montañas. Llegó el amanecer incoloro de grises y negros, de modo que lo que era blanco y azul se veía plateado y rojo y lo que era verde oscuro se veía negro. Las hojas nuevas de los grandes robles se veían blancas y negras, y se distinguía claramente el contorno afilado de las montañas. Unas nubes torpes y pesadas que rodaban por el cielo como bolas de masa hervida empezaban a teñirse de un tono rosa pálido en sus bordes orientales.

Se encendieron las luces del comedor, y se hizo visible de repente el arriate de geranios que rodeaba el edificio. Juan miró hacia la luz.

—Alice se ha levantado. De aquí a poco estará listo el café. Venga, vamos a montar el tren trasero ya.

Los dos hombres trabajaban bien juntos. Ambos sabían lo que había que hacer, y cada uno se encargaba de su parte. Pimples también estaba tendido de espaldas, apretando las tuercas del cárter, y el trabajo en equipo le produjo una sensación agradable.

Al apretar Juan una tuerca con el antebrazo en tensión, la llave inglesa resbaló y se arrancó la piel de un nudillo. Por su mano grasienta empezó a correr la sangre, espesa y negra.

Se metió el nudillo en la boca, lo chupó y alrededor de la boca se le quedó una marca de grasa.

—¿Te has hecho mucho daño? —preguntó Pimples.

—No, he tenido suerte, me parece. No se puede terminar un trabajo sin sangre. Es lo que solía decir mi viejo. —Volvió a chupar la sangre otra vez, cuyo flujo ya empezaba a remitir.

La calidez rosada del amanecer los fue rodeando a tientas, hurtando algo de su brillo a la luz eléctrica.

—Me pregunto cuántos van a llegar en el Greyhound —preguntó ociosamente Pimples. Y entonces le vino una idea imperiosa nacida de su simpatía por el señor Chicoy. Era un pensamiento tan insistente que casi le dolía—. Señor Chicoy —se arrancó titubeante, y su tono era de súplica lisonjera, cobarde.

Juan dejó de apretar la tuerca y se dispuso a escuchar, esperando oír la petición de un día libre, un aumento o lo que fuera. Algo le iba a pedir. Eso era inherente al tono, y para Juan significaba problemas. Los problemas siempre empezaban así.

Pimples seguía callado. No conseguía dar con las palabras.

—¿Qué quieres? —preguntó Juan con cautela.

—Señor Chicoy, ¿podríamos no volver, quiero decir, podría usted no volver a llamarme Pimples ya más?

Juan apartó la llave inglesa de la tuerca y volvió la cabeza hacia un lado. Los dos estaban tendidos de espaldas y mirándose a la cara. Juan vio los cráteres de antiguas cicatrices, las erupciones que estaban en camino y una pústula en su punto, prieta, amarilla y a punto de reventarle sobre la mejilla. Mientras miraba, a Juan se le ablandó la mirada. Comprendió entonces. Le vino de repente, y se preguntó cómo no había caído antes.

—¿Cómo te llamas? —preguntó bruscamente.

—Ed —respondió Pimples—. Ed Carson, pariente lejano de Kit Carson, el explorador y aventurero. Vaya, antes de que me empezara a salir la cosa esta en el instituto, me llamaban Kit. —Su voz sonaba tranquila y estudiada, pero el pecho le subía y bajaba agitadamente y el aire le silbaba por las aletas de la nariz.

Juan apartó la mirada y la dirigió otra vez a la forma abombada de la carrocería trasera.

—Vale —dijo—. Vamos a ponerle los gatos debajo. —Salió de debajo del autobús—. Échale ya el aceite.

Pimples fue rápidamente al garaje y trajo la pistola a presión, arrastrando la manguera del aire tras de sí. Abrió la válvula y el aire a presión entró silbando en la pistola por detrás del aceite. La pistola iba chasqueando mientras se llenaba el depósito de aceite, hasta que rebosó un churrete espeso. Atornilló la tapa.

—Kit, límpiate la grasa de las manos y ve a ver si Alice tiene ya listo el café, ¿quieres?

Pimples fue hacia el comedor. Cerca de la puerta, junto a uno de los grandes robles, se proyectaba una mancha de oscuridad casi total. Se quedó ahí un momento, conteniendo la respiración. Tenía todo el cuerpo tembloroso, como por una especie de fiebre.

CAPÍTULO 3

Cuando el sol acabó de salvar por completo las montañas al este, Juan Chicoy se levantó del suelo y se sacudió la tierra de las perneras y del fondillo del peto. El sol se reflejaba en las ventanas del comedor y se posaba cálidamente sobre la hierba verde que bordeaba el garaje. Resplandecía sobre las amapolas de los campos llanos y en las grandes islas de altramuces azules.

Juan Chicoy fue hasta la puerta de entrada del autobús. Alargó la mano, giró la llave de contacto y pulsó el pedal del motor de arranque con el talón de la mano. Durante un rato emitió un carraspeo oxidado, y luego el motor arrancó y rugió por un momento hasta que Juan lo detuvo. Apretó el pedal del embrague con la mano, puso la marcha en primera reforzada y soltó el embrague. Las ruedas traseras giraron en el aire lentamente y Juan volvió a la parte trasera para escuchar el ruido de las marchas y tratar de oír cualquier posible mal ajuste del conjunto.

Pimples se estaba lavando las manos en una lata con gasolina en el garaje. El sol iba calentando una hoja seca del año anterior que el aire había empujado hasta una esquina del marco de la puerta del garaje. Pasado un rato una pequeña mosca adormilada salió arrastrándose y con dificultad de debajo de la hoja y se puso al sol. Sus alas iridiscentes estaban sucias, y estaba atontada por el frío de la noche. Se frotó las alas con las patas, luego unas patas con otras y luego la cabeza con las patas delanteras mientras los rayos sesgados del sol que surgían de entre las grandes nubes infladas iban calentando sus fluidos. De repente la mosca despegó, describió dos círculos, revoloteó bajo los robles, se estrelló contra la puerta mosquitera del comedor, cayó patas arriba y se quedó zumbando con las alas sobre el suelo por un instante. Luego se dio la vuelta, subió volando y tomó posición en el marco de la puerta de entrada al comedor.

Alice Chicoy, ojerosa de haber pasado la noche sentada, se acercó a la puerta y miró hacia el autobús. No abrió la puerta mosquitera más que unos centímetros, pero la mosca se abalanzó a través de la rendija. Alice la vio entrar e intentó golpearla con el trapo de cocina que llevaba en la mano. La mosca zumbó como loca un instante y luego se posó bajo el reborde de la barra. Alice se quedó observando cómo giraban ociosamente en el aire las ruedas traseras del autobús, volvió a ponerse tras la barra y cerró la válvula de vapor de la cafetera.

El fluido marrón del recipiente de vidrio a un costado de la máquina tenía un aspecto flojo y pálido. Pasó el trapo sobre la barra, y al hacerlo notó que bajo la tapa de plástico transparente, el gran pastel blanco de coco tenía un borde desigual al que le faltaba un trozo en forma de V. Cogió un cuchillo de la bandeja plateada, levantó la tapa, recortó el borde del pastel y se metió las migas en la boca. Justo antes de que la tapa volviera a su lugar, la mosca se coló por debajo y se lanzó sobre el relleno de coco. Se puso debajo de un ligero reborde de modo que no se la veía desde arriba y se zambulló hambrienta entre el dulce relleno. Tenía una montaña imponente de pastel y se sentía muy feliz.

Pimples entró oliendo a gasolina y grasa y tomó su lugar en una de las banquetas redondas.

—Bueno, ya lo hemos arreglado —anunció.

—¿Tú y quién más? —preguntó Alice, sardónica.

—Bueno, el trabajo de experto lo ha hecho el señor Chicoy, claro. Me tomaría un café y un trozo de pastel.

—Ya le has estado dando al pastel antes de que me levantara. —Se apartó el pelo de los ojos con una mano—. No disimules.

—Bueno, pues me lo cobra —dijo Pimples—. Pago por lo que como, ¿no?

—¿Para qué te atiborras con tanto dulce? Te pasas todo el día atacando la bandeja de las golosinas. No ganas casi nada. Te lo gastas todo en dulces. Seguro que por eso te salen todos esos granos. ¿Por qué no lo dejas una temporada?

Pimples se miró tímidamente las manos. Tenía las uñas orilladas de negro allí donde no había llegado la gasolina.

—Son ricos en energía alimentaria —respondió—. Cuando hay que trabajar, hace falta energía alimentaria. Pon que a las tres de la tarde tienes un bajón, pues lo que necesitas es algo rico en energía alimentaria.

—Son ricos en plomo en los pantalones —observó Alice—. A ti te hace falta energía alimentaria lo que a mí un... —Dejó la frase en el aire. Alice era una mujer muy irreverente, pero nunca decía las palabras, se limitaba a encaminar las frases hacia ellas. Echó café de la máquina a una taza, una taza gruesa de fondo plano sin platillo, le echó un chorro de leche y la deslizó sobre la barra.

Pimples, mirando vagamente hacia la chica del cartel de Coca-Cola que se balanceaba provocativamente encima de la gramola, le echó cuatro cucharadas de azúcar al café y lo removió con insistencia, con la cucharilla en vertical.

—Me tomaría un trozo de pastel —repitió, paciente.

—Bueno, por mí puedes reventar si es lo que quieres. Se te va a poner la cara que en vez de cabeza va a parecer que tienes un globo.

Pimples echó un vistazo al trasero bien formado de Alice y apartó enseguida la mirada. Alice cogió un cuchillo de detrás de la barra y cortó un trozo de pastel de coco. El acantilado de pastel se desplomó sobre la mosca, inmovilizándola. Alice echó de cualquier manera el pastel en un platillo con una paleta y lo deslizó por la barra. Pimples lo atacó con la cucharilla del café.

—¿No se ha levantado todavía esta gente?

—No, pero los he oído que trasteaban. Alguno de ellos debe de haber usado toda el agua caliente. No me queda nada para el comedor.

—Esa habrá sido Mildred —dijo Pimples.

—¿Eh?

—La chica. Igual se ha dado un baño.

Alice le echó una mirada severa.

—Tú ocúpate de tu energía alimentaria y estate a lo que tienes que estar —le dijo en tono cortante.

—Si no he dicho nada. ¡Eh, hay una mosca en este pastel!

Alice se quedó rígida.

—Ayer tenías una en la sopa. Para mí que llevas las moscas en el bolsillo.

—No, mírala ahí. Aún patalea.

Alice se acercó.

—Mátala —gritó—. ¡Aplástala! ¿Quieres que se escape? —Cogió un tenedor de detrás de la barra, convirtió en puré a la mosca junto con el pastel y lo tiró todo al cubo de la basura.

—¿Y qué hay de mi pastel? —preguntó Pimples.

—Tendrás tu pedazo de pastel. No sé cómo te salen siempre a ti las moscas. A nadie más le pasa.

—Pues será que tengo mucha suerte —dijo Pimples en voz baja.

—¿Eh?

—He dicho que tengo…

—Ya he oído lo que has dicho. —No había descansado y estaba nerviosa—. Cuidado con esa lengua o saldrás de aquí tan deprisa que te parecerá que te han pegado fuego. Me da igual si eres mecánico. Para mí no eres más que chusma. Un niñato granujiento. —Pimples se iba arrugando. Agachaba más y más la cabeza a medida que el enfado de ella crecía. No entendía por qué la tomaba con él para desahogarse de no se sabía bien qué.

—Si no he dicho nada. ¿Es que no se puede ni hacer una broma?

Alice había alcanzado el punto en el que o se lanzaba a una explosión de ira tan desquiciada e histérica que la sacaría completamente de sus casillas a ella y a todo el que estuviera alrededor, o bien tenía que empezar a bajarse deprisa los humos, pues sentía ya la presión incontrolable que le ascendía por el pecho y la garganta. En un segundo evaluó la situación. La situación era apurada. El autobús tenía que salir. Juan tampoco había descansado. Las personas a las que les habían tocado las camas oirían la bronca y saldrían, y quizá Juan le pegase. Lo había hecho ya una vez. No le había dado fuerte, pero sí de manera muy precisa y deliberada, y tan a tiempo que ella casi pensó que la mataba. Y luego estaba ese miedo oscuro que nunca andaba lejos de su pensamiento: que Juan la pudiera dejar. Había dejado a otras mujeres. Cuántas, no lo sabía, porque él nunca había hablado de ello, pero un hombre de su atractivo tenía que haber dejado a otras. Todo esto ocurrió en una fracción de segundo. Alice se decidió por evitar la ira. Sofocó la presión que le subía por el pecho. Rígida, alzó la tapa de plástico del pastel, cortó un trozo más grande de la cuenta, lo puso en un platillo, lo llevó barra abajo hasta donde estaba Pimples y se lo puso delante.

—Estamos todos nerviosos —dijo.

Pimples levantó la vista de sus uñas. Vio las pequeñas arrugas de la edad que le iban surcando el cuello a Alice y lo hinchados que tenía los párpados superiores. Veía que sus manos habían perdido la tersura de la piel de las chicas jóvenes. Le daba mucha pena. Por poco agraciado que fuera él mismo, consideraba que la juventud era la única cosa de valor que se podía tener en el mundo, y que el que la había perdido estaba ya muerto. Acababa de lograr una gran victoria, y al ver ahora la debilidad y la indecisión de Alice, fue a por una segunda.

—El señor Chicoy dice que ya no volverá a llamarme Pimples nunca más.

—¿Y eso por qué?

—Pues porque se lo he pedido yo. Me llamo Edward. En el colegio me llamaban Kit, porque me apellido Carson.

—¿Y Juan te llama Kit?

—Eso es.

Alice no entendía de qué iba realmente la cosa, y detrás de ella, en el dormitorio, había movimiento, pasos entre las alfombras y conversaciones en voz baja. Ahora que era consciente de la presencia de extraños, Pimples le resultaba más cercano porque no era del todo un extraño.

—Voy a ver cómo va la cosa —dijo.

El sol había empezado a brillar a través de las ventanas delanteras y la puerta, derramando cinco manchas relucientes sobre la pared que iluminaban los paquetes de Grape-Nuts y las pirámides de naranjas de detrás de la barra. Luego los cuadrados relucientes se oscurecieron y apagaron. Se oyó el redoble de un trueno, y sin previo aviso la lluvia empezó a caer y a derramarse por el tejado.

Pimples fue a la puerta y miró afuera. La lluvia caía a plomo, ocultaba el paisaje, salpicando a buena altura sobre la calzada de cemento. La luz mojada tenía un aspecto acerado. Pimples vio a Juan, que había subido al autobús para ponerse a cubierto. Las ruedas traseras seguían girando lentamente. Mientras observaba, Juan saltó al suelo y fue corriendo hacia el comedor. Pimples le sostuvo abierta la puerta, que atravesó a la carrera, pero hasta de esa carrera corta se le quedó el peto oscurecido del agua y el calzado le chapoteaba al entrar, dejando charcos en el suelo.

—Jesús —dijo—. Es un aguacero de los buenos.

El muro gris de agua tapaba los montes y traía consigo una luz oscura y metálica. Las copas de los altramuces se inclinaban, lastradas por el agua. Los pétalos de las amapolas, abatidos y arrancados, quedaron esparcidos por el suelo como monedas de oro. El suelo ya mojado no podía absorber más agua, y enseguida se formaron pequeños riachuelos que buscaban los lugares bajos. El aguacero rugía sobre el tejado del comedor de Rebel Corners.

Juan Chicoy se sentó a una de las mesas junto a la ventana del comedor, se tomó un café con un buen chorro de nata, mordisqueó una rosquilla y se quedó viendo el diluvio. Entró Norma y se puso a fregar los pocos platos que había en la pila de acero inoxidable tras la barra.

—¿Me traes otro café? —pidió Juan.

Norma rodeó con aire apático el extremo de la barra. La taza estaba demasiado llena. Del fondo iba goteando un chorrillo de café. Juan sacó una servilleta y la dobló para posar la taza manchada.

—No has descansado mucho, ¿verdad? —preguntó.

Norma estaba demacrada y tenía la ropa arrugada. En ese momento se notaba que iba a parecer una mujer mayor antes de serlo. Tenía la piel terrosa y manchas en sus manos delgadas. Había muchas muchas cosas que a Norma le producían urticaria.

—No he podido ni pegar ojo. Intenté dormir en el suelo pero no pude.

—Bueno, nos encargaremos de que no vuelva a pasar —dijo Juan—. Tenía que haber pedido un coche que los llevara a San Ysidro.

—¡Mira que darles nuestras camas! —dijo Alice con desdén—. ¿Cómo se te ocurre hacer eso? ¿En dónde más te crees que les iban a dar las camas de los dueños? Ellos no tienen que trabajar hoy. Se podían haber pasado ellos la noche sentados.

—Se me pasó, supongo —dijo Juan.

—A ti te da igual que tu mujer duerma en una silla —continuó Alice—. Su cama se la das a cualquiera. —Alice sentía otra vez la rabia que le crecía por dentro y eso la asustó. No quería que creciera más. Sabía que estropearía las cosas, y eso le daba miedo, pero ahí estaba, creciendo y bullendo en su interior.

Una cortina de agua pasó por encima del tejado como una escoba pesada, dejando un silencio tras de sí hasta que otra tomó casi de inmediato su lugar. El goteo y borboteo de agua por los aleros del tejado y los desagües volvió a sonar fuerte. Juan había estado mirando al suelo en actitud reflexiva, con una sonrisilla que le tensaba la boca sobre la franja blanca de la cicatriz del labio. Esta era otra de las cosas que le daban miedo a Alice. Juan la observaba. De eso se daba cuenta. Para Alice, todas las relaciones y situaciones eran algo cara a cara en lo que ella y el otro se veían de un tamaño enorme y todos los demás dejaban de existir. No había matices. Cuando hablaba con Juan, solo existían ellos dos. Si la tomaba con Norma, el mundo entero desaparecía, dejándolas solas a ella y a Norma entre un universo de niebla gris.

Juan, en cambio, era capaz de apartar lo demás de su mente y mirar cada cosa en relación con las demás. Cosas de distinta importancia y de distinto tamaño. Era capaz de ver, juzgar, considerar y disfrutar. Juan podía disfrutar de la gente.

Tanto con las personas como con las cosas, Alice o las amaba, o le gustaban, o le disgustaban o bien las aborrecía. No era capaz de sentir ni percibía matiz alguno más allá de eso.

Se echó hacia atrás el pelo que se le iba soltando. Una vez al mes usaba un tinte que garantizaba que su pelo despediría unos destellos misteriosos y glamurosos que atrapan a los hombres y los hacen esclavos. Los ojos de Juan tenían un aspecto distante y divertido que a Alice le resultaba espantoso. Sabía que la veía, no como una mujer enojada que ensombrecía el mundo, sino como una de las miles de mujeres enojadas que estudiar, inspeccionar y, sí, de las que disfrutar incluso. Para ella eso era el horror frío y solitario. Juan anulaba el universo, y ella intuía que no anulaba nada de la visión de él. Él veía no solo alrededor de ella, sino además, otras cosas a través de ella. Lo terrorífico del recuerdo de la única vez que le había pegado no residía en el golpe en sí —le habían pegado antes, y lejos de moverla al odio, le había resultado emocionante, había sentido exaltación— sino en que Juan le había dado como quien le pega a un bicho. No le había dado importancia. Ni siquiera estaba muy enfadado, algo irritado, nada más. Y le había pegado a un ser ruidoso para hacer que se callara. Alice solo había tratado de captar su atención de una de las pocas formas que conocía. Ahora trataba de hacer lo mismo, y sabía por el cambio en su forma de mirar que se le había escabullido.

—Me esfuerzo por que tengamos un hogar acogedor, un sitio agradable con alfombra y una *suite* de velvetón, y tú tienes que ir y dejárselo a unos extraños. —La certidumbre se iba desvaneciendo de su voz—. Y permites que tu propia mujer duerma en una silla toda la noche.

Juan alzó despacio la vista.

—Norma —dijo—. ¿Me puedes traer otra taza de café? Con mucha nata.

Alice veía venir ya la rabia que sabía se iba a apoderar de ella, y entonces Juan volvió despacio la mirada hacia ella. En sus ojos oscuros había una expresión cálida y divertida, y su enfoque había vuelto a cambiar. La estaba mirando y ella sabía que la veía.

—No te ha hecho ningún mal —dijo—. Así disfrutarás más de la cama esta noche.

Se quedó sin aliento. Una ola de calidez la envolvió. Su rabia se transmutó en tórrido deseo. Le sonrió de manera ausente y se pasó la lengua por los labios.

—Serás cabrón —dijo en voz muy baja. Tomó aire con un gran suspiro vacilante—. ¿Quieres unos huevos? —preguntó.

—Sí, dos pasados por agua, unos cuatro minutos.

—Ya sé cómo te gustan. ¿Los quieres con beicon?

—No. Una tostada y un par de rosquillas.

Alice fue al otro lado de la barra.

—A ver si salen de ahí de una vez —dijo—. Me gustaría usar mi cuarto de baño.

Entonces se escuchó la voz de otro hombre, con un soniquete crispado y algo autoritario:

—Nunca está de más llamar a la puerta, amigo. ¿Se ha hecho daño en el pie?

—Sí.

Se abrió la puerta que había al final de la barra y por ella salió un hombre pequeño al comedor. Llevaba traje cruzado; la camisa era de ese color marrón claro que llevan los viajantes y que se conoce como «mil millas» porque disimula la suciedad. El traje era de un color sal y pimienta neutral por la misma razón, y llevaba una corbata de punto de color verde oscuro. Tenía una expresión vivaz y alerta, como la de un cachorro, y unos ojos vivos e inquisitivos, también de cachorro. Sobre el labio superior le cabalgaba un bigotito cuidadosamente recortado, como una oruga que cuando hablaba parecía arquear el lomo. Salvo los dos incisivos superiores, que eran de oro brillante, tenía los dientes blancos y regulares. Tenía un aspecto cepillado, como si se hubiera quitado la pelusa del traje con un cepillo para el pelo; la camisa tenía el aspecto tenso que resulta de lavar el cuello en el lavabo y aplanarlo encima del tocador para que se seque. En su actitud había una especie de tímida confianza en sí mismo y una cierta mueca defensiva en su rostro, como si se protegiera del insulto con técnicas estudiadas.

—Buenos días, familia —dijo—. Me preguntaba dónde habían dormido. Seguro que la noche sentados.

—Pues sí, mire por dónde —contestó amargamente Alice.

—No pasa nada —dijo Juan—. Esta noche nos acostaremos temprano.

—¿Ha arreglado el autobús? ¿Cree que podremos salir con esta lluvia?

—Claro, cómo no —respondió Juan.

El hombre fue cojeando hasta el extremo de la barra y se sentó penosamente junto a una de las mesas pequeñas. Norma le llevó un vaso de agua y un puñado de cubiertos envueltos en una servilleta de papel.

—¿Huevos?

—Fritos, con la yema al descubierto, beicon crujiente y tostadas con mantequilla. Con mantequilla, ¿está claro? Es lo más difícil del mundo que te den tostadas con mantequilla. Así que póngales mantequilla a esas tostadas, mucha mantequilla, deje que se funda para que no se vean grumos amarillos y se ganará una buena propina. —Levantó un pie calzado con un *oxford* marrón perforado y adornado, lo miró y gruñó de dolor.

—¿Se ha torcido el tobillo?

La puerta junto al extremo de la barra se abrió y por ella salió un hombre de estatura mediana. Se parecía al presidente Truman, a los vicepresidentes de empresa y a los contables titulados estatales. Llevaba unas gafas con las esquinas recortadas. Su traje era gris y correcto, y en su cara había también algo de gris. Era un hombre de negocios que vestía como tal, no engañaban las apariencias. En el ojal de la solapa llevaba una insignia de su club, tan minúscula que a más de un metro no había manera de distinguir lo que era. Llevaba desabrochado el botón inferior del chaleco. Por supuesto, este último botón se suponía que no debía ir abrochado. Una leontina de oro muy puro para el reloj y las llaves le cruzaba el chaleco, se introducía y volvía a salir de un ojal por el camino.

—La señora Pritchard tomará huevos revueltos, poco cuajados si son frescos, tostadas y mermelada —anunció—. La señorita Pritchard solo quiere zumo de naranja y café. Yo tomaré Grape-Nuts con nata, huevos bien hechos por los dos lados, que no se escurra la yema, tostadas sin mantequilla y un café Boston; eso es con leche y café a partes iguales. Puede traerlo todo en una bandeja.

Alice le dirigió una mirada furibunda.

—Mejor que lo tomen aquí. No hay servicio de habitaciones.

El señor Pritchard la miró con frialdad.

—Nos han retenido aquí. Ya he perdido un día de mis vacaciones. No es culpa mía que se averiase el autobús. Lo menos que puede hacer ahora es llevarnos ese desayuno. Mi mujer no se encuentra muy bien. Yo no estoy acostumbrado a sentarme en banquetas, y la señora Pritchard tampoco.

Alice bajó la cabeza como una vaca lechera enfadada.

—Mire, yo quiero ir al váter y lavarme la cara y ustedes me lo tienen ocupado.

El señor Pritchard se tocó nerviosamente las gafas.

—Ah, entiendo.

Volvió la cabeza hacia Juan, y la luz se reflejó sobre sus gafas de modo que en lugar de ojos tenía dos espejos. Su mano extrajo velozmente el reloj del bolsillo del chaleco. Abrió una pequeña lima de uñas de oro y pasó rápidamente la punta por debajo de cada una de sus uñas. Echó un vistazo a su alrededor y le sobrevino un pequeño estremecimiento de incertidumbre. El señor Pritchard era un hombre de negocios, presidente de una empresa de tamaño mediano. Nunca estaba solo. Sus negocios los llevaban grupos de hombres que trabajaban todos igual, pensaban todos igual y hasta se parecían unos a otros. Almorzaba con hombres como él mismo, que se reunían en clubes para impedir la entrada a elemento o idea ajena alguna. Tenía su vida religiosa también, en su club y en su iglesia, y tanto una como la otra estaban vedadas y protegidas. Una noche a la semana jugaba al póker con unos hombres tan idénticos a él que las partidas resultaban bastante igualadas, dato este que tenía convencido a todo el grupo de ser jugadores de un gran nivel. Adondequiera que fuese, no era un hombre solo, sino el miembro de una empresa, de un club, de una asociación, congregación o partido político. Sus pensamientos e ideas no se veían sometidos nunca a la crítica, pues de forma deliberada se relacionaba solo con aquellos que eran como él. Leía un periódico escrito por y para su gente. Los libros que entraban en su casa eran escogidos por un comité que suprimía cualquier material que pudiera irritarle. Detestaba a los extranjeros y a sus países porque en ellos era difícil encontrar a sus iguales. No quería destacar dentro de su grupo. No le habría disgustado llegar a la cima del mismo y ser admirado por ello, pero nunca se le habría ocurrido abandonarlo. En las ocasionales despedidas de soltero en las que unas chicas desnudas bailaban encima de las mesas y se sentaban dentro de enormes copas de vino, el señor Pritchard aullaba de risa y bebía vino, pero había otros quinientos señores Pritchard allí con él.

Y ahora, tras la fea frase de Alice acerca de un váter, había mirado a su alrededor por el comedor y había visto que estaba solo. No había más señores Pritchard por aquí. Por un momento su mirada se detuvo sobre el hombre bajito del traje de ejecutivo, pero había algo raro en su persona. Cierto, llevaba una especie de insignia en el ojal, una pequeña barra de esmalte azul con estrellas blancas, pero no era de ningún club que le sonara al señor Pritchard. Le sorprendió un sentimiento de odio, hacia esta gente e incluso por sus vacaciones. Quería volver a la habitación y cerrar la puerta, pero ahí estaba esa mujer robusta que quería ir al baño. El señor Pritchard se limpió muy deprisa las uñas con la lima de uñas de oro de la leontina.

En el fondo, y en tiempos, el señor Pritchard no era así. En una ocasión había votado al candidato socialista Eugene Debs, pero aquello había sido hace mucho. Lo que pasaba es que las personas de su grupo se vigilaban unos a otros. De toda variación respecto del código de conducta se tomaba nota primero, y después se discutía. Un hombre que variaba no era un hombre cabal, y si persistía, nadie hacía negocios con él. El camuflaje protector protegía de verdad. Pero no había doble vida en la del señor Pritchard. Había renunciado a su libertad y después había olvidado cómo era. Ahora consideraba que habían sido sus locuras de juventud. Guardó su voto por Eugene Debs junto con su visita a un burdel a los veinte años. Ambas eran cosas que cabía esperar de mozos en edad de crecer. Incluso mencionaba alguna vez su voto a Debs en algún almuerzo del club, para demostrar que había sido un joven ardiente y que esas cosas eran, como el acné juvenil, una fase más del proceso de la adolescencia. Sin embargo, aunque disculpaba y hasta disfrutaba de la broma por haber votado a Debs, estaba claro que le tenían preocupado las actividades de su hija Mildred.

Andaba enredando con compañías dudosas en la universidad, con profesores y con ciertas personas a las que se tenía por rojos. Antes de la guerra había estado en un piquete contra un barco de chatarra con destino a Japón, y había ayudado a reunir dinero para enviar medicamentos a los que el señor Pritchard llamaba los rojos de la guerra civil española. No hablaba de estas cosas con Mildred. Ella no quería discutirlas con él, y él creía firmemente que si todo el mundo mantenía la calma y no perdía el control, se le pasaría. Un marido y un bebé serían la solución para las inquietudes políticas de Mildred. Sería entonces, decía él, cuando encontrara sus verdaderos valores.

El señor Pritchard no tenía un recuerdo muy preciso de su visita al burdel. Tenía veinte años y estaba borracho, y después le había embargado un sentimiento fulminante de profanación y tristeza. Sí recordaba las dos semanas siguientes, durante las que había esperado aterrorizado a que se desarrollaran los síntomas. Incluso había planeado matarse si eso ocurría; matarse y hacer que pareciera un accidente.

Ahora estaba nervioso. Estaba embarcado en unas vacaciones que en realidad no deseaba. Se dirigía a México, país que, pese a los carteles, consideraba un lugar no solo sucio sino además peligrosamente radical. Habían expropiado el petróleo; en otras palabras, habían robado propiedad privada. ¿En qué se diferenciaba eso de lo de Rusia? Rusia, a los ojos del señor Pritchard, ocupaba el lugar del demonio medieval como fuente de toda astucia, maldad y pavor. También estaba nervioso aquella mañana porque él tampoco había dormido. Le tenía apego a su cama. Tardaba una semana en acostumbrarse a una cama nueva, y aquí estaba ante la perspectiva de pasar tres semanas cambiando de cama prácticamente cada noche, y sabía Dios lo que habitaría en algunas de ellas. Estaba cansado y se notaba la piel áspera. El agua del lugar era dura, así que supo al afeitarse que a los tres días tendría una franja de pelos encarnados en el cuello.

Sacó un pañuelo del bolsillo de la pechera, se quitó las gafas y las frotó.

—Se lo diré a mi mujer y a mi hija —dijo—. No nos dábamos cuenta de que la estábamos incomodando.

A Norma le gustó esa palabra y la repitió en voz baja.

—Incomodar... No quisiera incomodarle, señor Gable, pero creo que debe saber...

El señor Pritchard había regresado a la habitación. Se oía su voz mientras explicaba la situación, y las de las mujeres, en tono de pregunta.

El hombre del bigotito se levantó de su silla y fue cojeando penosamente hasta la barra quejándose entre dientes. Cogió el azucarero y volvió a posarse, entre muecas, sobre la silla.

—Se lo habría llevado yo —dijo Norma en tono preocupado.

Él le sonrió.

—No quería molestarla —explicó con valentía.

—No me incomoda en absoluto —respondió Norma.

Juan dejó su taza sobre la mesa.

—Me apetece un trozo de ese pastel de coco —dijo Pimples.

Alice le cortó un trozo con aire ausente, deslizó el platillo sobre la barra y apuntó algo en un bloc.

—La casa no invitará nunca, me imagino —dijo Pimples.

—Me imagino que la casa invita a unas cuantas de las que la casa no sabe nada —replicó Alice.

—Parece una mala torcedura la que tiene —le comentó Juan al hombre bajito.

—Machacados —contestó—. Tengo los dedos machacados. Mire, le voy a enseñar.

El señor Pritchard salió de la habitación y se sentó a la mesa que quedaba libre.

El hombre se desató el *oxford* y se lo quitó. Se desenfundó el calcetín y lo dejó cuidadosamente dentro del zapato. Llevaba el pie vendado desde el empeine hasta las puntas de los dedos, y el vendaje estaba manchado y empapado de sangre de un rojo vivo.

—No hace falta que nos lo enseñe —dijo rápidamente Alice. La sangre le provocaba desmayos.

—Tengo que cambiarme el vendaje de todas formas —dijo el hombre, desenrollando la gasa y dejando expuesto el pie. Tenía el dedo gordo y los dos siguientes horriblemente machacados, las uñas ennegrecidas y los extremos de los dedos destrozados, ensangrentados y en carne viva.

Juan ya se había levantado. Luego se acercó Pimples. Ni siquiera Norma fue capaz de resistirse a mirar.

—Dios mío, lo tiene machacado de mala manera —dijo Juan—. Déjeme ir a por agua para lavarlo. Habrá que echarle algo para que no se infecte. Podría perder el pie.

Pimples soltó un silbido estridente entre dientes para indicar su interés y una especie de entusiasmo por la importancia de la herida. El hombrecillo miraba a la cara de Juan con unos ojos brillantes de placer y expectación.

—¿Cree que es grave? —preguntó.

—Ya lo creo que es grave —dijo Juan.

—¿Cree que debería ir al médico?

—Vaya, yo que usted sí que iría.

El hombrecillo se rio encantado.

—Eso es todo lo que quería oír —dijo. Pasó la uña del pulgar por el empeine y se le levantó la parte superior del pie; la piel, la sangre, los dedos machacados y todo, y debajo estaba su pie entero, sin heridas y con los dedos intactos. Echó la cabeza hacia atrás y se rio, regocijado.

—Está bien, ¿a que sí? Es de plástico. Un producto nuevo.

El señor Pritchard se había acercado con cara de asco.

—Es el Pie Machacado Artificial Little Wonder —dijo el hombre. Sacó una caja plana del bolsillo lateral y se la dio a Juan—. Ha sido tan amable conmigo que quiero regalarle uno. Cortesía de Ernest Horton, en representación de la compañía Little Wonder. —Su voz desbordaba entusiasmo—. Los hay de tres tamaños, con uno, dos o tres dedos machacados. Este que le doy es de los de tres, como el que acaba de ver. Incluye venda y un bote de sangre artificial para que conserve su aspecto lamentable. Contiene instrucciones. Hay que ablandarlo en agua templada la primera vez que se lo ponga. Luego ya le queda como otra piel y no se nota nada. Se lo puede pasar pipa con él.

El señor Pritchard se inclinó hacia delante. En un rincón escondido de su mente se veía quitándose un calcetín en una reunión del consejo de empresa. Podría hacerlo en cuanto volviera de México, después de contar alguna historia de bandidos.

—¿A cuánto los vende? —preguntó a Horton.

—A dólar y medio, pero casi nunca vendo al detalle —dijo Ernest Horton—. Los comercios se llevan todo lo que me va llegando. En dos semanas he vendido cuarenta brutos a las tiendas.

—No me diga —dijo el señor Pritchard. Se le notaba en los ojos lo admirado que estaba.

—Si no se lo cree, le enseño mi cartera de pedidos. De todos los artículos que han pasado por mis manos, este es el que más rápido vende. Little Wonder está haciendo el agosto con esto.

—¿Qué margen de beneficio tiene? —quiso saber el señor Pritchard.

—Bueno, eso prefiero no decirlo a menos que sea del gremio. Por ética profesional, ya me entiende.

El señor Pritchard asintió.

—Bueno, yo le compro una al precio de venta al público.

—Se lo traigo en cuanto termine de desayunar. ¿Ya están esas tostadas con mantequilla? —le preguntó a Norma.

—Enseguida —contestó Norma, y volvió a su lugar detrás de la barra a encender el tostador con una expresión culpable.

—Ya ven, es la psicología lo que hace que se venda —dijo Ernest, exultante—. Hemos tenido dedos artificiales de la mano cortados durante años y se vendían despacio, pero esto... es la psicología de quitarse el zapato y el calcetín. Nadie se imagina que vas a tomarte la molestia de hacer eso. El tipo al que se le ocurrió eso se ganó una buena prima.

—Me imagino que usted mismo estará ganando un dinerito con ello —dijo el señor Pritchard con admiración. Ya se sentía mucho mejor.

—Ya lo creo —dijo Ernest—. Tengo un par de cosillas más en la maleta que podrían interesarle. No están a la venta salvo para los comercios, pero se las enseñaré. Puede que lo encuentre divertido.

—Me gustaría quedarme con media docena de pies machacados —dijo el señor Pritchard.

—¿De los de los tres dedos?

El señor Pritchard se lo pensó. Los quería para regalarlos, pero no quería competencia. Charlie Johnson podía vender artículos de broma mejor que el señor Pritchard. Charlie tenía madera de humorista.

—Podría darme uno de tres dedos, tres de dos dedos y dos de uno. Creo que así me va bien.

La lluvia estaba cambiando. Caía en forma de grandes aguaceros racheados que lo empapaban todo, separados por unos intervalos breves y con goterones. Juan estaba sentado de nuevo junto a la ventana con su café. En el platillo tenía media rosquilla marrón.

—Creo que va a escampar un poco —dijo Juan—. Quiero probar ese conjunto trasero un poco más antes de salir.

—Me tomaría otro trozo de ese pastel de coco —dijo Pimples.

—De eso nada —respondió Alice—. Tengo que guardar un poco de pastel para los clientes.

—Bueno, yo soy un cliente, ¿o no?

—No sé si nos van a llegar pedidos de San Ysidro hoy —dijo Alice—. Tengo que guardar un poco por si acaso.

Al extremo de la barra había una bandeja de dulces dispuestos de forma escalonada, con chocolatinas envueltas y empaquetadas. Pimples se levantó de la banqueta y se acercó hasta allí. Estuvo estudiando los paquetes de colorines un buen rato antes de escoger. Al fin sacó tres chocolatinas y se las echó al bolsillo.

—Un Baby Ruth, un Love Nest y un Coconut Sweetheart —declaró.

—Los Coconut Sweetheart cuestan diez centavos. Llevan frutos secos —dijo Alice.

—Ya lo sé.

Alice cogió su bloc de detrás de la barra.

—Te acabas de comer todo tu sueldo de la semana y un poco más —dijo.

CAPÍTULO 4

En cuanto salieron los Pritchard de la habitación, Norma se apresuró a decir:

—Tengo que cepillarme el pelo y recoger un poco. —Y salió disparada hacia la puerta. Alice salió pisándole los talones.

—Al baño voy yo la primera —dijo Alice fríamente. Norma atravesó la habitación del señor y la señora Chicoy y entró en la suya. Cerró la puerta tras de sí y, como no había llave, corrió el pequeño pestillo junto a la cerradura para asegurarse de tener intimidad. Su estrecha cama de hierro del ejército estaba sin hacer, y la gran maleta de muestras de Ernest Horton estaba junto a la pared.

Era una habitación muy estrecha. Junto a una de las paredes había un tocador con una palangana y un jarro, y encima del tocador había una funda de almohada de seda rosa con flecos sujeta a la pared con tachuelas. Era de color rosa y tenía una foto de cañones cruzados ante un ramo de rosas rojas. Impreso sobre la funda había un poema llamado «Oración de un soldado a su madre».

Entre el fuego y los obuses pienso en ti, madre querida,
con la esperanza de que tus oraciones me tengan a salvo
y cuando la guerra haya acabado y esté ganada
a ti volveré, de entre todas la primera.

Norma echó un rápido vistazo a la ventana, ensombrecida por la luz filtrada por la lluvia, y entonces se metió la mano por el cuello del vestido y volvió la tela de dentro afuera. En un imperdible sujeto al borde vuelto tenía una pequeña llave, que sacó. Extrajo la maleta de debajo del tocador, abrió la cerradura y luego la propia maleta. Encima había una foto reluciente de Clark Gable con un marco plateado y firmada «Un saludo cordial. Clark Gable». Había comprado la foto, el marco y la firma en una tienda de regalos de San Ysidro.

Metió la mano rápidamente hasta el fondo de la maleta. Sus dedos dieron con la pequeña caja cuadrada del anillo. La sacó y la abrió de un tirón, vio que los anillos seguían allí y volvió a meter la caja en el fondo de la maleta. Cerró esta, echó el cierre, la deslizó debajo del tocador y volvió a prenderse la llave dentro del vestido. Abrió el cajón del tocador, sacó un cepillo y un peine y se acercó a la ventana. En la pared contigua a las cortinas de cretona de flores rojas y verdes había un espejo enmarcado. Norma se puso delante de él y se miró.

Una luz plomiza entró por la ventana y se posó sobre su rostro. Abrió los ojos con una mirada intensa y luego sonrió vivamente, mostrando todos los dientes. Se puso un poco de puntillas, saludó a una multitud inmensa y volvió a sonreír. Pasó el peine por su cabello ralo, dando tirones al enredarse las púas en los extremos ondulados. Cogió un lápiz del tocador y pasó la punta roma sobre sus cejas pálidas, acentuando la curva del centro de un modo que le daba a su rostro un aspecto sorprendido. Luego empezó a cepillarse el pelo, diez pasadas por un lado y diez por el otro. Mientras pasaba el cepillo, elevaba y flexionaba los músculos de una pierna y luego de la otra para desarrollar las pantorrillas. Era una rutina recomendada por una estrella de cine que jamás había hecho ejercicio de ninguna clase por propia voluntad, pero que tenía unas piernas muy bonitas.

Mientras la luz decrecía todavía más, Norma echó otro vistazo rápido a la ventana. Habría encontrado odioso que alguien observara su danza grotesca. Norma estaba más sumergida que un iceberg. Solo la parte más minúscula de ella asomaba por encima de la superficie. Y es que la mayor, mejor y más hermosa parte de Norma estaba detrás de sus ojos, sellada y protegida.

El pomo de la puerta de la habitación giró y alguien trató de abrir la puerta. Norma se envaró y se quedó muy rígida. Solo movía una mano, con la que se frotaba frenéticamente las cejas, logrando extender unos manchurrones grises sobre su frente. Entonces alguien llamó a la puerta. Una llamada leve y cortés. Dejó el cepillo sobre el tocador, se alisó el vestido y fue hasta la puerta. Corrió el pestillo y abrió una rendija. La cara de Ernest Horton la observaba. Tenía el bigotito denso y velludo arqueado sobre la boca.

—He pensado que mejor me llevo la maleta de muestras para que no le estorbe —dijo. Norma seguía sosteniendo la puerta sin abrir más que una rendija.

—Como han sido ustedes tan amables conmigo —prosiguió—, no quiero causarles más molestias de las necesarias.

Norma se relajó poco a poco, pero su respiración seguía siendo algo agitada. Abrió la puerta y dio un paso atrás. Ernest, con una sonrisa avergonzada, entró en la habitación. Se dirigió a la cama.

—Tenía que haber hecho la cama —dijo, estirando la sábana y la manta y pasando la mano para alisarlas.

—No, deje, ya lo haré yo —dijo Norma.

—Ni siquiera ha esperado a que le diera la propina que le prometí —dijo Ernest—. Pero aquí la tengo. —Hizo la cama con destreza, como si lo hubiera hecho muchas veces antes.

—La podía haber hecho yo igualmente —dijo Norma.

—Bueno, pues ya está hecha. —Se acercó a su gran maleta de muestras—. ¿Le importa si abro esto? Quiero sacar unas cosas.

—Adelante —contestó Norma, con la mirada llena de interés.

Posó la gran maleta de muestras sobre la cama, abrió el cierre con un chasquido y echó hacia atrás la tapa. En aquella maleta había cosas maravillosas. Había tubos de cartón y pañuelos que cambiaban de color. Había puros que explotaban y bombas fétidas. Había megáfonos de manos libres, bocinas y sombreros de papel para fiestas, banderines e insignias con frases cómicas. Había almohadas de seda como la de la pared. Ernest estaba sacando seis de los pies machacados artificiales de sus paquetes aplanados, y Norma se había acercado para ver lo que había dentro de la maleta maravillosa. Unas fotografías de estrellas del cine habían captado su atención. No se parecían a ninguna que hubiera visto antes jamás. Estas fotografías estaban prensadas y moldeadas en el interior de unas placas de plástico transparente de más de medio centímetro de grosor. Lo curioso era que no parecían planas. Por algún truco, por estar combadas, o quizá por la refracción de la luz, las caras daban sensación de volumen y profundidad. Parecían tener tres dimensiones, y los marcos tenían un tamaño de veinte por veinticinco centímetros.

La de arriba era una foto muy real y sonriente de James Stewart, y por debajo de esta sobresalía una segunda foto de la que solo se veía el pelo y parte de la frente, pero ella conocía bien ese pelo y esa frente. Se le despegaron los labios y los ojos le empezaron a brillar. Lentamente, su mano se acercó a la maleta y apartó a James Stewart. Y ahí estaba, Clark Gable, con ese aspecto corpóreo y tangible. Era una pose seria e intensa, con el mentón levantado, la mirada serena y decidida. Era una foto como no había visto nunca. Suspiró profundamente y trató de controlar la respiración para que no se le oyera. Sacó la fotografía de la maleta y la miró a los ojos, con los suyos bien abiertos e hipnotizados.

Ernest la observó y percibió su interés.

—Es la pera, ¿verdad? Es una idea nueva. ¿Ves que parece que tiene volumen, como una estatua?

Norma asintió, sin habla.

—Voy a hacer una predicción —dijo Ernest—. Me mojo y pongo la mano en el fuego. Ese cacharrito va a borrar del mapa a todos los demás tipos de fotografía. Es a prueba de ácidos y humedad, dura toda la vida, nunca se vuelve parda. Está moldeada y horneada dentro del marco mismo. Dura toda la vida.

Norma no apartó la vista de la foto ni por un momento. Ernest intentó cogerla y los dedos de ella se cerraron y la aferraron como unas garras.

—¿Cuánto? —le salió una voz como un gruñido áspero y gutural.

—Solo es una muestra —explicó Ernest—. Es algo nuevo para enseñar al gremio. No está a la venta. Hay que hacer un pedido.

—¿Cuánto?

Se le habían quedado los dedos blancos de tanto apretar. Ernest se fijó bien en ella. Su rostro tenía una expresión decidida y firme, con los músculos de la mandíbula tensos y las aletas de la nariz ensanchándose un poco al ritmo de su respiración controlada.

—El precio al público es de dos dólares —respondió Ernest—, pero le dije que le iba a dar una buena propina. ¿Prefiere quedarse con eso antes que con una buena propina?

La voz de Norma sonó ronca.

—Sí.

—Bueno, pues quédesela entonces.

La blancura desapareció lentamente de sus dedos. En sus ojos había una luz de gloria. Se lamió los labios.

—Gracias —dijo—. ¡Muchísimas gracias, señor! Volvió el rostro del retrato hacia sí y se lo llevó a la cara. El plástico no estaba frío, como el vidrio, sino templado y suave al tacto.

—Supongo que me las puedo arreglar con una sola muestra —dijo Ernest—. Verá, es que voy al sur. No volveré a la oficina central hasta dentro de seis semanas. He pensado pasar dos semanas en Los Ángeles. Es un sitio excelente para colocar chucherías y regalos.

Norma llevó la foto al tocador, abrió el cajón, la metió debajo de un montón de ropa y lo cerró.

—Supongo que irá a Hollywood.

—Ah, claro. Eso es mejor aún que Los Ángeles para las chucherías. Además, también vienen a ser como una especie de vacaciones para mí. Tengo muchos amigos allí. Me tomo unas vacaciones, me muevo por ahí a ver cosas y de paso miro cómo está el negocio. Así mato dos pájaros de un tiro. No pierdo nada de tiempo. Tengo un amigo allí, nos conocimos en el Ejército, y trabaja para uno de los estudios. Siempre hago alguna que otra correría con él. La última vez que fuimos de fiesta la cosa empezó en el Melrose Grotto. Eso está en Melrose, justo al lado de RKO. ¡Esa sí que fue una fiesta! Preferiría no contarle lo que hicimos, pero jamás en la vida me he divertido tanto. Y después mi amigo, cómo no, tuvo que volver a trabajar al estudio.

Norma estaba tan alerta como un cachorro de setter al acecho de un bicho.

—¿Su amigo trabaja para un estudio? —preguntó en tono casual—. ¿Para cuál?

—Metro-Goldwyn-Mayer —respondió Ernest. Estaba volviendo a hacer la maleta de muestras y no la miraba. No percibió el aliento rasposo de su garganta ni el tono alterado de su voz.

—¿Y entra usted en los platós?

—Sí, sí. Willie me consigue los pases. A veces voy a ver cómo ruedan. Willie es carpintero. Trabajaba allí antes de la guerra y ahora ha vuelto. Serví con él. Un tipo estupendo de verdad. ¡Y menudo elemento para ir a fiestas! Conoce a más chicas y tiene más números de teléfono que nadie. Una agenda negra bien gorda llena de teléfonos. Ni él mismo se acuerda de la mitad de las chicas de las que tiene el teléfono.

Ernest le estaba cogiendo el gusto a su tema de conversación. Se sentó en la silla pequeña que había arrimada a la pared. Empezó a reír.

—Willie estaba destinado en Santa Ana al principio de la guerra, antes incluso de que lo conociera yo. El caso es que los oficiales se enteraron de lo de su agenda negra, se llevaban a Willie a Hollywood para que él les consiguiera chicas y a cambio le daban permisos cuando quería. Le estaba yendo muy bien cuando le tocó embarcarse a su unidad.

Una expresión irritada iba asomando rápidamente a los ojos de Norma a medida que avanzaba el relato. Sus dedos enredaban con el delantal. La voz le salió aguda y luego grave.

—Me pregunto si le incomodaría hacerme un favor.

—No, claro que no —respondió Ernest—. ¿Qué es lo que quiere?

—Bueno, si yo le diera una carta y usted va..., esto..., fuese a los platós de la MGM y viese por casualidad al señor Gable, pues... me pregunto si se la podría dar.

—¿Quién es el señor Gable?

—El señor Clark Gable —aclaró Norma, en tono adusto.

—Ah, él. ¿Lo conoce?

—Sí —dijo Norma de modo glacial —Soy..., soy prima suya.

—Ah, entiendo. Bueno, claro que lo haría. Pero no sé si voy a ir. ¿Por qué no la echa al correo?

Norma entrecerró los ojos.

—El correo no le llega —dijo, misteriosa—. Hay una chica, una especie de secretaria, que le coge las cartas y las quema.

—¡No puede ser! ¿Por qué?

Norma se detuvo a considerarlo.

—Es que no quieren que las lea.

—¿Ni siquiera las de sus propios parientes?

—Ni siquiera de su prima —dijo Norma.

—¿Le dijo eso él?

—Sí. —Tenía los ojos muy abiertos y la mirada perdida—. Sí. Yo voy a ir bastante pronto, claro. He tenido ofertas y una vez estaba a punto de ir, pero mi primo, el señor Gable, vaya, me dijo: «No, tienes que adquirir más experiencia». «Eres joven. No hay ninguna prisa». Así que estoy adquiriendo experiencia. Se aprende mucho sobre la gente en la hostelería. Yo me paso el tiempo estudiando a la gente.

Ernest la miró con algo de escepticismo. Conocía las historias fantásticas de camareras que se convertían en estrellas de cine de la noche a la mañana, pero le pareció que Norma no tenía el busto que hacía falta para eso, ni las piernas. Las piernas de Norma eran como palos. Por otra parte, sin embargo, sabía de dos o tres estrellas de cine que sin maquillaje eran tan del montón que nadie las reconocería fuera de la pantalla. Había leído sobre ellas. Y Norma, aunque no tuviera el aspecto, bueno, la podían acolchar un poco, y si Clark Gable era su primo, bueno, eso era un enchufe inmejorable. Eso era lo decisivo.

—Bueno, no había pensado especialmente pedirle a Willie que me consiguiera un pase esta vez. Ya he estado allí unas cuantas veces, pero… bueno, si quiere, voy allí directamente, le busco y le entrego la carta. ¿A qué cree que viene eso de tirarle el correo?

—No quieren más que explotarle y exprimirle hasta que se agote y luego tirarle a la basura como un zapato viejo —

respondió Norma con pasión. Ola tras ola de pasión la iba envolviendo. Estaba en éxtasis, y al mismo tiempo la iba asaltando el pánico. Norma no era una mentirosa. Nunca antes había hecho nada igual. Caminaba por una tabla larga y tambaleante y lo sabía. Una sola pregunta, algún dato que conociera Ernest sería suficiente para hacerla perder pie y caer al abismo, pero aun así no podía parar—. Es un gran hombre. Un gran caballero. No le gustan los papeles que le obligan a hacer porque él no es así. Ni siquiera Rhett Butler..., no le gustó hacer ese papel porque él no es un canalla, y no le gusta hacer papeles de canalla.

Ernest había bajado los ojos y estudiaba a Norma a través de las pestañas. Y Ernest empezaba ya a comprender. La clave del asunto se iba desvelando en su mente. En ese momento Norma estaba todo lo guapa que podría llegar nunca a estar. Había una dignidad en su rostro, un valor y efluvio de amor verdaderamente grande. Solamente había dos cosas que Ernest pudiera hacer: burlarse de ella o seguirle la corriente. De haber habido alguna otra persona presente en la habitación, otro hombre, por ejemplo, probablemente se habría burlado para evitar quedar en ridículo, se habría sentido avergonzado y se habría mostrado más vehemente, porque veía que lo que brillaba en esta chica era algo poderoso, puro y abrumador. Se trataba de lo mismo que permite a los neófitos pasar noche tras noche tendidos en un suelo de piedra ante un altar. Era la emanación de una fragancia de amor, de una intensidad desnuda que Ernest no había visto antes en ninguna otra persona.

—Le llevaré la carta. Le diré que es de su prima.

A Norma se le puso cara de susto.

—No. Prefiero sorprenderle. Dígale solo que es de una amiga. No le diga ni una sola cosa más.

—¿Cuándo cree que irá por allí a hacer algún trabajo? —preguntó Ernest.

—Bueno, el señor Gable dice que debo esperar un año más. Dice que soy joven y que necesito experiencia en lo de estudiar a la gente. Pero a veces me canso. A veces me gustaría estar allí tranquila, en mi propia casa, con sus cortinones bien gansos…, grandes, y el sofá bien largo, y tal, y poder ver a todas mis amigas… Bette Davis, Ingrid Bergman y Joan Fontaine, porque yo no ando por ahí con las otras, que siempre se están divorciando y tal. Nos sentamos a hablar de cosas serias, y estamos siempre estudiando, porque así es como se progresa y se convierte una en una gran actriz. Y hay muchas que tratan mal a sus admiradoras, que no firman autógrafos y cosas de esas, ¡pero nosotras no! Las que son como nosotras, quiero decir. A veces hasta invitamos a chicas que conocemos en la calle a tomar un té y a charlar como si fueran una más, porque sabemos que todo lo que tenemos se lo debemos a la lealtad de nuestro público.

Temblaba de miedo por dentro, pero ya no podía parar. Había avanzado mucho por la tabla, no veía la forma de parar y estaba a punto de caer.

—Al principio no entendía —dijo Ernest—. Ya ha hecho películas. ¿Ya es una estrella?

—Sí —respondió Norma—. Pero no me conocería por el nombre que uso aquí. Tengo otro nombre que uso en Hollywood.

—¿Cuál es?

—No se lo puedo decir. Usted es la única persona por aquí que sabe algo de mí. ¿No irá a contar nada, verdad?

Ernest se sintió afectado.

—No —respondió—. No contaré nada si no quiere.

—Mantenga a salvo mi secreto.

—Claro —dijo Ernest—. Déme la carta y me encargaré de que la reciba.

—¿Se encargará de que quién reciba qué?

—Preguntó Alice desde la puerta—. ¿Qué hacen los dos solos en la habitación? —Sus ojos iban sospechosamente de aquí para allá buscando alguna prueba, revisaron la maleta de muestras que estaba sobre la cama, se detuvieron en la almohada, inspeccionaron la colcha y luego repasaron a Norma. Los ojos de Alice fueron subiendo desde sus pies, por sus piernas, se detuvieron un momento en la falda, vacilaron en su cintura y luego se posaron en su cara encendida del rubor.

Norma casi tenía náuseas de la vergüenza. La sangre le pintaba dos manchones sobre las mejillas. Alice puso los brazos en jarras.

Ernest habló en tono conciliador.

—Solo he entrado a sacar mi maleta de muestras para que no estorbara, y ella me ha pedido que le entregue una nota a un primo suyo de Los Ángeles.

—Ella no tiene ningún primo en Los Ángeles.

—Pues sí que lo tiene —replicó Ernest, irritado—, y además, a su primo lo conozco yo.

En ese momento la ira que llevaba toda la mañana tratando de escapar de Alice estalló de manera furiosa.

—Óigame usted —gritó—. No voy a permitir que vendedores ambulantes como usted anden metiendo mano a las chicas a las que empleo.

—Nadie la ha tocado —se defendió Ernest—. Nadie le ha puesto la mano encima.

—¿No? ¿Y qué hace aquí en su habitación entonces? Mírele la cara. —Alice se dejaba llevar por la histeria, perdido ya el control. Una voz chillona, pesada y ronca surgía de su garganta. El pelo le caía sobre los lados de la cara, ponía los ojos húmedos en blanco y tenía los labios apretados en una mueca cruel, como los de un boxeador que golpea a un oponente apenas consciente—. No lo voy a permitir. ¿Se cree que la quiero ver preñada? ¿Cree que quiero tener esto lleno de bastardos? ¡Les damos nuestras camas y nuestras habitaciones!

—¡Le digo que no ha pasado nada! —gritó Ernest. Estaba abrumado por la desesperación de tener que vérselas con semejante locura. Sus negativas sonaban a sus propios oídos casi como admisiones de culpa. No entendía por qué ella se portaba así, la injusticia le revolvía el estómago y su propia ira también iba en aumento.

Norma, boquiabierta, se estaba contagiando del microbio de la histeria. Con cada aliento jadeante le salían unos ruiditos como relinchos. Sus manos luchaban entre sí ante ella, como si quisieran destrozarse la una a la otra.

Alice fue hacia Norma, amenazándola con el puño derecho cerrado, no de manera femenina, sino con los dedos bien apretados, los nudillos salidos y vueltos hacia arriba y el pulgar bien pegado a las primeras articulaciones de los dedos. La voz le salía densa, pastosa.

—¡Largo de aquí! ¡Lárgate bien lejos! ¡Fuera, y que te llueva! —Alice se vino sobre Norma y esta se apartó profiriendo un grito de horror.

Se escucharon unos pasos apresurados junto a la puerta.

—¡Alice! —exclamó Juan en tono cortante.

Alice se detuvo. Se quedó boquiabierta y el miedo asomó en su mirada. Juan entró despacio en la habitación. Caminaba con los pulgares enganchados en los bolsillos del peto. Se acercó a ella con movimientos tan leves como los de un gato al acecho. El anillo de oro de su dedo amputado brillaba a la luz plomiza de la ventana. La furia de Alice se transformó en terror. Encogida, se apartó de él, pasó junto al extremo de la cama hacia el pasillo ciego hasta dar con la pared, y ahí se tuvo que detener.

—No me pegues —susurró—. Por favor, no me pegues.

Juan se acercó a ella y su mano derecha se aproximó lentamente hasta el brazo de ella, justo por encima del codo. La miraba a ella, no a través de ella ni a su alrededor. La hizo girar con suavidad, la guio por la habitación hasta salir por la puerta y la cerró, dejando dentro a Norma y a Ernest.

Se quedaron mirando la puerta cerrada, casi sin aliento. Juan llevó a Alice hasta la cama de matrimonio, la hizo dar la vuelta con suavidad, ella se vino abajo como una inválida y cayó hacia atrás, mirándole con ojos desorbitados. Cogió una almohada de la cabecera de la cama y la colocó bajo su cabeza. Su mano izquierda, la del muñón en el dedo y el anillo de casado, le acarició con delicadeza la mejilla.

—Ya se te pasa —dijo.

Ella se tapó la cara con los brazos y sus sollozos sonaron estrangulados, duros y secos.

CAPÍTULO 5

Bernice Pritchard, su hija Mildred y el señor Pritchard se sentaron a la mesa pequeña a la derecha de la puerta de entrada del comedor. Los tres habían hecho una pequeña piña. Las dos personas mayores, porque se sentían atacadas de alguna manera, y Mildred por una especie de instinto protector hacia ellos. A menudo se preguntaba cómo habían sobrevivido sus padres en un mundo cruel y despiadado. Los tenía por niños ingenuos y desvalidos, y hasta cierto punto tenía razón en lo que se refería a su madre. Pero Mildred no tenía en cuenta la cualidad indestructible que poseen los niños, esa forma suya de ser de una pieza, la pura perseverancia para salirse con la suya. Y en Bernice había una especie de indestructibilidad. Era más bien guapa. Tenía la nariz recta, y hacía tanto que llevaba quevedos que la presión le había dado forma a la parte que queda entre los ojos. La parte superior y cartilaginosa de su nariz era no solo muy delgada a causa de las gafas, sino que además tenía dos lunares rojos que mostraban dónde solían hacer presión los muelles. Sus ojos eran de color violeta y miopes, lo cual le confería una mirada dulce e introvertida.

Era femenina y delicada, y vestía siempre de una forma que sugería épocas pasadas. A veces llevaba chorreras y broches antiguos. Sus blusas tenían siempre algo de encaje y algún bordado, y llevaba los cuellos y mangas impecables, sin excepción. Usaba agua de lavanda, de modo que la piel, la ropa y el bolso le olían siempre a lavanda, junto con otro olor ácido, casi imperceptible, que era el suyo. Tenía tobillos y pies bonitos, calzados siempre con zapatos muy caros, por lo general de cabritilla y con cordones, con un pequeño arco sobre el empeine. Su boca era algo lánguida e infantil, floja y sin demasiado carácter. Hablaba muy poco, pero en su propio círculo se había ganado una reputación de persona bondadosa y sagaz, lo primero por no decir más que cosas buenas de todo el mundo, incluso de aquellos a los que no conocía, y lo segundo gracias a que no expresaba jamás una opinión sobre nada que fuera más allá de los perfumes o la comida. Acogía las ideas de los demás con una sonrisa discreta, casi como si les perdonara por tener ideas. Lo cierto es que no escuchaba.

Había habido ocasiones en las que Mildred había llorado de rabia ante la sonrisa comprensiva e indulgente que mostraba su madre tras alguno de sus comentarios sobre política o economía. A la hija le costó mucho tiempo descubrir que su madre no prestaba atención a ninguna conversación que no tuviera que ver con gente, lugares o cosas materiales. Por otra parte, Bernice jamás olvidaba un detalle relativo a productos, colores o precios. Recordaba exactamente cuánto había pagado por unos guantes negros de ante siete años atrás. Le gustaban los guantes y los anillos, cualquier clase de anillos. Tenía una colección bastante grande, pero sin importar qué ropa se pusiera, llevaba siempre su pequeño anillo de compromiso de diamante y la alianza de oro. Estos solamente se los quitaba para bañarse. Se los dejaba puestos al lavar los peines y cepillos con amoniaco en el lavabo. El amoniaco dejaba limpios los anillos y daba un brillo vivo a los pequeños diamantes.

Su vida de casada era bastante agradable y sentía afecto por su marido. Creía conocer sus debilidades, sus resortes y sus deseos. Ella, por su parte, estaba incapacitada por lo que llamaban «velo de monja», con lo que estaba descartado el obtener ningún goce de tipo sexual de su matrimonio; sufría además de una acidez que le impedía concebir hijos sin primero neutralizar artificialmente los ácidos de su organismo. Ambos trastornos los tenía por normales, y toda variación con respecto a ellos, anormal y de mal gusto. A las mujeres de apetitos sexuales fuertes y sanos se refería como «esa clase de mujer», y sentía por ellas una cierta lástima, como la que sentía por los drogadictos y los alcohólicos.

La libido inicial de su marido la había aceptado, y luego, de manera gradual y por medio de una reticencia leve pero constante, la había primero moldeado, después controlado y poco a poco estrangulado, de modo que tales impulsos se fueron haciendo cada vez más infrecuentes, hasta que él mismo creyó que había alcanzado una edad en la que esas cosas no importan.

A su manera era una mujer muy poderosa. Se encargaba de llevar de manera eficiente una casa limpia y acogedora, y servía comidas que, sin ser sabrosas, eran nutritivas. No era partidaria del uso de especias, pues le habían dicho hacía tiempo que tenían un efecto afrodisíaco sobre los hombres. Ninguno de los tres —el señor Pritchard, Mildred ni ella misma— engordaba nunca, probablemente por lo insulso de la comida. No daba para estimular un gran apetito.

Las amigas de Bernice la tenían por una de las personas más amables y abnegadas que se pueda llegar a conocer en la vida, y decían a menudo que era una santa; ella misma decía a menudo que se sentía modestamente afortunada, pues contaba con las mejores y más leales amigas del mundo entero. Le encantaban las flores, y las plantaba, podaba, fertilizaba y cortaba. Tenía siempre grandes recipientes con flores por toda la casa, con lo cual sus amigas decían que era como una floristería, y ella misma las colocaba de manera muy hermosa.

No tomaba medicamentos, y con frecuencia sufría en silencio a causa del estreñimiento, hasta que la presión acumulada la aliviaba. En realidad nunca había estado muy enferma ni había sufrido ningún accidente grave, y por tanto no tenía una vara de medir para el dolor. Una punzada en el costado, un dolor de espalda o un dolor causado por los gases junto al corazón la convencían secretamente de que estaba a punto de morir. Había tenido la certeza de que moriría cuando estaba embarazada de Mildred, y había organizado las cosas de manera que al señor Pritchard le resultara todo más sencillo. Llegó incluso a escribirle una carta que debía abrir solo después de su muerte, en la que le aconsejaba que se casara de nuevo para que la niña tuviese una madre de algún tipo. Pasado un tiempo, la destruyó.

Era lenta y perezosa de cuerpo y mente, y muy en lo hondo trataba de sofocar una envidia cansada hacia las personas que —pensaba ella— disfrutaban de la vida mientras ella pasaba por la suya como una nube gris por una sala gris. Como no tenía mucho conocimiento reunido a partir de la observación y el aprendizaje, basaba su vida en atenerse a una serie de normas. Es bueno tener cultura. El autocontrol es necesario. Cada cosa en su momento y lugar. Viajar ensancha la mente. Fue el último de estos axiomas el que la había abocado por fin a ir de vacaciones a México.

Cómo llegaba a sus conclusiones era algo que no sabía ni ella. Era un proceso largo y lento hecho a base de pequeñas pistas, sugerencias y accidentes, miles de ellos, hasta que por fin, por la fuerza del número, el asunto se precipitaba. Lo cierto era que no quería ir a México. Solo quería ver de nuevo a sus amigas después de haber estado allí. Su marido no quería ir en absoluto. Él lo hacía por su familia, y porque esperaba que le hiciera algún bien en lo cultural. Mildred sí quería ir, pero no con sus padres. Quería conocer a gente nueva y rara, y a través de dicho contacto volverse nueva y rara ella misma. Mildred sentía que albergaba grandes pozos sellados de emociones en su interior, y es probable que así fuera. Casi todo el mundo los tiene.

A Bernice Pritchard, aunque renegara de la superstición, la afectaban profundamente las señales del destino. El que el autobús sufriera una avería tan al principio del viaje la asustaba, pues parecía augurar toda una serie de accidentes que habrían de ir arruinando el viaje. Era sensible al desasosiego del señor Pritchard. Durante la noche, en vela sobre la cama de matrimonio de los Chicoy, oyendo la respiración suspirante de su marido, había dicho:

—Esto se convertirá en una aventura cuando acabe. Casi estoy oyendo cómo la cuentas. Será divertido.

—Supongo que sí —fue la respuesta del señor Pritchard.

Entre los dos había un cierto cariño, una relación casi como de hermano y hermana. Para el señor Pritchard las carencias de su esposa como mujer venían a ser los atributos de una dama. Nunca tuvo que preocuparse por su fidelidad. Sabía de modo inconsciente que carecía de deseo, y a su entender eso era algo bueno. Los nervios, las pesadillas y el penetrante dolor que a veces sentía en el abdomen superior los achacaba el señor Pritchard a que tomaba demasiado café y a la falta de ejercicio.

Le gustaba el bonito cabello de su esposa, siempre limpio y ondulado; le gustaba su ropa impecable, y le encantaban los cumplidos que recibía por llevar tan bien la casa y por sus flores. Era una esposa como para estar orgulloso. Había criado a una hija estupenda, una chica atractiva y saludable.

Mildred era buena moza; una chica alta, le sacaba más de cinco centímetros a su padre y unos trece a su madre.

Había heredado los ojos violeta de su madre y el defecto visual a ellos asociado. Se ponía las gafas cuando quería ver algo con nitidez. Tenía buen tipo, unas piernas poderosas y tobillos fuertes y esbeltos, así como unas nalgas y muslos duros, rectos y lisos gracias al ejercicio abundante. Jugaba bien al tenis y era pívot del equipo universitario de baloncesto. Sus pechos eran grandes, firmes y anchos en la base. No había heredado el impedimento fisiológico de su madre, y había tenido dos experiencias amorosas consumadas que le habían proporcionado gran satisfacción y el anhelo firme de una relación duradera.

Mildred tenía el mentón cuadrado y firme como su padre, pero unos labios carnosos, la boca floja y algo asustadiza. Llevaba unas gafas negras de concha que le daban un aspecto académico. Siempre era una sorpresa para los que la habían conocido recientemente verla sin gafas en los bailes. Bailaba bien, si acaso de un modo algo meticuloso, pero era una atleta en activo, y quizá por ello tendía más al rigor que a la relajación. Sí tenía una cierta tendencia a llevar la iniciativa, pero era algo a lo que podía imponerse un compañero que supiera moverse con convicción.

Las convicciones de Mildred también eran fuertes, pero mudables. Había tomado parte en diversas causas, por lo general buenas. No comprendía a su padre en absoluto, pues la confundía constantemente. Si le contaba algo razonable, lógico, inteligente, a menudo lo encontraba obtuso, torpe, con una falta completa de capacidad de raciocinio que la horrorizaba. Y luego iba y decía o hacía algo tan inteligente que pasaba de un salto al otro extremo. Cuando lo tenía ya cómodamente catalogado como la caricatura de un hombre de negocios, rapaz, servil y cruel, él arruinaba la paz de su juicio con un acto o una idea generosa y perspicaz.

De la vida emocional de su padre no sabía nada en absoluto, al igual que él no sabía nada de la suya. De hecho, pensaba que un hombre de mediana edad carecía por definición de vida emocional. Mildred, que tenía veintiún años, se imaginaba que los fluidos vitales estaban ya bien secos a los cincuenta, y que estaba bien que así fuera, ya que a esa edad ni los hombres ni las mujeres resultaban atractivos. Para ella un hombre o una mujer enamorados a los cincuenta habrían constituido un espectáculo obsceno.

Sin embargo, si entre Mildred y su padre había un abismo, era todo un golfo lo que la separaba de su madre. La mujer que carecía del menor deseo de ser satisfecha no podía comprender a la chica que sí los tenía. Un primer intento por parte de Mildred de compartir sus éxtasis arrebatadores con su madre y recibir alguna confirmación había topado con el vacío, con una incapacidad para comprender que de rechazo movió bruscamente a Mildred a refugiarse en sí misma. Durante mucho tiempo no intentó hacer confidencias a nadie, suponiendo que no había nadie más como ella y que todas las demás mujeres eran como su madre. Pasado un tiempo, sin embargo, una mujer joven, grande y musculosa, instructora de *hockey* sobre hielo, *softball* y tiro con arco en la universidad, se ganó la confianza de Mildred, su entera confianza, y luego trató de acostarse con ella. El impacto que esto le causó solo lo pudo superar cuando un estudiante de Ingeniería de cabello crespo y voz suave sí logró su propósito de acostarse con ella.

Ahora Mildred iba a lo suyo, pensaba por sí misma y aguardaba el tiempo en el que la muerte, el matrimonio o un accidente la liberaran de sus padres. Los quería, sin embargo, y se habría asustado de sí misma si alguna vez hubiera aflorado a la superficie de su pensamiento el deseo de que murieran.

Nunca había habido una relación muy estrecha entre los tres, aunque guardaran las apariencias. Se llamaban querido, cariño y cielo, pero Juan y Alice Chicoy mantenían de manera regular un tipo de relación que para el señor y la señora Pritchard era inconcebible. Además, las amistades estrechas y satisfactorias de Mildred eran con personas cuya existencia sus padres ignoraban por completo. Así tenía que ser. No había otra opción. Su padre consideraba depravadas a las muchachas que bailaban desnudas en las despedidas de soltero, pero jamás se le habría pasado por la cabeza que el que mira, aplaude y paga a las chicas tuviera lo más mínimo que ver con dicha depravación.

En un par de ocasiones, por insistencia de su mujer, había tratado de prevenir a Mildred contra los hombres, solo para que aprendiera a protegerse. Dio a entender —y él mismo creía— que poseía conocimientos considerables como hombre de mundo, cuando sus conocimientos, aparte de lo que pudiera saber de oídas, se reducían a una única visita un burdel, las despedidas de soltero y la árida y fría aquiescencia de su esposa.

Aquella mañana Mildred llevaba jersey, falda plisada y unos zapatos bajos de tipo mocasín. Los tres estaban sentados a la mesa pequeña del comedor. El abrigo negro de zorro de tres cuartos de la señora Pritchard colgaba de un gancho, junto al señor Pritchard. Tenía por costumbre estar pendiente de este abrigo, ayudar a su mujer a ponérselo y quitárselo, comprobar que quedaba colgado como debe ser y no tirado de cualquier manera. Lo mullía con la mano cuando tenía aspecto de estar apelmazado. Le encantaba el abrigo, le encantaba el hecho de que fuera caro, y le encantaba ver a su mujer llevarlo y a otras mujeres especular al respecto. El zorro negro era bastante raro, y constituía también una propiedad valiosa. El señor Pritchard consideraba que había que tratarlo como se merecía. Siempre era el primero en sugerir que convenía guardarlo en un almacén durante el verano. Había dejado caer que podía no ser buena idea llevarlo a México, primero, porque era un país tropical, y segundo, a causa de los bandidos que lo podrían robar. La señora Pritchard sostuvo que sí había que llevarlo, porque, en primer lugar, iban a visitar Los Ángeles y Hollywood, donde todas llevaban abrigos de piel, y segundo, porque había oído decir que en México D. F. hacía bastante frío por las noches. El señor Pritchard capituló sin oponer gran resistencia. Para él, al igual que para su esposa, el abrigo era un emblema de su posición social. Los identificaba como personas de éxito, conservadoras y formales. A uno lo tratan mejor, adondequiera que vaya, si viaja con un abrigo de piel y un equipaje vistoso.

El abrigo colgaba ahora junto al señor Pritchard, que se dedicaba a pasar los dedos con destreza entre el pelaje para soltarlo del subpelo. Sentados a la mesa, habían escuchado a través de la puerta del dormitorio el griterío desagradable del ataque de Alice a Norma, y la vulgaridad bestial del mismo les había conmocionado profundamente, uniéndolos entre sí tanto como era posible. Mildred había encendido un cigarrillo, rehuyendo la mirada de su madre. Esto solo lo venía haciendo durante los seis meses transcurridos desde que había cumplido los veintiún años. Tras el revuelo inicial el asunto no había vuelto a surgir de modo verbal, pero el rostro de su madre reflejaba su desaprobación cada vez que Mildred fumaba en su presencia.

La lluvia había cesado y solo las gotas de los robles albares caían ya sobre el tejado. La tierra estaba empapada, saturada y azotada por el agua. El grano, gordo y henchido gracias a una primavera húmeda y fructífera, lastraba los tallos tras la última tromba, de modo que el cereal se extendía en forma de olas cansinas. El agua se escurría y corría, borboteaba y se precipitaba en busca de las partes menos elevadas de los campos. Las cunetas de la carretera estatal estaban a rebosar, y en algunos lugares el agua invadía incluso la comba elevada de la calzada. Por todas partes se oía el murmullo del agua y el rumor de las corrientes. Las amapolas doradas se había visto despojadas de todos sus pétalos, y los altramuces estaban doblados como el grano, demasiado gordos, demasiado lastrados como para alzar sus copas.

El cielo se empezaba a despejar. Las nubes se iban haciendo jirones, y había trozos salpicados de hermoso cielo claro atravesados por tiras de nubes sedosas. En lo alto soplaba un viento fiero que esparcía, mezclaba y enmarañaba las nubes, pero a ras de tierra el aire estaba totalmente en calma, y se respiraba un olor a lombrices, hierba mojada y raíces al descubierto.

De la zona del comedor y el garaje de Rebel Corners corría el agua por zanjas poco profundas hasta la cuneta más grande que flanqueaba la carretera. El autobús estaba limpio y reluciente con su pintura metalizada, el agua seguía goteando de sus costados y el parabrisas estaba salpicado de pequeñas gotas. Dentro del comedor hacía un poco más de calor de la cuenta.

Pimples estaba detrás de la barra, intentando echar una mano, algo que jamás se le habría ocurrido hacer antes de aquel día. Siempre, en sus demás empleos, había detestado las tareas y odiado automáticamente también al jefe. Pero la experiencia de la mañana seguía muy presente en su ánimo. Aún podía escuchar la voz de Juan diciéndole al oído: «Kit, límpiate la grasa de las manos y ve a ver si Alice tiene ya listo el café». Era la frase más dulce que hubiera llegado nunca a sus oídos. Quería hacer algo por Juan. Había exprimido las naranjas para el zumo de los Pritchard y les había traído el café, y ahora trataba de vigilar la tostadora a la vez que preparaba unos huevos revueltos.

—Tomaremos todos huevos revueltos —le dijo el señor Pritchard—. Eso facilitará las cosas. Puedes dejar los míos en la sartén para que queden bien secos.

—Vale —respondió Pimples. La sartén estaba demasiado caliente y los huevos crepitaban y emanaban el olor a plumas de pollo mojadas que se produce al freírlos con el fuego demasiado fuerte.

Mildred había cruzado las piernas y tenía la falda atrapada bajo la rodilla, de modo que el lado que no veía Pimples tenía que quedar a la vista. Quería acercarse por ese lado a mirar. Sus ojos esquivos y estrechos echaron innumerables miradas fugaces a lo que sí podía ver. No quería que ella le pillara mirándole las piernas. Lo planeó todo de antemano. Si ella no se movía, él iría a servir los huevos con una servilleta sobre el brazo. Luego, una vez que hubiera colocado los platos, se alejaría unos tres metros y dejaría caer la servilleta como por accidente. Entonces se agacharía, miraría hacia atrás por debajo del brazo y así podría verle la pierna a Mildred.

Tenía lista la servilleta y estaba mezclando los huevos para tenerlos hechos antes de que ella se moviera. Los removió; ya estaban pegados, así que trató de apartarlos sin rascar para que la capa quemada se quedara en la sartén. El olor a huevo quemado iba llenando el comedor. Mildred levantó la vista y captó el destello en los ojos de Pimples. Bajó la vista, se fijó en cómo tenía la falda y se la colocó bien. Pimples la vio por el rabillo del ojo. Sabía que le habían pillado y las mejillas se le encendieron de vergüenza.

De la sartén de los huevos salía un humo oscuro, y de la tostadora un humo azul. Juan entró silenciosamente desde el dormitorio y olisqueó el ambiente.

—Dios santo… ¿Qué haces, Kit?

—Intento ayudar —respondió Pimples, con gesto preocupado.

Juan sonrió.

—Bueno, gracias, pero creo que será mejor que no ayudes con los huevos.

Se acercó a la cocina de gas, cogió la sartén caliente con los huevos achicharrados, la dejó tal cual en el fregadero y abrió el grifo. Siseó y borboteó un momento antes de enmudecer quejumbrosamente bajo el agua.

—Kit, tú sal y trata de arrancar el motor —continuó Juan—. No lo cales si no arranca. Con eso no harás más que ahogarlo. Si de entrada no arranca, quita la tapa del delco y seca las bujías. Puede que se hayan mojado. Cuando lo hayas arrancado, ponlo en primera unos minutos y luego mete la directa y deja que las ruedas vayan girando. Pero ten cuidado de que no se salga de los caballetes con la vibración. No lo fuerces.

Pimples se frotó las manos.

—¿Le miro primero la válvula del aceite a ver si sigue llena?

—Sí, ya sabes cómo hacer. Claro, echa un vistazo. Esa grasa del pistón se veía bastante espesa esta mañana.

—Igual ha perdido algo —dijo Pimples. Ya se había olvidado de su peripecia con la pierna de Mildred. No cabía en sí gracias a la flor que le había echado Juan.

—Kit, no creo que nadie lo robe, pero no le quites ojo, no vaya a ser… —Pimples le rio la broma a su jefe con un regocijo adulador y salió por la puerta. Juan miró más allá de la barra—. Mi mujer no se encuentra muy bien. ¿Qué puedo hacer por ustedes? ¿Más café?

—Sí —respondió el señor Pritchard—. El chico trataba de hacer unos huevos revueltos y se le han quemado. A mi mujer le gustan poco pasados…

—Si son frescos —interrumpió la señora Pritchard.

—Si son frescos —confirmó el señor Pritchard—. Y a mí me gustan secos.

—Son frescos, ya lo creo —dijo Juan—. Recién salidos del hielo, así de frescos.

—No me veo capaz de comer un huevo de cámara frigorífica —dijo la señora Pritchard.

—Pues es lo que hay, no le voy a mentir.

—Creo que tomaré una rosquilla y ya está —dijo la señora Pritchard.

—Yo tomaré lo mismo —decidió el señor Pritchard.

Juan se puso a admirar sin disimulo las piernas de Mildred. Ella le miró a él. Poco a poco, Juan fue levantando la mirada de sus piernas, y sus ojos rebosaban de tal placer, la admiraban de un modo tan abierto, que Mildred se sonrojó un poco. Sintió un calor en la boca del estómago. Sintió una sacudida eléctrica.

—¡Ah!… —exclamó, apartando la vista de él—. Creo que tomaré más café. Bueno, y una rosquilla también.

—Solo quedan dos rosquillas —contestó Juan—. Les traigo dos rosquillas y una caracola y ya se pelean ustedes.

Afuera, el motor del autobús se puso en marcha de repente y al momento quedó reducido a un ronroneo.

—Suena bien —comentó Juan.

Salió Ernest Horton, casi secretamente de tan discreto, por la puerta del dormitorio y la cerró tras él con delicadeza. Se acercó hasta donde estaba el señor Pritchard y le dejó los seis paquetes en la mesa.

—Ahí los tiene —dijo—. Son seis.

El señor Pritchard sacó la billetera.

—¿Tiene cambio de veinte?

—No, no tengo.

—¿Tiene usted cambio de veinte? —preguntó el señor Pritchard a Juan.

Juan pulsó el botón del cambio de la caja registradora y levantó el pisabilletes del compartimento.

—Le puedo dar dos de diez.

—Así está bien —dijo Ernest Horton—. Creo que yo tengo un dólar. Me debe nueve dólares.

Se quedó con uno de los billetes de diez y le entregó un dólar al señor Pritchard.

—¿Qué son? —preguntó la señora Pritchard. Cogió uno de los paquetes, pero el señor Pritchard se lo arrebató de la mano.

—No se toca —dijo en tono misterioso.

—¿Pero qué son?

—Son lo que yo me sé —respondió el señor Pritchard, juguetón—. Pronto lo sabrás.

—Ah, ¿es una sorpresa?

—Eso es. A las nenitas pequeñas más les vale no meter la nariz en las cosas de los mayores.

El señor Pritchard siempre la llamaba «nena» cuando se ponía juguetón, y ella se ponía automáticamente en el mismo plan.

—¿Y cuándo ven el *degalito bodito* las nenitas?

—Ya lo verás —dijo, embutiéndose los paquetes aplanados en el bolsillo lateral. Quería hacer su aparición cojeando en cuanto tuviera la oportunidad. Se le había ocurrido una variación sobre el truco. Fingiría que le dolía tanto el pie que no se podía quitar el zapato y el calcetín él solo. Haría que su mujer le ayudara. ¡Qué momento cuando viera su cara! Cuando viera ese pie le iba a dar algo.

—¿Qué es, Elliott? —insistió ella, ya un poco irritada.

—Ya te enterarás, y nada de pataletas, nena bonita. ¿Sabe? —continuó, dirigiéndose a Ernest—, se me acaba de ocurrir otra vuelta de tuerca. Luego le cuento.

—Sí, señor, ahí está la gracia del asunto. Se le ocurre a uno otra vuelta de tuerca y toma, ahí le has dado. Mejor que no sea nada muy radical. Solo un detalle, rizar el rizo, como dicen en Hollywood. Eso se hace con los guiones. Coges una película que ha sido un taquillazo, le rizas el rizo, no demasiado, lo justo nada más, y entonces ya tienes algo.

—Eso tiene sentido —dijo el señor Pritchard—. Sí, señor, eso tiene mucho sentido.

—Tiene su guasa lo de las cosas que se le ocurren a uno —dijo Ernest, sentándose en una banqueta y cruzando las piernas—. Tiene gracia cómo se puede meter la pata. Mire, a mí se me ocurrió un invento con el que pensé que iba a poder tumbarme a la bartola y contar mi dinero, pero me equivoqué. Verá, hay muchos como yo, que viajan y se las tienen que arreglar con lo que les quepa en una maleta. Te puede pasar que tengas un congreso, o que te salga una cita en plan elegante. Te haría falta un esmoquin. El caso es que un esmoquin te ocupa bastante sitio, y quizá no lo uses más que un par de veces en todo el viaje. Fue entonces cuando se me ocurrió esta idea. Pongamos, me dije, que tienes un buen traje oscuro de ejecutivo —azul oscuro, casi negro u *oxford*— y pongamos que tienes unas pequeñas fundas de seda como solapas y unas rayas de seda que se enganchen a los pantalones. Por la tarde tienes un buen traje oscuro; les pones la funda a las solapas, le enganchas las rayas, y ya tienes un esmoquin. Hasta me inventé la bolsita para llevarlas.

—¡Vaya! —exclamó el señor Pritchard—. ¡Es una idea fantástica! Si yo mismo tengo ahora sitio ocupado en la maleta con un esmoquin. Me gustaría entrar en algo así. Si usted consigue una patente y hace una campaña, una gran campaña de publicidad a nivel nacional, bueno, hasta podría conseguir que se lo anunciara alguna gran estrella de cine.

Ernest alzó la mano:

—Así fue exactamente como me lo imaginaba yo. Y me equivocaba, igual que usted. Lo dibujé todo en detalle, tal como tenía que ser, cómo la pernera del pantalón tendría unos anillos muy chiquitos de seda para los ganchos donde irían las rayas, y luego un amigo mío que viaja para un gran fabricante de ropa —Ernest rio— no tardó nada en ponerme las cosas claras. «Todos los sastres y todos los grandes fabricantes de ropa se te echarían al cuello —me dijo—. Están vendiendo esmóquines que cuestan entre cincuenta y ciento cincuenta dólares y vienes tú con ideas para fastidiarles el negocio con algo que cuesta diez. Irán a por ti y tendrás que huir del país».

El señor Pritchard asintió muy serio.

—Sí, ya entiendo. Tienen que protegerse, a sí mismos y a sus accionistas.

—No pintaba muy bien la cosa —dijo Ernest—. Y yo que me creía que iba a ser sentarme y ponerme a contar las ganancias. Yo calculaba que uno que viaja en avión, pongamos, que tiene la limitación de peso, tiene derecho a ahorrar espacio en su maleta. Sería como dos trajes por el peso de uno. Y luego pensé que les podría interesar a los negocios de joyería. Juegos de gemelos para cuello y mangas, con mis solapas y rayas, todo en un bonito paquete. No he llegado a ocuparme de eso todavía. No le he preguntado a nadie. Quizá siga habiendo alguna posibilidad.

—Usted y yo tenemos que juntarnos a hablar largo y tendido —dijo el señor Pritchard—. ¿Lo tiene patentado?

—Bueno, no. No quería correr con ese gasto hasta ver si le interesaba a alguien.

—Ah —dijo el señor Pritchard—. Supongo que tiene razón. Los abogados de patentes y todo eso, cuestan bastante dinero. Quizá tenga razón. —Cambiando de tema, preguntó a Juan—: ¿Cuándo podremos salir?

—Bueno, el Greyhound llega a eso de las diez. Trae mercancía y algunos pasajeros. Deberíamos salir sobre las diez y media. Ese es el horario. ¿Quieren alguna cosa más? ¿Más café?

—Otro café —dijo el señor Pritchard.

Juan se lo llevó y por la ventana echó un vistazo hacia el autobús, con sus ruedas girando en el vacío. El señor Pritchard consultó su reloj.

—Todavía nos queda una hora —dijo.

Un hombre mayor, alto y encorvado, llegó doblando la esquina del edificio. Era el que había dormido en la cama de Pimples. Abrió la puerta del comedor, entró y se sentó en una banqueta. Tenía la cabeza inclinada hacia delante de forma permanente sobre el tallo artrítico que tenía por cuello, de modo que la punta de la nariz le señalaba directamente hacia el suelo. Pasaba claramente de los sesenta años, y las cejas le cubrían los ojos como las de un terrier de Skye. El labio superior, alargado y con surcos profundos, lo tenía despegado de los dientes, como si fuera la pequeña trompa de un tapir. La parte correspondiente a los incisivos parecía casi prensil. Tenía los ojos de un color dorado amarillento, y le conferían un aspecto fiero.

—No me gusta —dijo sin más preliminares—. No me gustó ayer cuando tuvo la avería, y hoy me gusta menos todavía.

—Ya he arreglado el tren trasero —le dijo Juan—. Ahora lo estamos probando.

—Creo que voy a anular y volver a San Ysidro en el Greyhound —dijo el hombre.

—Bueno, puede hacer eso si quiere.

—Tengo una corazonada. Y no me gusta. Hay algo que me está avisando. Me ha pasado ya un par de veces. Una vez no hice caso y me metí en un lío.

—El autobús está bien —replicó Juan, elevando un poco el tono en señal de impaciencia.

—No hablo del autobús. Yo vivo en este condado, nací aquí. El suelo está empapado de agua. El San Ysidro bajará crecido. Ya sabe cómo las gasta el San Ysidro. Justo a la altura de Pico Blanco baja por el cañón de Lone Pine y hace un gran meandro. La tierra no retiene más agua, y hasta la última gota va a parar al San Ysidro. Ahora mismo estará embravecido.

La señora Pritchard empezó a parecer alarmada.

—¿Cree que hay peligro? —preguntó.

—Vamos, cariño —dijo el señor Pritchard.

—Tengo un presentimiento —insistió el hombre—. La antigua carretera iba bordeando ese meandro del río, sin cruzarlo. Hace treinta años el señor Trask consiguió que le nombraran jefe del departamento de carreteras del condado. La antigua carretera no era lo bastante buena para él. Mandó hacer dos puentes, ¿para ahorrar cuánto? Ni veinte kilómetros, eso se ahorraba. Al condado le costó veintisiete mil dólares. El señor Trask era un sinvergüenza.

Volvió la cabeza sobre su cuello agarrotado y estudió a los Pritchard.

—Un sinvergüenza. Estaban a punto de acusarle por otra de las suyas cuando se murió, hace tres años. Murió rico. Dos chicos suyos están en la Universidad de California ahora mismo, viviendo del dinero del contribuyente. —Calló un momento y su labio superior bailó de lado a lado sobre sus largos dientes amarillos—. Como esos puentes tengan que aguantar una riada de verdad, se vienen abajo. El hormigón no es lo bastante resistente. Yo anulo y me vuelvo a San Ysidro.

—El río estaba bien anteayer —dijo Juan—. Casi no traía agua.

—Usted no conoce el río San Ysidro. Se recrece en un par de horas. Yo lo he visto con ochocientos metros de ancho, lleno de vacas muertas y gallineros. No, yo con una corazonada de estas, no voy. Y no soy supersticioso.

—¿Cree que el puente no va a aguantar el peso del autobús?

—No es lo que yo crea. Sé que Trask era un ladrón. Dejó un patrimonio de treinta y seis mil quinientos dólares. Sus chicos se lo están gastando en la universidad ahora mismo.

Juan salió de detrás de la barra y fue hasta el teléfono adosado a la pared:

—Buenos días. Póngame con la estación de servicio de Breed en la carretera de San Juan. No sé el número. —Esperó un rato y luego prosiguió—: Buenos días. Mire, soy Juan Chicoy, de aquí, de Corners. ¿Cómo está el río? ¿Ah, sí? Bien, ¿y el puente cómo está? Sí. Bueno, vale, le veo de aquí a poco. —Colgó—. El río está bastante crecido. Dicen que el puente está bien.

—Ese río puede subir unos treinta centímetros cada hora cuando Pine Canyon le desagua después de un chaparrón. Para cuando llegue allí, el puente igual ha desaparecido.

Juan se encaró con él, un poco exasperado.

—¿Y qué quiere que haga? ¿Que no vaya?

—Usted haga lo que quiera. Yo solo quiero anular y volverme a San Ysidro. Yo no me la juego con estas cosas. Una vez tuve una corazonada de estas, no hice caso y me rompí las dos piernas. No señor, ya me dio ayer cuando tuvo la avería.

—Bueno, pues dese por anulado —dijo Juan.

—¡Eso es lo que quiero, sí, señor! Usted no es de por aquí de toda la vida. No sabe lo que yo de Trask. Un salario de mil quinientos al año y deja treinta y seis mil quinientos más la escritura libre de cargas de ciento sesenta acres de tierra. ¡Qué me va a contar!

—Pues ya me encargo de que suba al Greyhound —dijo Juan.

—Y no le estoy contando nada de Trask, solo le digo lo que hay. Figúreselo usted mismo. Treinta y seis mil quinientos dólares.

Ernest Horton preguntó entonces:

—¿Y si no hay puente?

—Pues si no lo hay, no lo cruzaremos —contestó Juan.

—¿Y entonces qué haremos? ¿Dar la vuelta y volver?

—Claro —respondió Juan—. O eso o saltar, no hay otra.

El hombre encorvado sonrió triunfante, mirando a todos:

—¿Lo ven? Volverán aquí y ya no habrá autobús a San Ysidro. ¿Se pegarán aquí cuánto? ¿Meses? ¿A esperar a que levanten un puente nuevo? ¿Saben quién es el nuevo jefe de carreteras? Un universitario que acaba de salir de la facultad. Mucho libro y ninguna experiencia. Sabrá dibujar un puente, claro, ¿pero sabrá cómo se levanta? Ya veremos.

De repente, Juan se echó a reír.

—Qué bueno. El puente viejo aún no se ha caído y usted ya tiene problemas con uno nuevo que no existe.

El hombre levantó la cara, girándola hacia un lado sobre su cuello dolorido.

—¿Se burla usted? —preguntó, algo alterado.

Por un instante una luz de un rojo intenso pareció encenderse en los ojos negros de Juan.

—Sí —dijo—. Subirá a ese Greyhound, no se preocupe. No querría llevarle en este viaje.

—Bueno, no me puede echar, es un transporte público.

—Vale —dijo Juan en tono cansado—. A veces me pregunto qué hago yo con el ómnibus este. Igual me lo quito de encima pronto. No es más que un dolor de cabeza. ¡Que tiene una corazonada! ¡Vaya locura!

Bernice había estado siguiendo la conversación muy de cerca.

—Yo no creo en estas cosas —dijo—, pero dicen que ahora en México es la estación seca. Es como el otoño. Es en verano cuando llueve.

—Madre —dijo Mildred—, el señor Chicoy conoce México. Nació allí.

—Ah, ¿nació usted allí? Bueno, ahora es la estación seca, ¿no?

—En algunas partes. Supongo que adonde van ustedes lo será. En otras partes no hay ninguna estación seca.

El señor Pritchard se aclaró la garganta:

—Vamos a México D. F. y a Puebla, y luego a Cuernavaca y a Taxco, y puede que hagamos la excursión a Acapulco y vayamos al volcán si es seguro.

—No tendrán problema —aseguró Juan.

—¿Conoce usted esos lugares? —quiso saber el señor Pritchard.

—Claro.

—¿Cómo son los hoteles? —preguntó el señor Pritchard—. Ya sabe cómo son las agencias de viaje; todo es maravilloso. ¿Cómo son de verdad?

—Maravillosos —respondió Juan, sonriendo ya—. Son estupendos. Le traen el desayuno a la cama todos los días.

—No era mi intención causar problemas hace un rato —dijo el señor Pritchard.

—Claro que no, no pasa nada. —Apoyó los brazos sobre la barra y habló en confianza—. A veces acabo un poco harto. Conduzco ese ómnibus de aquí para allá y otra vez de allá para aquí. Hay veces que me dan ganas de tirar para el monte. Una vez leí algo sobre el capitán de un *ferry* de Nueva

York que salió hacia alta mar y nunca más se supo de él. Puede que se hundiera, o si no, echó el ancla en alguna isla por ahí. Comprendo a ese hombre.

Afuera, un gran camión rojo con un tráiler pasaba por la carretera reduciendo la velocidad. El conductor venía mirando. Juan le hizo una seña rápida para que continuara. El camión metió la segunda, fue ganando velocidad y se marchó.

—Me pareció que iba a entrar —dijo el señor Pritchard.

—Le gusta la tarta de frambuesa —explicó Juan—. Siempre para cuando tenemos. Le acabo de decir que no hay.

Mildred miraba a Juan, fascinada. Había algo en este hombre oscuro de ojos cálidos y extraños que la conmovía. Se sentía atraída por él. Quería llamar su atención, una atención especial, sobre sí misma. Había echado los hombros hacia atrás para hacer que le subiera el pecho.

—¿Por qué se fue de México? —preguntó, quitándose las gafas para que al contestar la viera sin ellas. Se inclinó sobre la mesa, se llevó el índice a la comisura del ojo izquierdo y tiró hacia atrás de la piel y del párpado.

Esto le cambiaba el enfoque del ojo. Así podía ver la cara de Juan con mayor nitidez. También le daba a sus propios ojos una forma lánguida y alargada, y le quedaban muy bonitos.

—No sé por qué me fui —le respondió Juan. Su cálida mirada pareció rodearla y acariciarla. Mildred se sintió un poco floja y con una sensación dulce en la boca del estómago. «Tengo que parar ya con esto —pensó—. Es una locura». Una imagen tórrida y fugaz había pasado por su mente.

—Allí la gente tiene que trabajar muy duro y por muy poco dinero, a no ser que sean ricos. Supongo que esa fue la principal razón para irme.

—Habla usted muy bien el inglés —dijo Bernice Pritchard, como si fuera un cumplido.

—¿Por qué no? Mi madre era irlandesa. Aprendí los dos idiomas a la vez.

—Entonces, ¿sigue teniendo la nacionalidad mexicana? —preguntó el señor Pritchard.

—Me imagino que sí —respondió Juan—. Nunca hice nada al respecto.

—Es buena idea ir sacándose los papeles —dijo el señor Pritchard.

—¿Para qué?

—Es buena idea.

—Al Gobierno le da exactamente lo mismo —dijo Juan—. Pueden cobrarme impuestos y llamarme a filas.

—Aun así, sigue siendo conveniente hacerlo.

Los ojos de Juan jugaban con Mildred, acariciando sus pechos y resbalando por sus caderas. Al verla suspirar y arquear un poco la espalda, un pequeño demonio de odio se le revolvió en lo profundo del alma. No mucho, porque mucho odio no había en su interior, pero la sangre india estaba ahí, y en el pasado turbio habitaba el odio a los *ojos claros,*[5] a los güeros. Era un odio y un temor a una determinada tez. La gente de ojos claros que durante siglos se había quedado con las mejores tierras, los mejores caballos, las mejores mujeres. Juan sintió el revuelo como un pequeño rayo de calor, y sintió un fulgor de placer al saber que podía tomar a esta chica y hacer lo que quisiera con ella, ultrajarla si quería. Podía trastornarla y seducirla mentalmente, también físicamente, y luego dejarla tirada. La crueldad se desató en su interior y la dejó crecer. La voz se le volvió más suave y más espesa. Habló directamente a los ojos violeta de Mildred.

—Mi país, aunque no viva allí, lo llevo en el corazón.

---

[5] En castellano en el original.

Por dentro Juan se reía de aquella ocurrencia, pero no así Mildred. Se inclinó un poco hacia delante y tiró de las comisuras de ambos ojos para poder ver mejor su cara.

—Recuerdo cosas —continuó Juan—. En la plaza de mi pueblo había escribanos públicos que llevaban todos los asuntos de los que no sabían leer ni escribir. Eran buena gente. Tenían que serlo. De lo contrario, la gente del campo se habría dado cuenta. Saben muchas cosas los del monte. Y recuerdo una mañana cuando era pequeño y estaba sentado en un banco. El pueblo estaba en fiestas por el santo. La iglesia estaba llena de flores y había puestos de dulces, una noria y un tiovivo pequeño. La gente pasaba toda la noche lanzando fuegos artificiales en su honor. En el parque, un indio fue al escribano y le dijo:

»—Quiero que le escriba una carta a mi patrón. Yo le digo lo que le quiero decir y usted lo pone bonito para que no parezca descortés.

»—¿Será una carta larga? —le pregunta el escribano.

»—No lo sé —contesta el indio.

»—Eso le costará un peso.

»El indito le paga y le dice:

»—Quiero que le diga a mi patrón que no puedo volver a mi pueblo y a mis tierras porque he visto algo muy bello y tengo que seguir lejos. Dígale que lo siento y que no quiero darle un disgusto, ni a él ni a mis amigos, pero que no puedo volver. Soy otro, y mis amigos no me conocerían. En el campo sería infeliz y estaría inquieto. Y como ya no soy el mismo, mis amigos no querrían saber de mí y me odiarían. He visto las estrellas. Dígale eso. Y dígale que mi silla se la dé a mi hermano el mayor, el puerco con los dos marranitos, a la vieja que me cuidó cuando pasé las fiebres. Las ollas para mi cuñado, y dígale al patrón que quede con Dios, atentamente. Dígale eso.

Juan hizo una pausa, observó que Mildred tenía los labios entreabiertos y vio que tomaba su historia como una alegoría sobre ella misma.

—¿Qué le había pasado? —preguntó Mildred.

—Pues que había visto el tiovivo. No podía apartarse de él. Dormía junto a él, enseguida se le acabó el dinero y se estaba muriendo de hambre. Entonces el dueño le dejó darle a la manivela que lo hacía girar y le dio de comer. No se podía marchar. Estaba enamorado del tiovivo. Puede que aún siga allí. —A medida que contaba la historia, Juan se iba volviendo extranjero. A su habla le había salido un poco de acento.

Mildred suspiró hondo.

—A ver si me aclaro —dijo el señor Pritchard—. ¿Abandonó sus tierras y todas sus propiedades y nunca volvió a su pueblo porque vio un tiovivo?

—No era dueño de la tierra que trabajaba —respondió Juan—. Los inditos nunca son propietarios de sus tierras. Pero regaló todas las demás cosas que tenía.

Mildred fulminó a su padre con la mirada. Era una de esas ocasiones en las que le encontraba estúpido hasta la náusea. ¿Por qué era incapaz de apreciar la belleza de esa historia? Volvió a posar los ojos sobre Juan para hacerle saber sin palabras que ella sí comprendía, y creyó ver en su rostro algo que antes no había. Le pareció ver una expresión de triunfo, cruel y lasciva. Sería cosa de sus propios ojos, pensó. Aquellos malditos ojos con los que no veía bien. Pero lo que vio la conmocionó. Miró rápidamente a su madre, y luego a su padre, para ver si ellos habían notado algo, pero ambos miraban a Juan con expresión ausente.

Su padre iba diciendo con su entonación lenta, y para Mildred, exasperante:

—Puedo entender que se quedara encantado si no había visto nunca un tiovivo, pero uno se acostumbra a cualquier cosa. Uno se acostumbra a un palacio en unos pocos días, y luego ya quiere otra cosa.

—Solo es una historia —dijo Mildred con un tono tan fiero que su padre se volvió y la miró sorprendido.

Mildred casi sentía los dedos de Juan sobre sus muslos. Su cuerpo se estremecía de deseo, hambriento e insatisfecho. Se sentía morir de un anhelo puramente sexual, y su rabia se volvía contra su padre como si la hubieran interrumpido en pleno contacto físico. Se puso las gafas, volvió la vista rápidamente hacia Juan y luego miró para otro lado, pues aunque Juan los estuviera mirando a los tres, sus ojos parecían velados. Disfrutaba de una especie de victoria. Se reía de ella, y también de que ni su padre ni su madre se daban cuenta de lo que sucedía. De repente, a Mildred se le endureció el deseo en forma de nudo en el estómago, le empezó a doler y sintió asco. Pensó que iba a vomitar.

—Yo siempre he querido hacer un viaje por México —intervino Ernest Horton—. Tengo pensado pedírselo algún día a los de la oficina central. Podría hacer unos contactos bastante valiosos allá abajo. Como en esas fiestas que tienen. Allí se venden muchas cosas, ¿no?

—Claro —respondió Juan—. Venden rosarios, estampitas, velas y cosas de esas, dulces y helado.

—Pues si bajara alguien por allí a enterarse de cómo está la cosa, bueno, seguramente podríamos sacarlo al mercado mucho más barato que ellos. Podríamos hacer rosarios como churros —bonitos, se entiende— en alguna aleación barata. Y cohetes. Mi empresa suministra a algunos de los festejos más importantes, todo tipo de fuegos artificiales. Es una idea. Creo que escribiré una carta.

Juan miró hacia la pila creciente de vajilla sucia del fregadero. Se quedó mirando un momento por encima del hombro hacia la puerta del dormitorio. Abrió la puerta y miró adentro. Alice no estaba en la cama. Se había levantado, pero la puerta del baño estaba cerrada. Juan volvió y se puso a fregar los platos sucios.

El cielo ya se iba despejando rápidamente, y sobre la tierra lavada relucía un sol limpio y amarillo. Las hojas tiernas de los robles se veían casi amarillas a la nueva luz. Los campos verdes se veían increíblemente lozanos.

Juan sonrió escuetamente y cortó dos rebanadas de pan.

—Creo que voy a caminar un poco —dijo el señor Pritchard—. ¿Quieres acompañarme, cariño? —preguntó a su mujer, que echó una rápida mirada a la puerta del dormitorio.

—De aquí a poco —respondió, y él comprendió.

—Bueno, estaré ahí fuera.

CAPÍTULO 6

Después de que Juan saliera del dormitorio, Alice se había quedado tendida un buen rato con los brazos cruzados sobre la cara. Su llanto cesó de forma gradual, como el de un niño. Podía oír el murmullo de la conversación que llegaba del comedor. Tenía la cara interior del brazo, cálida y mojada, sobre los ojos. La inundaba una especie de bienestar, y el haber descargado la tensión era como si se hubiera soltado una malla apretada sobre el cuerpo. Allí tendida, relajada y a gusto, su mente regresó a lo sucedido. No se acordaba de la mujer que le había gritado a Norma. Para ella la mañana empezaba a quedar envuelta en brumas. No había dado todavía con su justificación para lo que había hecho. Ahora que lo pensaba, sabía que en realidad no había sospechado ningún comportamiento irregular por parte de Norma, y que de haberlo sospechado, la verdad es que tampoco le habría importado mucho. No quería a Norma. Norma le daba lo mismo. Pobre ratita paliducha.

Al entrar a trabajar Norma, Alice, por supuesto, había concentrado todos sus sentidos sobre la chica y Juan como un estetoscopio, y al no detectar ninguna reacción por parte de Juan, ningún interés, ninguna mirada furtiva ni que la siguiera con la mirada, Alice perdió todo interés por Norma salvo como ente que servía cafés y fregaba platos. Alice no era muy consciente de las cosas ni de la gente, a menos que de algún modo sumaran o bien restaran algo a su vida inmediata. Ahora, ahí echada, cómoda, relajada y en silencio, su mente se puso a funcionar, y con el pensar le vino el terror.

Repasó la escena. El terror lo causaba la delicadeza que había mostrado Juan. Tenía que haberle pegado. Le preocupaba que no lo hubiera hecho. Quizá ya no le importaba ella. En su experiencia, las muestras de amabilidad despreocupada por parte de un hombre eran el preludio al rechazo. Trató de recordar qué aspecto tenían las Pritchard, y si Juan había dirigido una mirada cálida a alguna de ellas. Conocía a Juan. Los ojos se le encendían como un fogón cuando alguien despertaba su interés. Entonces, con un pequeño estremecimiento, recordó que había cedido su cama a los Pritchard. Ahora mismo podía oler la lavanda en las sábanas. Sintió odio y repugnancia hacia aquel olor.

Escuchó el murmullo de voces a través de la puerta. Juan les estaba sirviendo el desayuno. Eso no lo habría hecho de no sentir algún interés. Lo normal en Juan habría sido decir que al carajo y salir a reparar el autobús. El desasosiego crecía dentro de Alice. Había maltratado a Norma. Eso era fácil. Si se mostraba alguna debilidad con alguien así, se derretía y se echaba a perder. Esa chica, vaya, estaba tan necesitada de amor que con una migaja que le tiraran se podía quedar patas arriba. Alice encontraba despreciable semejante sed de amor. No veía ninguna relación entre la suya y la de Norma. Alice era grande en su mundo y los demás eran todos pequeños; todos menos Juan, claro. Pero él era una extensión de ella misma. Pensó que sería mejor ayudar a Norma a recuperarse y ponerla a funcionar antes que nada. Necesitaba que se encargara del comedor, pues Alice tenía intención de emborracharse en cuanto Juan saliera con el autobús. Cuando volviera le diría que tenía un dolor de muelas que la estaba matando.

No lo hacía muy a menudo, pero ahora mismo le apetecía. Y si lo iba a hacer, más valía ir preparando el terreno.

A Juan no le gustaban las mujeres borrachas. Se apartó los brazos de la cara. Tenía los ojos hundidos de la presión y les llevó un momento poder enfocar. Vio cómo el sol inundaba dulcemente la llanura verde que se divisaba desde el dormitorio y cómo se desparramaba sobre los montes que se levantaban hacia el oeste. Un día bueno.

Se incorporó con esfuerzo y fue al baño. Humedeció el extremo de una toalla en agua fría y se la aplicó sobre la cara para quitar los pliegues de los lugares donde los brazos habían apelmazado sus abultadas mejillas. Frotó el extremo de la toalla por su cara, sobre la nariz y a lo largo del nacimiento del pelo. Tenía roto uno de los tirantes del sujetador. Se abrió el vestido y vio que el pequeño imperdible que lo sujetaba seguía allí, así que volvió a prender el tirante al sujetador. Le quedaba un poco apretado, pero ya lo cosería después de que se marchara Juan. No lo iba a hacer, claro. Cuando el tirante se rompiera más, compraría un sujetador nuevo.

Se cepilló el pelo y se pintó los labios. Aún tenía los ojos enrojecidos. Se puso un poco de colirio en las comisuras con el cuentagotas y se frotó los párpados con los dedos. Se examinó un momento en el espejo del botiquín y luego salió. Se quitó el vestido arrugado y se puso uno estampado limpio.

Atravesó rápidamente el dormitorio, llegó hasta la puerta de Norma y llamó con suavidad. No hubo respuesta. Volvió a llamar. Se oyó un crujir de papel procedente de la habitación. Norma acudió a la puerta y abrió. Tenía los ojos vidriosos y aspecto de acabar de despertar. Tenía en la mano el lápiz que había aplicado antes a sus cejas.

Al ver a Alice una expresión de alarma se le dibujó en el rostro.

—No he hecho nada de malo con ese señor —dijo enseguida.

Alice entró en la habitación. Sabía como manejar a Norma cuando estaba en sus cabales.

—Ya sé que no, cielo —le respondió. Bajó la mirada como si estuviera avergonzada. Tenía mano con las chicas.

—Pues no tenía que haberlo dicho. ¿Y si alguien la oye y se lo cree? Yo no soy de esas. Yo solo trato de ganarme la vida y no quiero líos. —Los ojos se le inundaron repentinamente de lágrimas de autocompasión.

—No lo tenía que haber dicho, pero es que me sentía muy mal. Tengo la regla. Tú ya sabes lo mal que se siente una. A veces te vuelve un poco loca.

Norma la observó con curiosidad. Era la primera vez que Alice le mostraba alguna ternura. Era la primera vez que a Alice le convenía ganársela. No le gustaban las mujeres, ni las chicas. Había una veta de crueldad en Alice hacia las demás mujeres, y al ver que los ojos de Norma derramaban lágrimas de compasión se sintió victoriosa.

—Ya sabes cómo es —remachó Alice—. Te vuelves un poco loca.

—Lo sé —convino Norma. Le iban naciendo unos suaves tentáculos de ternura. Necesitaba cariño, compañía, algún ser humano en el mundo con el que compartir amistad—. Lo sé —repitió, y se sintió mayor y más fuerte que Alice, y un poco protectora también, que era lo que Alice quería.

Alice había visto el lápiz que tenía en la mano.

—Estaría bien si puedes salir a echar una mano. El señor Chicoy lo está haciendo todo él solo.

—Un momento nada más y voy —dijo Norma.

Alice cerró la puerta y se quedó escuchando. Hubo una pausa, un sonido de algo que se deslizaba y luego el sonido seco del cajón del buró al cerrarse. Alice apartó su silla con la mano y se dirigió con pasos suaves hacia la puerta del comedor. Se encontraba bien. Había reunido una buena cantidad de información sobre Norma. Sabía cómo se sentía. Sabía dónde había dejado la carta.

Alice ya había intentado abrir la maleta de Norma otras veces, pero la dejaba siempre cerrada, y aunque la podía haber abierto con los dedos —no era más que cartón— se habría notado que alguien la había manipulado. Esperaría. Tarde o temprano, si tenía cuidado, Norma se olvidaría de echarle el cerrojo. Alice era astuta, pero ignoraba que Norma también lo era. Norma ya había trabajado antes para otras Alice. Al registrar los cajones del tocador de Norma, revolver entre sus cosas y leer las cartas de su hermana, Alice no había reparado en la cerilla de papel puesta como por descuido sobre el borde del cajón. Norma la dejaba siempre ahí, y si se movía de su sitio sabía que alguien había andado revolviendo entre sus cosas. Sabía que no podía haber sido Juan, ni tampoco Pimples, así que tenía que ser Alice.

No era probable que Norma se dejara abierta la maleta. Por muy soñadora que fuera, Norma no era estúpida. En la caja de cartón de un tubo de pasta de dientes que tenía en la maleta cerrada tenía guardados veintisiete dólares. Cuando hubiera reunido cincuenta, Norma se marcharía a Hollywood a buscar trabajo en un restaurante y a esperar su oportunidad. Con los cincuenta dólares podría alquilar una habitación durante un par de meses. La comida la conseguiría en el lugar donde trabajara. Una cosa eran sus sueños de altos vuelos, pero también sabía cuidar de sí misma. Norma no era tonta. Cierto es que no percibía el odio de Alice hacia todas las mujeres. No sabía que aquella disculpa era un truco. Sin embargo, lo probable era que se diera cuenta, aún a tiempo de ponerse a salvo. Y por mucho que Norma creyera que en Clark Gable solo había lugar para los pensamientos e impulsos más nobles, conocía y desconfiaba de la clase de motivaciones que movían a las personas con las que topaba en la vida cotidiana.

Cuando Pimples venía por las noches llamando suavemente a su ventana, sabía cómo ocuparse de eso. Le echaba el cierre a la ventana. No se atrevería a hacer demasiado ruido tratando de entrar, por miedo a que Juan le oyera desde la habitación contigua. De Norma no se aprovechaba nadie.

Alice estaba ahora ante la puerta que comunicaba el dormitorio con el comedor. Se pasó el dedo por los lados de la nariz, abrió la puerta y se puso detrás de la barra como si no hubiera pasado nada en absoluto.

CAPÍTULO 7

El autobús Greyhound, grande y hermoso, estaba aparcado en el andén de carga de San Ysidro. Los operarios le llenaban el depósito de gasolina, comprobaban el nivel del aceite y la presión de los neumáticos de forma automática. Los trabajos se hacían de manera rápida y profesional. Un hombre de color limpiaba entre los asientos, cepillando el acolchado y recogiendo envoltorios de chicle, cerillas y colillas del suelo. Pasó los dedos por detrás del último asiento, que abarcaba toda la parte trasera. A veces encontraba monedas o navajas detrás de este asiento. El cambio se lo quedaba, pero la mayor parte de los demás objetos los entregaba en la oficina. La gente montaba un jaleo tremendo por las cosas que se dejaba, pero no por la calderilla. A veces el empleado de la limpieza sacaba hasta un par de dólares de detrás de aquel asiento. Hoy había sacado dos monedas de diez centavos, una de cincuenta y una cartera con una tarjeta de reclutamiento, un carné de conducir y una tarjeta de socio del Lions Club.

Echó un vistazo al compartimento de los billetes. Dos de cincuenta y un cheque certificado por quinientos dólares. Se guardó la cartera en el bolsillo de la camisa y pasó la escobilla por el asiento. Su respiración se volvió algo más agitada. Lo del dinero era fácil. Podía quedárselo y dejar la cartera detrás del asiento para que la encontrara algún otro empleado más adelante. El cheque también habría que dejarlo.

Los cheques tenían demasiado peligro. Pero esos dos billetes de cincuenta…, ¡esos billetitos bonitos! No se le iba a quitar el nudo de la garganta hasta que sacase esos dos billetes y dejase la cartera detrás del asiento.

Pero de momento no podía, porque el niñato estaba lavando el exterior de las ventanas salpicadas por el agua sucia de la carretera. Tenía que esperar. Si le pillaban lo encerrarían.

Tenía un pequeño desgarrón en el dobladillo de sus pantalones de sarga azul. Pensó que guardaría los dos billetes de cincuenta ahí dentro, en el dobladillo, antes de bajar del autobús. Luego se pondría malo antes de acabar la jornada. Se iba a poner malísimo, lo suficiente como para no tener que volver en una semana. Si se ponía malo durante el trabajo, pero aun así aguantaba hasta el final de la jornada, no sospecharían nada si no aparecía en unos días, y conservaría el puesto. Oyó que alguien pisaba la escalerilla del autobús y se quedó un poco tieso. Louie, el conductor, se asomó por la puerta.

—Hola, George. Oye, ¿has encontrado una cartera? Hay un tío ahí que dice que la ha perdido.

George farfulló algo.

—Bueno, ya volveré a echar un vistazo —dijo Louie.

George se dio la vuelta, aún de rodillas.

—La he encontrado. La iba a entregar en cuanto terminara.

—¿Ah, sí?

Louie cogió la cartera de la mano de George y la abrió. El niñato estaba mirando por la ventana. Louie le sonrió a George con tristeza y le hizo un gesto con los ojos al chaval.

—Qué faena, George —dijo Louie—. Para mí que nos la tienen jurada. Dos de cincuenta ha dicho el tío, y dos de cincuenta es lo que hay. —Sacó los billetes y el cheque para que desde el otro lado de la ventana el chaval pudiera verlos—. A ver si hay más suerte la próxima vez, George.

—¿Y si el tío paga una recompensa? —preguntó George.

—Recibes la mitad —respondió Louie—. Si es menos de un dólar, es todo para ti.

Louie se alejó del autobús y fue a la sala de espera. Entregó la cartera en la oficina.

—La ha encontrado George. Estaba a punto de traerla —dijo Louie—. Es un negro legal.

Louie sabía que tenía al lado al dueño de la cartera, así que le dijo al cajero:

—Si esto lo pierdo yo, tengo un detalle con George. Para que la gente se vuelva mala, no hay como no agradecerles las cosas. Me acuerdo de uno que se encontró uno de mil, lo entregó y no le dieron ni las gracias. Al poco robó un banco y se cargó a un par de vigilantes —aseguró Louie, que mentía con desparpajo y sin esfuerzo—. ¿Cuántos van al sur?

—Vas lleno —contestó el oficinista—. Tienes a una para Rebel Corners, y no te olvides de las tartas como la semana pasada. En la vida he tenido tantos problemas por culpa de cincuenta tartas. Aquí tiene su cartera, señor. ¿Puede echarle un vistazo a ver si está todo en orden?

El dueño pagó una recompensa de cinco dólares. Louie pensó que ya le daría a George un dólar un día de estos. No le iba a creer, pero qué demonios. Entre canallas andaba el juego, y la cancha era de barro. Cada cual que agarre lo que pueda. Louie era un hombre grande, tirando a corpulento, pero era un coqueto. Sus compañeros de juerga le llamaban Caracarne. Tenía labia, era listo y le gustaba que le tuvieran por un cachondo. A los caballos de carreras los llamaba perros y se refería a todas las situaciones como si fueran jugadas o apuestas. Le habría gustado ser Bob Hope, o mejor, Bing Crosby.

Louie vio cómo George le observaba desde las puertas del andén de carga. Un impulso de generosidad se apoderó de él. Fue hasta donde estaba George y le dio un dólar.

—¡Será roñoso el hijoputa! —exclamó—. Toma, quédatelo. ¡Recupera más de quinientos y no da más que uno!

George miró a Louie a la cara, un rápido vistazo con sus ojos marrones, nada más. Sabía que era mentira, y sabía que no había nada que pudiera hacer al respecto. Si Louie se ponía de malas con él, se las podía hacer pasar canutas. Con las ganas de salir de parranda que le habían entrado a George... Casi había sentido ya cómo se le subía el alcohol a la cabeza. Solo con que aquel niñato no hubiera metido las narices...

—Gracias —dijo George.

El chaval pasó junto a ellos con el cubo y la esponja.

—¿A eso lo llamas tú limpiar las ventanas? —le reprochó George.

Entonces Louie decidió compensar a George. Lo hizo diciéndole al chaval:

—Si quieres llegar a algún lado ya puedes espabilar. Esas ventanas dan pena. Lávalas otra vez.

—A mí no me das tú las órdenes. Esperaré a que se me queje el súper.

Louie y George cambiaron miradas. No era más que un niñato. Estaría de patitas en la calle antes de una semana si a Louie le daba por ahí.

Los grandes Greyhound entraban y salían del andén de carga cubierto, pesados e imponentes como casas. Los conductores los iban aparcando con movimientos hábiles y elegantes. La estación olía a aceite y a humo de diésel, a chocolatinas y a un producto de limpieza que se metía en las narices.

Louie volvió hacia la entrada. Sus ojos habían captado a una chica que había entrado desde la calle. Llevaba una maleta. De un vistazo la había tasado Louie. ¡Un bombón! A una tía buena como esa la quería sentada en uno de los asientos de justo detrás de su propio asiento elevado. Podía verla por el retrovisor y enterarse de sus cosas. Igual vivía en algún punto de su ruta. Muchas de las aventuras de Louie empezaban así.

Como la chica estaba a contraluz no podía verle la cara, pero sabía que era guapa. Y no sabía cómo lo sabía. Igual había visto entrar a cincuenta chicas con la luz detrás aquel día. ¿Pero cómo sabía que esta era guapa? Podía ver un cuerpo bonito y unas buenas piernas. El caso es que, de alguna manera sutil, había algo en esta chica que sugería sexo.

Observó que había llevado la maleta hasta la taquilla, así que no fue directamente hacia ella. Fue a los servicios. Se puso ante el lavabo, se mojó las manos y se las pasó por el pelo. Del bolsillo lateral sacó un peine pequeño, se peinó el pelo hacia atrás con suavidad y se pasó la mano por el cogote, donde se insinuaba apenas un rabillo. También se peinó el bigote, y no es que hiciera falta, pues lo llevaba muy corto. Se ajustó la chaqueta de pana gris, se apretó el cinturón y metió un poco la barriga.

Guardó el peine en el bolsillo y volvió a mirarse al espejo. Se pasó las manos por las sienes. Se tentó la cabeza por detrás para asegurarse de que no tenía ningún mechón suelto y de que el rabillo del cogote no le sobresalía. Se ajustó la pajarita negra reglamentaria que venía ya anudada, sacó unas pastillas Sen-Sen para el aliento del bolsillo de la camisa y se las echó a la boca. Por último, meneó todo el cuerpo para soltarse la ropa.

Justo a la vez que su mano derecha se aproximaba al pomo de latón de la puerta de los servicios, con la mano izquierda Louie comprobó subiendo y bajando los dedos que tenía abrochados todos los botones de la bragueta. Afectó una sonrisilla torcida, mitad mundana y mitad candor, una expresión que le había procurado algún que otro éxito. Louie había leído en alguna parte que tenía mucho efecto mirar a una chica directamente a los ojos y sonreírle. No solo había que mirarla como si fuera la cosa más hermosa del mundo, sino que además no había que dejar de mirar hasta que apartase ella la vista. Había otro truco más. Si mirar a la gente a los ojos te pone nervioso, hay que mirar al punto del puente de la nariz que queda justo en medio. A la persona así mirada le parece que la miras a los ojos, pero no. Esta técnica Louie la había encontrado muy provechosa.

La mayor parte de las horas que Louie pasaba despierto las pasaba pensando en chicas. Le gustaba escandalizarlas. Le gustaba que se enamoraran de él para luego dejarlas tiradas. Guarras, las llamaba. «Voy a quedar con una guarra —decía—, tráete tú otra y nos vamos de copas».

Salió por la puerta de los servicios con una especie de aire señorial, pero se tuvo que hacer a un lado porque venían dos hombres entre los bancos cargando una caja alargada con aberturas para que le entrara el aire. En el costado de la caja se leía en grandes letras blancas «TARTAS CASERAS MOTHER MAHONEY». Los dos hombres pasaron por delante de Louie y fueron hasta la plataforma de carga.

La chica estaba ahora sentada en un banco, con la maleta en el suelo junto a ella. Mientras atravesaba la sala Louie echó un vistazo rápido a sus piernas, luego la miró a los ojos y le sostuvo la mirada sin dejar de caminar. Le dedicó su sonrisilla torcida mientras se aproximaba hacia ella. Ella le devolvió la mirada, sin sonreír, y luego la apartó.

Louie se sintió decepcionado. No se había sentido avergonzada como debía ser. Él no le había interesado, simplemente. Y sí que estaba buena: tenía unas piernas bien torneadas con muslos bien redondeados, nada de barriga y unos pechos grandes a los que les sacaba todo el partido. Era rubia y tenía el pelo áspero y con las puntas algo abiertas por culpa de una plancha demasiado caliente, pero lo llevaba bien cepillado, con buenos reflejos y una melena larga y rizada que a Louie le gustaba. Llevaba una sombra de ojos azul, algo de crema limpiadora sobre los párpados y una buena cantidad de rímel en las pestañas. Nada de colorete, pero sí un toque de lápiz de labios que le hacía una boquita cuadrada como la de algunas estrellas de cine. Llevaba traje, una falda ajustada y una chaqueta de cuello redondo. Los zapatos eran de cuero color habano con costuras blancas. Además de estar buena, era coqueta. El material tenía buena pinta.

Louie estudió su rostro mientras caminaba. Tenía la impresión de haberla visto antes en algún sitio. Podía ser que se pareciera a alguien a quien conocía, o quizá la había visto en una película. Eso ya le había pasado. Tenía los ojos separados, casi anormalmente separados; eran azules con motitas marrones y unas líneas oscuras bien marcadas que iban desde la pupila hasta el borde exterior del iris. Tenía las cejas depiladas y marcadas en un arco pronunciado que le daba un aspecto de cierta sorpresa. Louie se percató de que sus manos enguantadas estaban relajadas. No estaba impaciente ni nerviosa, y eso le perturbaba. Le asustaba la serenidad de las personas que parecen dueñas de sí, y le seguía pareciendo que la había visto en alguna parte. Tenía las rodillas carnosas, no huesudas, y mantenía baja la falda sin tener que andar tirando de ella.

Al pasar, Louie la castigó por apartar la vista de sus ojos mirándole descaradamente las piernas. Esto solía tener el efecto de que las chicas se taparan más con la falda, incluso si no enseñaban mucha pierna, pero a esta chica no le hizo el menor efecto. Esa falta de reacción ante sus artes hicieron sentirse incómodo a Louie. Una puta, seguro, se dijo. Seguramente una puta de dos dólares. Entonces se rio de sí mismo. De dos dólares no sería, con la ropa que llevaba.

Louie se acercó a la taquilla y le dedicó su sonrisa sardónica a Edgar, el taquillero. Edgar admiraba a Louie. Le habría gustado ser como él.

—¿Adónde va la guarra? —preguntó Louie.

—¿Guarra?

—Sí. Esa tía. La rubia.

—Ah, sí. —Edgar cambió una mirada secreta de hombre a hombre con Louie—. Al sur.

—¿En mi carro?

—Sí.

Louie tamborileó con las puntas de los dedos sobre el mostrador. Se dejaba muy larga la uña del dedo meñique de la mano izquierda. Era muy curva, como la sección de un tubo a lo largo, y tenía la punta limada en forma de punta roma. Louie no sabía por qué lo hacía, pero le resultaba grato observar que algunos otros conductores se estaban dejando larga la misma uña. Louie iba imponiendo un estilo, y eso le alegraba. Estaba aquel taxista que había atado una cola de mapache a la tapa del radiador, y de la noche a la mañana todo el mundo tenía que tener algo con pelusa para que lo zarandeara el aire. Los peleteros hacían colas de zorro artificiales, y no se veía a un chaval de instituto en coche sin su cola revoloteando. Y ese taxista podía recostarse en su asiento con la satisfacción de saber que había sido él el que lo había empezado todo. Louie llevaba cinco meses dejándose crecer la uña del meñique, y ya había visto a otros cinco o seis que estaban haciendo lo mismo. A lo mejor la moda arrasaba en todo el país, y habría sido él quien lo había empezado todo.

Tamborileaba sobre el mostrador con la uña larga y curva, pero con delicadeza, pues cuando se llevan tan largas las uñas se rompen con facilidad. Edgar se quedó mirándola. No sacaba la mano izquierda de debajo del mostrador. Él también se la estaba dejando, pero no la tenía muy larga todavía y no quería que Louie la viera hasta que hubiera crecido mucho más. Edgar tenía las uñas quebradizas, y a la suya tenía que aplicarle un barniz incoloro para que no se le partiera. Hasta en la cama se le había roto una vez. Edgar echó una mirada a la chica.

—¿Vas a pasar el rato con… la guarra?

—No se pierde nada por intentarlo. Debe de ser puta.

—Bueno, ¿qué tiene de malo una buena puta? —comentó Edgar con los ojos encendidos. La chica había vuelto a cruzar las piernas.

—Louie —dijo en tono de disculpa—, antes de que se me olvide, será mejor que estés al tanto cuando carguen esa caja de tartas. La semana pasada tuvimos una queja. En algún punto del recorrido a alguien se le cayó la caja, una tarta de frambuesa y otra de limón acabaron revueltas la una con la otra y había pasas por todas partes. Tuvimos que pagar por la reclamación.

—Pues en mi ruta no fue —replicó Louie de mala manera—. ¿No va hasta San Juan? La culpa es del puto autobús ese de Rebel Corners.

—Ya, pero la reclamación la hemos pagado nosotros —contestó Edgar—. Échale un ojo, ¿puedes?

—En mi trayecto no se ha golpeado ninguna tarta —dijo Louie en tono amenazante.

—Ya lo sé. Sé que no has sido tú. Pero los de la oficina me han dicho que te diga que lo compruebes.

—¿Por qué no vienen a mí? —protestó Louie—. Si tienen alguna queja, ¿por qué no me llaman en vez de mandarme recados?

Sofocó su ira como quien apaga un incendio. Pero con quien estaba enfadado era con la rubia. Maldita puta. Echó un vistazo al gran reloj de la pared. Una manilla de más de medio metro iba tirando de los segundos por el dial, y en el reflejo del cristal Louie veía a la chica sentada con las piernas cruzadas. Aunque no podía estar seguro por la curva del cristal, le pareció que le estaba mirando el cogote. Su enfado se desvaneció.

—Ya echaré un ojo a las tartas. Diles que no habrá ninguna frambuesa en la tarta de limón. Supongo que le daré un poco de palique a la guarra. —Notó la admiración en los ojos de Edgar al volverse lentamente y ponerse de cara a la sala de espera.

Tenía razón. Ella había estado mirándole al cogote, y al darse la vuelta le estaba mirando a la cara. En su mirada no había ningún interés, ni nada de nada. Pero tenía unos ojazos tremendos, pensó. ¡Joder, si estaba buena! Louie había leído en una revista que los ojos separados eran un indicio de intensa sexualidad, y no había duda de que de esta chica emanaba una sexualidad muy poderosa. Era la clase de chica a la que todos miraban al pasar. Vaya, esta pasaba por donde fuera y se volvían todos a mirarla. Se podía ver cómo se volvían las cabezas como en una carrera de caballos. Algo tenía, y no era el maquillaje ni la forma de caminar, aunque eso también tenía algo que ver. Fuera lo que fuera, lo proyectaba intensamente a su alrededor. Louie lo había sentido cuando la había visto entrar desde la calle y estaba a contraluz de manera que no la podía ver bien. Y ahora estaba mirando a Louie a la cara, sin sonreír, sin expresar nada, mirando sin más, y lo seguía notando. Se le hizo un nudo en la garganta y le brotó un rubor por encima del cuello de la camisa. Sabía que dentro de un momento iba a ser él quien apartase la mirada. Edgar estaba esperando, y Edgar tenía fe en Louie.

Circulaban algunas mentiras en cuanto a la reputación de Louie, pero era cierto que no se le daban mal las chicas, y que sabía darles palique a las guarras. Solo que ahora le faltaba la calma. Aquella guarra le tenía descolocado. Tenía ganas de arrearle un buen bofetón con la mano abierta. Respiraba de forma agitada y algo dolorosa. A no ser que hiciera algo se le iba a pasar el momento. Veía las líneas oscuras de sus iris, como rayos, y lo rotundo de su mandíbula. Puso su cara acogedora, como de ir a abrazar a un amigo. Abrió un poco más los ojos y sonrió como si la hubiera reconocido de repente. A la vez se iba aproximando a ella.

Con cuidado, procuró sonreír de forma más respetuosa. Ella siguió aguantándole la mirada, y sus ojos perdieron un poco de su frialdad. Llegó hasta ella.

—Me dicen que va usted al sur en mi autobús, *ma'am.*[6] —Casi se le escapa la risa a cuenta de aquel *ma'am*, pero solía dar resultado. Con aquella chica dio resultado. Sonrió un poco.

—Ya me ocupo del equipaje —continuó diciendo Louie—. Salimos dentro de unos tres minutos.

—Gracias —dijo la chica. Tenía una voz gutural y sensual, pensó Louie.

—Permítame coger la maleta. La subo ahora y así tendrá un asiento.

—Pesa —dijo la chica.

—Bueno, tampoco soy ningún enano —dijo Louie. Cogió la maleta y salió rápidamente hacia el andén de carga. Subió al autobús y dejó la maleta delante del asiento que había justo detrás del suyo. Podría ver a la chica por el espejo y charlar un poco con ella una vez que estuvieran en marcha. Al bajar del autobús vio al niñato y a otro empleado cargando la caja de tartas en la parte superior del autobús.

—Cuidado con eso, cabrones —dijo Louie bien alto—. La semana pasada se os cayó una, y la bronca me la he llevado yo.

—A mí no *me se* ha caído nada —dijo el niñato.

—Y una mierda que no. Ándate con cuidado, tú.

[6] Forma coloquial del tratamiento de cortesía *madam.*

Atravesó las puertas de vaivén a la sala de espera.

—¿Y a ese qué mosca le ha picado? —preguntó el otro empleado.

—¿A ese? Bueno, como que me he cruzado en su camino —respondió el niñato—. El negro se encontró una cartera y yo lo vi, así que la han tenido que entregar. Y era una buena pasta. Están los dos mosqueados conmigo porque lo vi. Louie y el negro ese se iban a repartir dos de cincuenta y les habré fastidiado el plan. Claro, cuando han visto que los he *junao* la han tenido que entregar.

—A mí no me vendría mal un cacho —dijo el otro.

—Toma, como a todos.

—Yo con cien me voy por ahí y no veas con lo que me hago, cosa fina.

Siguieron un rato así con su charla y su pavoneo.

En la sala de espera se desató un pequeño revuelo de actividad. Los viajeros con destino al sur se empezaban a acumular. Edgar estaba ocupado tras el mostrador, pero no tanto que no pudiera seguir echándole el ojo a la chica. —Guarra —dijo para sí muy bajito. Era una expresión nueva para él. La usaría de ahora en adelante. Echó un vistazo a la pequeña uña de su mano izquierda. Llevaría tiempo tenerla tan hermosa como la de Louie. ¿Pero para qué engañarse? De todas formas no sabía dar palique como Louie. Siempre acababa yendo al burdel.

En el mostrador de los dulces, en las máquinas expendedoras de cacahuetes y de chicles hubo un revuelo de clientes de último minuto. Un chino compró copias de *Time* y *Newsweek*, las enrolló juntas con cuidado y las guardó en el bolsillo de su sobretodo negro de velarte. Una anciana iba revolviendo inquieta las revistas del quiosco de prensa sin la menor intención de comprar ninguna. Había dos hindúes con turbantes de un blanco deslumbrante y barbas negras y relucientes, codo con codo ante la ventanilla de los billetes. Echaban miradas fieras a su alrededor mientras trataban de hacerse entender.

Louie estaba junto a la entrada al andén de carga y miraba continuamente a la chica. Se dio cuenta de que todos los hombres que había en la sala hacían lo mismo. Todos la miraban con disimulo para que no les pillaran. Louie se dio la vuelta y miró a través de las puertas de vaivén de vidrio; vio que el niñato y el otro empleado habían dejado bien colocada la caja de tartas encima del autobús y la habían cubierto con la lona. En la sala de espera la luz había disminuido como si anocheciera. Una nube debía de haber tapado el sol. Y entonces la luz se volvió más fuerte otra vez como si la controlara un reostato. La gran campana que había encima de las puertas de vidrio empezó a sonar con estrépito. Louie miró su reloj, atravesó la puerta y se dirigió a su gran vehículo. Los pasajeros de la sala de espera se levantaron y fueron enfilando lentamente hacia la puerta.

Edgar seguía tratando de comprender adónde querían ir los hindúes.

—Malditos cabrones con sus trapos en la cabeza —dijo para sí—. ¿Por qué no aprenden inglés antes de echar a correr de aquí para allá por el mundo?

Louie trepó al asiento elevado cercado por una barra de acero inoxidable. Miraba por encima los billetes según iban entrando los pasajeros. El chino del abrigo oscuro se fue directo al asiento del fondo, se quitó el abrigo y se puso las copias de *Time* y *Newsweek* en el regazo. La anciana subió penosamente la escalerilla y se sentó en el asiento justo detrás de Louie.

—Perdone, señora, ese asiento está ocupado.

—¿Cómo va a estar ocupado? —respondió en tono beligerante—. No hay asientos reservados.

—Ese asiento está ocupado, señora —repitió Louie—. ¿No ve la maleta ahí al lado?

Odiaba a las viejas. Le daban miedo. Despedían un olor que le daba grima. Tenían mala leche y ningún orgullo. Les daba lo mismo montar un número. Siempre se salían con la suya. La abuela de Louie había sido una tirana. Siempre conseguía lo que quería a base de mala leche. Por el rabillo del ojo vio a la chica a la puerta del autobús, esperando para entrar detrás de los hindúes. Estaba en un aprieto. De repente, se cabreó.

—Señora. En mi autobús soy yo el que manda. Hay un montón de buenas plazas. ¿Quiere cambiarse ya de sitio?

La anciana apretó los dientes y frunció el ceño. Echó un poco hacia atrás el trasero, afianzándose en el asiento. —Lo que quiere es tener a esa chica en este asiento, eso es. Creo que voy a informar de usted a la dirección.

Louie explotó.

—Muy bien, señora. Baje usted y vaya a informar. Pasajeros, la empresa tiene muchos, pero muchos conductores buenos no tiene. —Vio que la chica estaba escuchando, y eso le alegró bastante.

La anciana notó que estaba enfadado.

—Voy a presentar una queja contra usted.

—Pues quéjese. Puede bajar del autobús —dijo Louie bien alto—, pero en esa plaza no se va a sentar. La persona que se sienta ahí tiene una prescripción médica.

Era una salida, y la anciana la aceptó.

—¿Y por qué no lo ha dicho antes? Soy una persona razonable. Pero de todas formas, voy a informar de usted, por descortés.

—Vale, señora —dijo Louie, cansado—. A eso está uno acostumbrado.

La anciana se desplazó hacia atrás un asiento.

«Va a poner la orejota a ver si me pilla desprevenido —pensó Louie—. Bueno, que haga lo que quiera. Tenemos más pasajeros que conductores».

La chica estaba ya a su lado, mostrando el billete. Involuntariamente, Louie dijo:

—¿Solo va hasta Corners?

—Tengo que hacer transbordo, lo sé —respondió la chica. El tono desilusionado de Louie la hizo sonreír.

—Ahí mismo tiene su asiento.

Se quedó mirando por el espejo mientras ella se sentaba, cruzaba las piernas, se alisaba la falda y dejaba el bolso a un lado. Se ajustó los hombros y el cuello del traje.

Ella sabía que Louie observaba cada uno de sus movimientos. Siempre era lo mismo. Sabía que era diferente de las demás chicas, pero no sabía muy bien en qué. En cierto modo era agradable que le dieran siempre los mejores asientos, que le pagaran el almuerzo, que la cogieran del brazo al cruzar la calle. Los hombres no dejaban pasar una oportunidad de ponerle la mano encima. Pero siempre había problemas. Tenía que discutir, camelar, insultar o pelear para quitárselos de encima. Todos querían lo mismo de ella, así eran las cosas. Ella lo daba por sentado, y era la verdad.

Cuando era más joven había sufrido por ello. Había sufrido por un sentimiento de culpa, de algo repugnante. Pero ahora que era algo mayor se limitaba a aceptarlo y a depurar sus técnicas. A veces cedía, a veces le regalaban dinero o ropa. Estaba familiarizada con la mayoría de las maneras que tenían de abordarla. Seguramente habría sido capaz de predecir todo lo que iba a hacer y decir Louie en la media hora siguiente. A base de anticiparse, a veces podía ahorrarse situaciones desagradables. Los hombres mayores la querían ayudar, hacerla estudiar o convertirla en actriz. Algunos hombres jóvenes querían casarse con ella o protegerla.

Y unos pocos, muy pocos, abierta y honradamente no querían más que acostarse con ella y así se lo hacían saber.

Estos eran los más fáciles porque podía contestar sí o no y acabar con el asunto. Lo que ella odiaba más de su don, o su defecto, eran las peleas que provocaba. Los hombres se peleaban con saña allá donde fuera. Peleaban como perros, y a veces deseaba poder caer bien a las mujeres, pero no era así. Era inteligente. Conocía el porqué, pero no había nada que pudiera hacer al respecto. Lo que de verdad quería era una casa bonita en una ciudad agradable, dos niños y una escalinata por la que bajar. Iría bien vestida y tendría invitados a cenar. Tendría un marido, claro, pero no salía en la imagen porque en la publicidad de las revistas femeninas de donde procedía su sueño nunca salía el hombre. Solo una mujer hermosa con ropa bonita bajando por la escalinata, los invitados en el comedor, velas, una mesa de madera oscura y noble y unos niños pulcros y aseados a los que dar un beso de buenas noches. Eso era lo que de verdad quería. Y tenía perfectamente claro que eso no lo iba a conseguir nunca.

Había una gran tristeza en su interior. Se preguntaba por las otras mujeres. ¿Eran diferentes a ella en la cama? Sabía por lo que había observado que los hombres no reaccionaban ante la mayoría de las mujeres del modo en que lo hacían con ella. Sus impulsos sexuales no eran muy poderosos ni muy constantes, pero no sabía cómo serían las otras mujeres. Nunca hablaban con ella de ese tipo de cosas. No les caía bien. Una vez, el médico joven al que había acudido para tratar los dolores que le causaba la menstruación se le había insinuado, y al disuadirle, él le había dicho: «Es algo que tienes, está en el aire que te rodea. No sé qué es, pero está ahí. Hay mujeres que son así. Gracias a Dios, no son muchas, porque si no, nos volveríamos majaras».

Había probado a vestirse de manera más austera, pero no le había servido de mucho. No había forma de conservar un empleo normal. Aprendió a escribir a máquina, pero en las oficinas se armaba el revuelo cuando la contrataban. Ahora tenía un chollete. Ganaba bastante y no le causaba demasiados problemas. Se desnudaba en despedidas de soltero. Trabajaba para una agencia, con contrato. No entendía las despedidas de soltero ni qué satisfacción sacaban de ellas los hombres, pero ahí estaban, ganaba cincuenta dólares por quitarse la ropa, y eso era mejor que luchar para que no te la arrancaran en una oficina. Incluso había leído un poco sobre la ninfomanía, lo suficiente, en cualquier caso, para saber que ella no la padecía. Casi deseaba que fuera al contrario. A veces pensaba que podría meterse en una casa de citas, ganar un montón de pasta y retirarse al campo. O eso, o casarse con un señor mayor al que pudiera controlar. Sería la forma más fácil. Los hombres más jóvenes que le resultaban atractivos solían acabar portándose como unos canallas. Siempre sospechaban que les era infiel. Se enfurruñaban, trataban de pegarle palizas o bien se ponían furiosos y la echaban a la calle.

Había intentado ser una mantenida, y así era como acababa la cosa. Pero un viejo con algo de fortuna... quizá fuera esa la solución. Y sería buena con él. Haría que de verdad valieran la pena su tiempo y su dinero. Solamente tenía dos amigas, y las dos trabajaban en una casa de citas. Parecía ser la única clase de mujer que no tenía celos ni estaba resentida con ella. Pero una de ellas estaba ahora fuera del país. No sabía dónde. Se había marchado con las tropas a alguna parte. La otra vivía con un publicitario y no le convenía tenerla cerca.

Esa era Loraine. Habían compartido un apartamento. A Loraine no le interesaban mucho los hombres; aun así, tampoco le iban las mujeres. Pero entonces Loraine se lio con el publicitario ese y le pidió que se mudara. Loraine se lo explicó todo cuando le pidió que no apareciera por allí.

Loraine estaba trabajando en su casa de citas y el publicitario se enamoró de ella. El caso es que Loraine tenía gonorrea, y antes siquiera de que se le manifestara el primer síntoma ya se la había pegado al publicitario. Era un tipo nervioso, perdió la cabeza, perdió el trabajo y fue a refunfuñarle a Loraine. Ella se sentía responsable en cierto modo, así que le proporcionó casa y comida mientras los dos se curaban. Eso había sido antes del nuevo tratamiento, y resultó bastante duro.

Entonces el publicitario se hizo adicto a los somníferos. Se lo encontraba desmayado, se volvió distraído, se ponía de mal humor si no tenía sus pastillas y estaba tomando más y más. Loraine tuvo que encargarse dos veces de que le hicieran un lavado de estómago.

Loraine se portó muy bien con él, y las cosas se pusieron difíciles porque no podía volver a trabajar en la casa hasta que se curase. No quería contagiar a nadie que conociera, y sin embargo le hacía falta dinero para las facturas del médico, el alquiler y la comida. Tenía que hacer la calle en Glendale para llegar a fin de mes, y ella misma no se encontraba bien. Luego, encima de todo ello, el publicitario se puso celoso y no quería que ella trabajara en absoluto a pesar de estar él mismo sin trabajo. Habría estado bien que a estas alturas se hubiera ido todo al garete, para que Loraine y ella pudieran volver a compartir el apartamento. Habían sido buenas compañeras. Lo habían pasado bien juntas, tranquilas y a gusto.

Había habido toda una serie de congresos en Chicago y había ahorrado algo de dinero de las despedidas de soltero. Cogía autobuses de vuelta a Los Ángeles para ahorrar. Quería pasar una temporada tranquila. No había tenido noticias de Loraine desde hacía mucho tiempo. En su última carta le contaba que el publicitario se dedicaba a leer su correspondencia, y por tanto que no le escribiera.

Los últimos pasajeros entraban por la puerta y montaban en el autobús.

Louie tenía las piernas cruzadas. Se sentía un poco tímido con esta chica.

—Veo que va a Los Ángeles —dijo—. ¿Vive allí?

—A temporadas.

—A mí me gusta adivinar cosas de la gente. En mi oficio, veo a tantas personas todos los días...

El motor del autobús jadeaba suavemente. La vieja miraba a Louie de muy mala manera. Él la veía por el retrovisor. Probablemente iba a escribir una carta de protesta.

«En fin —se dijo Louie—. Al cuerno la empresa». Siempre podría encontrar otro empleo. De todas formas la empresa no hacía mucho caso de las cartas de las viejecitas. Volvió la vista hacia los asientos. Parecía que los dos hindúes iban de la mano. El chino tenía abiertos tanto el *Time* como el *Newsweek* sobre el regazo y estaba comparando los artículos. Su cabeza iba oscilando de una a otra revista, y tenía una arruga de desconcierto sobre la nariz, entre las cejas. El encargado le hizo una seña a Louie.

Louie accionó la palanca que cerraba la puerta. Metió la marcha atrás reforzada, salió de la pista de hormigón y luego hizo un giro amplio y delicado de modo que el parachoques delantero salvó la pared norte por un par de centímetros. Con otro giro amplio en primera reforzada salvó el otro muro por menos todavía. En la vía de acceso a la calle desde la estación se detuvo y vio que tenía vía libre. Hizo girar el autobús y lo llevó al otro lado de la calle. Louie era un buen conductor con un historial impecable. El autobús recorrió la calle principal de San Ysidro hasta las afueras y tomó la carretera.

El cielo y el sol se veían límpidos y relucientes. Los colores se veían muy nítidos. El agua corría por las cunetas llenas, y en algunos lugares, allí donde las cunetas estaban obstruidas, el agua se desparramaba sobre la carretera. El autobús hacía saltar grandes cortinas de agua al pasar sobre estos charcos, y al volante Louie sentía el tirón. La hierba estaba apelmazada por la fuerza de la lluvia, pero ahora el calor del sol devolvía ya la fuerza a la hierba densa, que empezaba a levantarse de nuevo en los lugares altos.

Louie miró otra vez a la chica por el retrovisor. Ella le estaba mirando al cogote, pero algo la hizo levantar la vista hasta el espejo y mirar directamente a los ojos de Louie, y la imagen de aquellos ojos con sus líneas oscuras, la nariz recta y bonita y la boca pintada en forma de cuadrado se grabó de modo permanente en el cerebro de Louie. Al mirarle a los ojos ella sonrió, como si se sintiera a gusto.

Louie se daba cuenta de que se le estaba formando un nudo en la garganta y que le crecía la sensación de opresión en el pecho. Tenía que estar loco, pensó. Sabía que era tímido, pero por lo general se convencía a sí mismo de que no lo era, y estaba pasando por todos los típicos síntomas de un quinceañero. Sus ojos iban de la carretera al retrovisor, una y otra vez. Notó que tenía las mejillas coloradas. «¿Qué coño me pasa? —se preguntó—. ¿Es que voy a volverme gagá por una fulana?». La miró más de cerca en busca de algo que lo salvara, y entonces vio unas marcas profundas de fórceps en sus mandíbulas. Eso le hizo sentirse más tranquilo. No tendría tanta maldita confianza en sí misma si supiera que se le veían las marcas del fórceps. Sesenta y siete kilómetros. Las cifras le bailaron en la cabeza. Ella se bajaría dentro de sesenta y siete kilómetros. Tendría que aprovechar el tiempo. No podía perder un minuto si quería echarle el anzuelo a esta putilla. Al tratar de hablar le salió la voz ronca.

Ella se inclinó hacia delante, acercándose.

—No le he oído —dijo.

Louie tosió.

—He dicho que se ve bonito el campo después de la lluvia.

—Sí, está bonito.

Trató de volver a su entrada de siempre. Observó en el espejo que ella seguía inclinada hacia delante para escucharle.

—Como le decía —comenzó—, me gusta adivinar cosas de la gente. Yo diría que ha trabajado usted en el cine, o en el teatro.

—Pues no. Se equivocaría.

—¿No trabaja en el mundo del espectáculo?

—No.

—Bueno, ¿trabaja, entonces?

Rio, y cuando reía tenía una cara muy encantadora. Pero Louie notó que tenía torcido uno de los incisivos superiores. Se apoyaba contra su vecino, estorbándole. Dejó de reír y el diente quedó cubierto por el labio superior.

«Le da vergüenza», pensó Louie.

Ella le veía venir. Sabía lo que iba a decir después. Le había pasado ya tantas veces. Trataría de enterarse de dónde vivía. Le pediría su número de teléfono. Era sencillo. No vivía en ningún sitio. Tenía un baúl con unos libros que le guardaba Loraine, *El capitán Hornblower*, una *Vida de Beethoven* y unos libros de tapa blanda con los relatos breves de Saroyan, además de unos vestidos viejos de noche para arreglar. Se daba cuenta del apuro en el que estaba Louie. Conocía ese rubor que brota del cuello de la camisa de los hombres y la voz gruesa del que habla con dificultad. Notó que Louie miraba con aprehensión hacia la parte trasera del autobús por el espejo.

Los hindúes se sonreían un poco el uno al otro. El chino miraba al vacío tratando de resolver alguna discrepancia entre los artículos que acababa de leer. En el asiento de atrás había un griego cortando un puro italiano con una navaja de bolsillo. Uno de los trozos se lo puso en la boca y el otro se lo guardó previsoramente en el bolsillo. La vieja se dedicaba a alimentar un ataque de ira contra Louie. Le dirigió una mirada acerada al cogote, la barbilla le empezó a temblar de rabia y los labios se le quedaron blancos de tanto apretarlos.

La chica volvió a inclinarse hacia delante.

—Le voy a ahorrar tiempo. Soy ayudante de dentista. Ya sabe, hago todas esas cosas que se hacen en la consulta del dentista.

A esto recurría a menudo. No sabía por qué. Quizá porque ponía fin a las especulaciones y porque, una vez dicho, ya no había más preguntas. La gente prefería no hablar mucho de temas dentales.

Louie se puso a digerirlo. El autobús llegó a un cruce con la vía del tren. Automáticamente Louie echó los frenos de aire y se detuvo. Los frenos sisearon al soltarlos y al volver a pasar de una a otra marcha hasta la velocidad de crucero. Notaba que se le iban acabando las opciones. En cualquier momento la vieja de las narices iba a montar el número. No le quedaban sesenta y siete kilómetros, ni mucho menos. En cuanto la maldita vieja metiera baza, todo habría terminado. Quería aprovechar el tiempo mientras pudiera, pero para los métodos de Louie, era demasiado pronto. No debía jugar ninguna carta hasta dentro de una buena media hora, pero la maldita vieja le estaba forzando la mano.

—Yo a veces voy a Los Ángeles. ¿Hay algún sitio al que pueda llamar, y quizá podríamos... ir a cenar y ver algún espectáculo?

Ella no varió su tono cordial. En su forma de expresarse no había nada desagradable ni cortante.

—No lo sé. Verá, ahora mismo no tengo casa. He estado fuera. Quiero conseguir un apartamento en cuanto pueda.

—Pero trabajará en algún sitio —dijo Louie—. Quizá podría llamarla allí.

La vieja se retorcía y se sacudía en su asiento. Estaba furiosa porque Louie la había echado del asiento delantero.

—Pues el caso es que no —dijo la chica—. Verá, no tengo empleo en este momento. Claro que encontraré uno enseguida, en mi profesión siempre se encuentra.

—¿No me estará dando calabazas? —preguntó Louie.

—No.

—Bueno, quizá pueda mandarme una nota cuando se haya instalado.

—Quizá.

—Es porque me gustaría conocer a alguien para salir por Los Ángeles, ¿sabe?

Entonces irrumpió una voz estridente como una piedra de afilar:

—Hay una ley estatal que prohíbe hablar a los pasajeros. A ver si mira a la carretera. —La mujer se dirigió a todo el pasaje—: Este conductor está poniendo en peligro nuestras vidas. Si no puede prestar atención al volante yo voy a pedir que me deje bajar.

Louie se arrugó. La cosa era grave. Sí que sabía montar un buen número. Miró al retrovisor y sus ojos se encontraron con los de la chica. Moviendo solo los labios dijo: «¡Maldita vieja pelleja!».

La chica sonrió y se llevó los dedos a los labios. Por una parte sentía alivio y por otra lo lamentaba. Sabía que habría tenido problemas con Louie tarde o temprano. Pero también sabía que era buen tipo en muchos aspectos, y la clase de hombre al que, hasta cierto punto, podía manejar. Sabía por su rubor que probablemente podría pararle los pies hiriendo sus sentimientos.

Pero se había acabado y Louie lo sabía. La chica no iba a meterse en un lío. Había que aprovechar el tiempo mientras el autobús siguiera en marcha. Eso lo sabía. Una vez que se llegaba a una parada, los pasajeros querían bajar lo antes posible. Había perdido la partida. Se detendría en Rebel Corners solo el tiempo suficiente para que ella bajara y para descargar la condenada caja de tartas. Se inclinó sobre el volante. La chica había cruzado las manos sobre el regazo y su mirada ya no se encontraba con la de él en el espejo. Había muchas chicas más guapas que esta. Esas cicatrices del fórceps eran bien feas. Daban escalofríos. ¿Cómo no iba a llevar el pelo largo y sin recoger? Era para taparlas. Una chica como ella no podía llevar el pelo recogido. A Louie le gustaba el pelo recogido y, ¡Dios!, imagina que te despiertas en la cama y ves esas cicatrices. No faltaban guarras en el mundo, Louie sabría arreglárselas. Pero tenía el pecho y el estómago lastrados por la tristeza. Trató de luchar contra ella y desalojarla, pero no se movía de ahí. Deseaba a esta chica más de lo que había deseado a ninguna otra, y de una manera diferente. Tenía un sentimiento de pérdida, reseco y desolador. Ni siquiera sabía cómo se llamaba, y ya ni la iba a llegar a conocer. Ya podía ver los ojos inquisitivos de Edgar cuando volviera a San Ysidro. Louie se preguntó si le mentiría.

Los grandes neumáticos iban cantando sobre el asfalto en un tono alto y vibrante, y el motor latía con un ritmo insistente. Había nubes grandes, empapadas y blandas en el cielo, oscuras como el hollín en el centro y con bordes blancos y relucientes. Una de ellas acechaba ahora al sol. Louie ya veía acercarse su sombra por la carretera adelante, y más allá por la misma, divisaba el imponente montículo verde de los robles que se alzaban en torno al comedor de Rebel Corners. La desilusión le tenía abrumado.

Juan Chicoy se acercó al costado del vehículo según entraba.

—¿Qué me traes? —preguntó al abrirse la puerta.

—Una pasajera y un montón de tartas —respondió Louie. Se levantó del asiento, alargó la mano y cogió la maleta de la chica. Bajó del autobús y sostuvo las manos en alto. La chica posó las manos sobre sus brazos y descendió. Caminaron hacia el comedor.

—Adiós —dijo ella.

—Adiós —contestó Louie. Se quedó mirando mientras ella atravesaba la puerta, con su pequeño trasero que subía y bajaba.

Juan y Pimples habían bajado ya la caja de tartas de la parte superior del autobús. Louie volvió a montar.

—Hasta luego —dijo Juan.

La vieja se había cambiado al asiento delantero. Louie cerró la puerta con la palanca. Metió la marcha y se alejó. Al alcanzar la velocidad de crucero y con los neumáticos murmurando sobre la carretera, miró al espejo. La vieja tenía una expresión mezquina de triunfo.

—Me la fastidiaste —musitó Louie—. Me reventaste la jugada.

La mujer levantó la vista y sus miradas se cruzaron un momento. De forma lenta y deliberada, Louie movió los labios en silencio. «¡Vejestorio de mierda!». Vio cómo se le apretaban los labios a la vieja hasta volvérsele blancos. Le había entendido.

El murmullo de la carretera siguió resonando bajo las ruedas.

CAPÍTULO 8

Juan y Pimples dejaron la caja de Tartas Caseras Mother Mahoney en el suelo, a la puerta del comedor. Los dos se quedaron viendo cómo la rubia desaparecía por la puerta. Pimples silbó una nota grave, como un gorjeo. Las palmas de las manos se le cubrieron repentinamente de sudor. Los ojos de Juan se estrecharon hasta no dejar más que un rescoldo de luz entre sus pestañas. Se pasó rápida y nerviosamente la lengua por los labios.

—Ya te entiendo, vaya —dijo Juan—. ¿Quieres tomarte un ratito para ir a levantar la patita encima de un árbol?

—Dios santo —comentó Pimples, admirado—. ¡Uf!

—Pues sí —convino Juan. Se inclinó, corrió el pestillo de la caja y levantó la tapa sobre las bisagras—. Te hago una pequeña apuesta, Kit.

—A ver, ¿cuál?

—Me juego dos contra uno a que ya se te ha metido en la cabeza que hace dos semanas que no tienes un día libre, y que te lo quieres tomar hoy y venirte conmigo a San Juan. Quizá hasta nos venga bien si tenemos otra avería.

A Pimples empezó a brotarle el rubor entre las erupciones. Levantó con cautela la mirada hasta los ojos de Juan, que estaban tan llenos de un humor sin ponzoña que Pimples se sintió mejor. «¡Carajo! —pensó—. ¡Este sí que es todo un tío! ¿Cómo he podido trabajar para ningún otro?».

—Bueno —dijo Pimples en voz alta, sintiendo que hablaba con todo un hombre. Juan comprendía cómo ve las cosas un tío. Cuando un bombón pasaba por delante, Juan sabía lo que se sentía—. Bueno —volvió a decir.

—Bueno —le imitó Juan—. ¿Y quién se va a ocupar de los surtidores y de cambiar las ruedas pinchadas?

—¿Quién lo solía hacer antes?

—Nadie —contestó Juan—. Ponemos un cartel en el garaje y ya está: Cerrado temporalmente para reparaciones. Alice puede echar gasolina —dijo, dándole una palmada en el hombro a Pimples.

«Qué tío —pensó Pimples—. ¡Qué tío!».

Las tartas iban sujetas por pequeños huecos a modo de bandejas que ceñían los bordes de las tarteras y mantenían cada una de las tartas separada de las demás. Había cuatro pilas de doce tartas cada una: cuarenta y ocho en total.

—Vamos a ver. Tenemos seis de frambuesa, cuatro de limón y nata, cuatro de pasas y dos de crema al caramelo. —Juan iba sacando las tartas mientras las contaba y dejaba encima de la caja—. Llévalas adentro, Pim..., digo Kit.

Pimples tomó una tarta en cada mano y entró al comedor. La rubia estaba sentada en una banqueta tomando un café. No podía verle la cara, pero percibía aquella electricidad o lo que fuera que despedía. Dejó las tartas sobre la barra.

Al darse la vuelta para volver a salir notó el silencio que reinaba allí.

El señor Pritchard, el viejo cascarrabias y el joven, Horton, estaban en trance. Levantaban la vista, repasaban de arriba abajo a la rubia y la apartaban. La señorita Pritchard y su madre miraban de manera deliberada hacia las pirámides de salvado de detrás de la barra. Alice no estaba ahí, pero Norma estaba delante de la rubia limpiando la barra con un trapo.

—¿Le apetece una caracola? —le preguntó Norma.

Pimples se entretuvo. Tenía que oír el tono de voz de la rubia.

—Sí, ¿por qué no? —respondió. Aquel tono ronco le produjo un espasmo repentino en el estómago a Pimples. Salió apresuradamente a por más tartas.

—Venga, muévete —dijo Juan—. Puedes mirarla durante todo el camino a San Juan, si es que no prefieres conducir tú.

Pimples se dio prisa en ir trayendo las tartas. Iban dieciséis. Con eso quedaban treinta y dos. Juan cerró la caja por el costado y echó el cierre. Cuando salió Pimples por última vez, ayudó a Juan a colocar la caja de las tartas en el gran maletero negro de Sweetheart, el autobús. Ya estaba listo. Listo para salir. Juan dio unos pasos atrás y se quedó mirándolo. No era ningún Greyhound, pero no estaba mal. Se veía un poco de óxido a través de la pintura de aluminio de alrededor de las ventanas. Eso lo tendría que retocar. Y a los tapacubos tampoco les iría mal un repaso.

—Venga, hay que ponerse en marcha —le dijo a Pimples—. Cierra las puertas del garaje. Justo entre los bancos, debajo de los conectores de la manguera del radiador verás el cartel para poner en la puerta. Si piensas cambiarte de ropa ya te puedes dar prisa.

Pimples salió dando un brinco hacia la puerta del garaje. Juan se enderezó, estiró los brazos y se dirigió al comedor.

El señor Pritchard tenía la pierna derecha cruzada sobre la izquierda, y el dedo gordo, suspendido en el aire, le daba pequeños saltos convulsivos. Al entrar la rubia, la había mirado a la cara y ahora estaba agradablemente excitado. Pero se sentía desconcertado. En alguna parte, pensaba, había visto a esta chica. Quizá había trabajado en alguna de sus plantas, quizá fuera una secretaria, quizá la había visto en la oficina de algún amigo. Pero la había visto. De eso estaba seguro. Estaba convencido de que nunca olvidaba una cara, cuando lo cierto era que rara vez las recordaba. No se fijaba bien en ninguna cara, a no ser que tuviera intención de hacer negocios con su dueño. Le intrigaba cierta sensación pecaminosa que le había producido el reconocerla. ¿Dónde habría visto a esta chica?

Su esposa observaba discretamente el meneo de su pie. Ernest Horton miraba las piernas de la rubia sin disimulo. A Norma la chica le caía bien. Había un aspecto en el que Norma era como Loraine. No quería a nadie —bueno, con una sola excepción—, así que no se le podía quitar nada, no tenía nada que perder. Y la chica era agradable. Era bien hablada y educada. Lo cierto es que Norma también le caía bien a la chica, al notar esta que podía tratarse de algo mutuo.

Justo antes de llegar el Greyhound, Alice le había dicho a Norma:

—Vigílame la barra, ¿puedes? Vuelvo enseguida.

Luego el autobús, la rubia y el preparar los cafés habían ocupado su atención. Ahora, sin embargo, la asaltó una certeza que le produjo una sensación fría y nauseabunda. Sabía lo que estaba pasando; era tal como si lo viera. Lo sabía, y con ello, entre una ira enfermiza, su mente se puso a calcular. El pequeño rollo de dinero en billetes pequeños. Con eso podría ir tirando hasta que encontrara un trabajo. ¿Y por qué no marcharse ahora? Antes o después lo iba a hacer. Abrió las alacenas de debajo de los estantes y guardó bruscamente las tartas, todas menos una de cada sabor. Una de frambuesa, una de pasas, una de limón y nata y una de crema al caramelo que dejó alineadas sobre la barra, y el olor que despedían la puso aún más enferma. Seguía sin saber muy bien qué hacer.

Juan apareció por la puerta del comedor y se quedó mirándole el cogote a la rubia.

—¿Podría ocuparse de la barra un minuto, señor Chicoy? —le pidió Norma.

—¿Dónde está Alice? —preguntó Juan.

—No lo sé —respondió Norma. En su mente la estaba viendo. Alice no estaba muy bien de la vista. Acercaría la carta a la ventana y la sostendría a la luz. No sentía verdadero interés. Era una especie de curiosidad vaga y como de pasada. Se inclinaría hacia un lado para tener más luz, se le metería el pelo en los ojos, lo soplaría y sus dedos irían revolviendo entre las páginas. A Norma le dio un escalofrío. Se vio a sí misma entrando en tromba en la habitación, arrebatándole bruscamente la carta, y los dedos se le cerraron en un puño. Sintió la piel de Alice bajo las uñas, y las uñas buscando a zarpazos los ojos de Alice, aquellos ojos horribles, mojados, jugosos. Alice caería de espaldas y Norma se lanzaría sobre aquel vientre grande y blando con las rodillas, arañaría y desgarraría la cara de Alice y de los arañazos manaría la sangre.

Juan, mirando a Norma, dijo:

—¿Qué te pasa? ¿Te encuentras mal?

—Sí.

—Anda, vete antes de que te dé algo aquí.

Norma salió de la barra y abrió la puerta del dormitorio con suavidad. La puerta de su propia habitación estaba abierta, una rendija nada más. Cerró la puerta del comedor y se dirigió silenciosamente hacia su puerta. Sentía frío y temblaba. Estaba fría como el hielo. Sin hacer el menor ruido, abrió la puerta. Y ahí estaba… Alice, junto a la ventana, sosteniendo la carta a Clark Gable a la altura de los ojos y soplándose el pelo con la cabeza ladeada.

Alice se sopló otra vez el pelo, levantó la vista y vio a Norma en el umbral. Tenía la boca abierta y un gesto ávido. No fue capaz de cambiar de expresión. Norma dio un paso, entrando en la habitación. Tenía los dientes tan apretados que le salían arrugas alrededor de la boca. Alice le tendió la carta, estupefacta. Norma la cogió, la dobló con cuidado y se la guardó en el corpiño. Entonces fue hasta el buró. Sacó la maleta que tenía debajo. Sacó la llave del imperdible que tenía en el interior del vestido y abrió la maleta. De manera muy deliberada, se puso a recoger sus cosas. Vació los cajones del buró dentro de la maleta y apretó el montón de ropa con el puño. Del armario sacó sus tres vestidos y el abrigo de cuello de conejo, arrastrándolos, dejó el abrigo sobre la cama, enrolló los vestidos sobre sus perchas y los metió también en la maleta.

Alice no era capaz de moverse. No le quitaba ojo a Norma, e iba moviendo la cabeza según la veía ir de aquí para allá. En la cabeza de Norma resonaba un silencioso alarido triunfal. Dominaba la situación. Tras toda una vida de que la mangonearan, dominaba la situación y permanecía callada. Eso le dio gusto. No dijo ni una palabra, y ni una palabra pensaba decir. Echó dos pares de zapatos a la maleta, bajó la tapa con firmeza y la cerró.

—¿Te vas ya mismo? —preguntó Alice.

Norma no respondió. No iba a echar a perder su triunfo. Nada la podía obligar a ello.

—Ha sido sin ninguna mala intención.

Norma ni la miró.

—Como lo cuentes, te vas a enterar —dijo Alice inquieta. Sonó más a sugerencia que a amenaza. Aun así, Norma no dijo nada. Fue hasta la cama y cogió el abrigo negro de cuello de conejo. Luego cogió la maleta y salió de la habitación. Le silbaba el aire por la nariz al respirar. Fue al interior de la barra del comedor y le dio al botón del efectivo de la caja registradora. Sacó diez dólares, un billete de cinco, cuatro de uno, una moneda de cincuenta centavos y dos de veinticinco. Se guardó el dinero en el bolsillo lateral del abrigo negro. Su boca lánguida era una línea dura y apretada.

—¿Qué está pasando aquí? —preguntó Juan.

—Me voy a San Juan con usted —respondió Norma.

—Tienes que ayudar a Alice. No se puede quedar aquí sola.

—Dejo el trabajo.

Norma notó que la rubia la observaba al salir de detrás de la barra. Salió por la puerta mosquitera. Llevó la maleta al autobús, subió al mismo y ocupó un asiento hacia el fondo. Colocó la maleta a su lado, de pie sobre un costado. Se quedó ahí sentada, muy recta.

Juan se quedó viendo cómo salía por la puerta. Se encogió de hombros.

—Y esto, ¿a que vendrá? —preguntó, a nadie en particular.

Ernest Horton tenía el ceño fruncido. Odiaba a Alice Chicoy.

—¿A qué hora cree que saldremos? —preguntó a Juan.

—A las diez y media. Ahora son las diez y diez —respondió, echando un vistazo a los Pritchard—. Miren, tengo que cambiarme de ropa. Si alguno de ustedes quiere café o cualquier otra cosa, entren aquí y sírvanselo ustedes mismos.

Fue a la habitación. Se quitó los tirantes del peto y lo dejó caer a sus pies. Llevaba unos calzoncillos con rayitas azules. Se sacó la camisa azul celeste por la cabeza, se quitó los mocasines de un par de sacudidas y salió del peto, dejando zapatos, calcetines y peto en un montón sobre el suelo. Tenía el cuerpo duro y cobrizo, no por el sol, sino por su estirpe. Fue hasta el cuarto de baño y llamó a la puerta. Alice tiró de la cadena y abrió la puerta. Se había estado lavando la cara otra vez y tenía un mechón mojado pegado a la mejilla. Tenía la boca laxa y los ojos hinchados y rojos.

—¿Qué pasa? —preguntó Juan—. Ya te has tomado un buen rato para estar a tus anchas, ¿no te parece?

—Tengo dolor de muelas. No me lo puedo quitar. Me duele muchísimo aquí.

—¿Qué pasa con Norma?

—Déjala que se vaya. Ya sabía yo que un día la iba a pillar.

—Bueno, ¿qué ha hecho, entonces?

—Tiene la mano un poco larga, nada más.

—¿Qué es lo que ha cogido?

—Se me ocurrió mirar a ver. ¿Te acuerdas de esa botella de Bellodgia que me regalaste por Navidad? Bueno, pues desapareció y la he encontrado en su maleta. Ella entró cuando la descubrí, se puso de morros y le he dicho que se podía marchar.

A Juan se le ensombreció la mirada. Sabía que era mentira, pero no le importaba mucho cuál fuese la verdad. Las peleas de mujeres no le interesaban en absoluto. Se metió en la bañera y corrió la cortina a su alrededor.

—Llevas toda la mañana fatal —dijo—. ¿Qué es lo que te pasa?

—Pues que tengo el mes —respondió Alice—. Y encima este dolor de muelas.

Juan sabía que lo primero no era verdad, pero solo sospechaba que lo segundo pudiera ser falso.

—Tómate un lingotazo cuando nos vayamos. Eso te irá bien para las dos cosas.

Alice se sintió complacida. Quería que fuera él quien lo sugiriera.

—Tendrás que ocuparte tú de todo —prosiguió Juan—. Pimples me va a acompañar.

Alice tuvo un pequeño arrebato de ilusión. Se iba a quedar sola y a sus anchas. Pero no podía dejar que Juan viera que era eso lo que quería.

—¿Para qué va contigo Pimples? —preguntó.

—Quiere coger unas cosas en San Juan. Oye, ¿por qué no cerramos el garito? Puedes ir al dentista de San Juan.

—No, no es buena idea. Ya iré mañana o pasado a San Ysidro. No es buena idea cerrar el comedor.

—Tú sabrás, la muela es tuya —dijo Juan, y abrió el grifo de la ducha. Apartando un poco la cortina, asomó la cabeza y añadió—: Sal ahí fuera y ocúpate de los viajeros.

Ernest Horton había abordado ya a la rubia cuando entró Alice en el comedor.

—Bueno, vamos a tomarnos un café —dijo, y dirigiéndose a la rubia—: ¿Prefieres una Coca-Cola?

—No. Café. La Coca-Cola me engorda.

Ernest había hecho algunos progresos. Le había preguntado a la rubia cómo se llamaba, y ella le había contestado que Camille Oaks. No era su nombre, por supuesto. Fue una rápida combinación de un anuncio de Camel colgado de la pared —otra rubia en un cartel, con pechos como globos— y un roble que veía por la ventana.[7] Pero de ahora en adelante sería Camille Oaks, al menos mientras durara el viaje.

—Ese nombre lo he oído hace poco en alguna parte —respondió Ernest. Le ofreció educadamente el dispensador de azúcar.

El pie del señor Pritchard se meneaba movido por pequeños espasmos, y su señora observaba. Sabía que algo le irritaba, pero no identificaba el motivo. Carecía de experiencia en este tipo de cosas. Sus amigas no eran de la clase de mujeres que podían hacer menear el pie al señor Pritchard, y no sabía nada de su vida fuera de su propio círculo social.

El señor Pritchard descruzó las piernas, se levantó y fue hasta la barra.

---

[7] *Oak* significa «roble».

—Usted debe de estar pensando en el juicio por asesinato de Oakes —le dijo a Ernest—. Estoy seguro de que nadie ha asesinado a esta señorita, ni viceversa —añadió riendo—. Un poco más de café —le pidió a Alice en un tono galante.

Su hija se tiró del párpado derecho para verle. Captaba un matiz en su voz que no había notado nunca antes. Había una cierta grandilocuencia en su tono, abría más la *a* y hablaba con una formalidad tirando a forzada. A su hija aquello la sobresaltó. Escudriñó a la chica y enseguida comprendió. El señor Pritchard reaccionaba ante Camille Oaks. Interpretaba un papel, una especie de papel paternal. A su hija no le gustó.

—Tengo la impresión de haberla conocido —dijo el señor Pritchard—. ¿Es eso posible?

Mildred parafraseó en su cabeza: «Oye, chata, ¿a ti no te tengo vista de algún *lao*?».

Camille miró a la cara del señor Pritchard, y fugazmente a la insignia del club que llevaba en la solapa. Ya sabía de qué le sonaba a él. Cuando se desnudaba y se sentaba dentro de la gran copa de vino, ponía mucho cuidado en evitar mirar a los hombres a la cara. Había algo en sus ojos húmedos y saltones, en sus bocas flácidas y sus medias sonrisas que la asustaba. Le daba la impresión de que si miraba directamente a alguno, podía saltarle encima. Para ella, las caras del público eran borrones indefinidos de un color rosáceo, cientos de cuellos blancos y corbatas bien apañaditas. En los clubes Two Fifty-Three Thousand solían llevar esmoquin.

—No le recuerdo —respondió Camille.

—¿Ha estado alguna vez en el Medio Oeste? —insistió el señor Pritchard.

—He estado trabajando en Chicago.

—¿Dónde? —preguntó el señor Pritchard—. La impresión es muy fuerte.

—Soy enfermera, ayudante de dentista.

Los ojos del señor Pritchard relucieron tras las gafas.

—Anda, pues a ver si va a ser eso. Trabajará con el doctor Horace Liebholtz; es mi dentista en Chicago.

—No —respondió Camille—. Con él no he trabajado. Con el doctor T. S. Chesterfield, ese fue mi último empleo.

Eso también lo sacó de un cartel sobre la marcha, y no era buena idea. Esperaba que él no se fijara en el anuncio que le asomaba justo por detrás del hombro, en el que se leía: «Chesterfield… da gusto».

En un tono desenfadado que repugnó a su hija, el señor Pritchard anunció:

—Bueno, lo recordaré tarde o temprano. Nunca olvido una cara.

La mirada de la señora Pritchard se había cruzado con la de su hija, y había notado el desagrado en la expresión de Mildred. Volvió a fijarse en su marido. Se comportaba de un modo raro.

—Elliott —le dijo—. ¿Me puedes traer un café?

El señor Pritchard pareció espabilarse y volver a la realidad.

—Ah, sí… claro —Su voz volvía a sonar normal. Pero volvía a estar irritado.

La puerta mosquitera se abrió y cerró de un portazo. Entró Pimples Carson, pero era un Pimples transformado. Traía la cara muy empolvada en un intento de disimular sus erupciones, y lo que había conseguido era que del rojo pasaran a un morado intenso. Llevaba el pelo peinado hacia atrás y engominado, una camisa con el cuello muy apretado, una corbata verde con un nudo pequeño y el cuello de la camisa abrochado bajo el nudo con un gemelo de oro. Parecía estar ahogándose un poco con aquel cuello tan prieto. La camisa y la corbata le subían y bajaban un poco al tragar. El traje que llevaba era marrón chocolate, de una tela con pelusa, y los pantalones tenían a los lados las marcas casi invisibles de los muelles de la cama. Calzaba unos zapatos blancos con franja marrón sobre el empeine y unos calcetines de lana de cuadros escoceses rojos y verdes.

Alice se le quedó mirando asombrada.

—Anda, ¡mira lo que acaba de entrar!

Pimples tuvo un arrebato de odio hacia Alice. Se sentó en una banqueta, en el lugar del que se acababa de ausentar el señor Pritchard para llevarle el café a su mujer.

—Me tomaría un trozo de esa tarta nueva de frambuesa —dijo. Echó una mirada nerviosa a Camille y con una voz algo estrangulada, sugirió—: Señorita, tiene que probar un trozo de esa tarta.

Camille se volvió y le miró con simpatía. Sabía reconocer a un hombre en apuros.

—No, gracias —respondió amablemente—. Ya he desayunado en San Ysidro.

—Invito yo —insistió Pimples, desesperado.

—No, de verdad, gracias, no puedo.

—Pues el sí que puede —terció Alice—. Este es capaz de comer tarta haciendo el pino y con la cabeza metida en una bañera de cerveza sin gas el Domingo de Ramos.

Hizo girar una tarta y sacó un cuchillo.

—Ración doble, por favor —pidió Pimples.

—Para mí que ya no se te debe nada del sueldo —replicó cruelmente Alice—. Ya te has comido todo el salario de esta semana.

Pimples hizo un mohín. ¡Dios, cómo odiaba a Alice! Alice observaba a la rubia. Ya estaba al cabo de la calle. Todos los hombres que había en el comedor estaban alerta, con todos los sentidos puestos en esa chica. A Alice aquello la estaba poniendo nerviosa. Lo sabría cuando entrara Juan. Hacía un momento estaba deseando que hubiera salido ya el autobús para poder cogerse una buena cogorza. Ahora, sin embargo, empezaba a estar nerviosa.

Habló Ernest Horton.

—Si puedo abrir la maleta de muestras durante el viaje, te enseño unos cacharritos muy graciosos que vendo. Cosas nuevas. Muy monas.

—¿Cuánto tiempo llevas fuera del ejército? —preguntó Camille.

—Cinco meses.

Camille bajó la vista hasta su solapa con la barra azul y las estrellas blancas.

—Es bonita, esa. Es la buena, ¿verdad?

—Eso me dicen —respondió Ernest—. Pero vaya, al hacer la compra no te hacen descuento.

Ambos rieron.

—¿Te la puso el gran jefe?

—Pues sí.

El señor Pritchard se inclinó hacia delante. Estaba molesto porque no se enteraba de nada.

—Debería probar un poco de esta tarta de frambuesa, de verdad —insistió Pimples.

—No puedo —volvió a decir Camille.

—Como encuentres ahí una mosca te puedes llevar el resto de la tarta en todos los morros —terció Alice.

Camille conocía los síntomas. Aquella mujer se disponía a odiarla. Echó un vistazo inquieto a las otras dos mujeres que había en el comedor. La señora Pritchard no la iba a molestar. Pero estaba la chica, la que trataba de ver sin sus gafas. Camille esperaba no tener que topar con ella. Esa podía ser una chica dura. Suplicó para sus adentros: «Por Dios, Loraine, líbrate de ese memo y vivamos juntas en el apartamento otra vez». Tenía una sensación espantosa de soledad y cansancio. Se preguntó cómo sería estar casada con el señor Pritchard. Era algo así como el hombre que tenía pensado. Seguramente no era demasiado difícil estar casada con él. Su mujer no tenía aspecto de que le diera demasiados problemas.

Bernice Pritchard no se enteraba. No odiaba a Camille. Era vagamente consciente de que algo había cambiado en el ambiente del comedor, pero no sabía a qué atribuirlo.

—Supongo que será mejor irnos preparando para salir —le dijo alegremente a Mildred, y eso que ya lo tenían todo preparado.

Entonces salió Juan del dormitorio. Se había puesto unos pantalones de pana limpios, una camisa azul limpia y una zamarra de cuero. Llevaba peinada hacia atrás su espesa cabellera y tenía la cara reluciente de haberse afeitado.

—¿Estamos todos listos, señores?

Alice le observó mientras rodeaba el extremo de la barra. No miró a Camille para nada. Alice sintió una punzada de alarma. Juan miraba a todas las chicas. Si no lo hacía es que algo no andaba bien. Aquello no le gustó.

El señor Van Brunt, el señor mayor del cuello tieso, entró desde el exterior y entreabrió la puerta.

—Parece que va a seguir lloviendo —dijo.

Juan se dirigió a él secamente:

—Usted se va en el próximo Greyhound al norte.

—He cambiado de idea —dijo Van Brunt—. Voy a ir con usted. Quiero ver ese puente. Pero va a seguir lloviendo, eso ya se lo digo yo.

—Pensaba que no quería venir.

—Puedo cambiar de idea, ¿no? ¿O no puedo? ¿Por qué no vuelve a llamar y pregunta por el puente?

—Me han dicho que está bien.

—De eso ya hace un rato. Usted es forastero aquí. No sabe lo rápido que puede crecer el San Ysidro. Yo lo he visto subir treinta centímetros la hora cuando le llega el desagüe de las laderas. Será mejor que llame.

Juan se exasperaba.

—Mire, el ómnibus lo conduzco yo. Ya llevo algún tiempo haciéndolo. ¿Le importa? Usted súbase y corra el riesgo de ir conmigo, o no lo haga, pero déjeme conducir en paz.

Van Brunt levantó la cara hacia un lado y miró fija y fríamente a Juan.

—No sé si voy a ir con usted o no. Igual escribo una carta a la Comisión de Caminos y Ferrocarriles. No es más que un empleado de un servicio público, ¿sabe? No lo olvide.

—Vámonos, señores —dijo Juan.

Alice no dejaba de vigilarle discretamente, y no le vio ni mirar a Camille ni ofrecerle llevar su maleta. Era mala cosa. A Alice no le gustaba. No era propio de Juan.

Camille cogió su maleta y salió por la puerta. No quería sentarse con ninguno de los hombres. Estaba cansada. Ya había repasado mentalmente todas las posibilidades. Mildred Pritchard estaba sin emparejar, y a ella ya le había caído mal, pero la chica que había dejado el trabajo ya se había montado en el autobús. Camille se apresuró a salir por la puerta y subir. Ernest Horton y el señor Pritchard la siguieron tan deprisa como pudieron, pero Camille ya estaba dentro. Norma estaba sentada muy quieta. Tenía una mirada hostil y la nariz roja y reluciente. Estaba muy asustada por lo que había hecho.

—¿Te importa si me siento contigo, cielo? —preguntó Camille.

Norma, muy tiesa, volvió la cabeza y estudió a la rubia.

—Hay un montón de asientos libres —respondió.

—¿Te importa? Luego te cuento por qué.

—Como mejor te parezca —dijo Norma con un cierto aire magnánimo. Sabía que la ropa que llevaba la chica era cara. No tenía sentido. La gente no solía querer sentarse con Norma. Pero habría una razón. Quizá una razón misteriosa. Norma se conocía bien sus películas. Algo como esto podía acabar en forma de nueve bobinas de pura gozada. Se sentó junto a la ventana para hacer sitio.

—¿Adónde vas? —preguntó Norma.

—A Los Ángeles.

—¡Anda, yo también! ¿Vives allí?

—Ahora sí, ahora no —respondió Camille. Notó que los hombres que habían salido atropelladamente del comedor la habían visto sentarse con Norma. Perdieron algo de su ímpetu. No habría competencia. Se dirigieron a la parte trasera del autobús para meter el equipaje en el maletero.

Juan se entretuvo en la puerta del comedor mientras Alice le miraba a través de la pantalla mosquitera.

—Tranquila, ¿vale? —le dijo—. He tenido lío toda la mañana. A ver si puedes tener esto recogido para cuando vuelva.

A Alice se le afiló un poco el rostro. Estaba a punto de contestar.

Juan prosiguió:

—O puede que un día de estos no vuelva.

A Alice se le cortó el aliento.

—Es que no me encuentro bien —lloriqueó.

—Bueno, pues empieza a ponerte bien, no te abandones y no te dejes enfermar. Nadie está a gusto con los enfermos por mucho tiempo. Nadie. Eso tenlo claro.

Sus ojos no la miraban a ella, sino a su alrededor y más allá, y a Alice la asaltó el pánico. Juan se dio la vuelta y se dirigió al autobús.

Alice apoyó los codos en el travesaño de la puerta mosquitera. Los ojos se le llenaron de lagrimones.

—Estoy gorda —susurró—, y vieja. ¡Jesús, qué vieja estoy! —Las lágrimas le corrieron por los lados de la nariz. Las sorbió—. Tú te puedes liar con chicas jóvenes, pero yo ¿con qué me voy a liar? Nada. Algún viejo mamarracho. —Se quedó llorando tras la puerta con un gimoteo sordo.

Al señor Pritchard le habría gustado sentarse detrás de la rubia para poder mirarla, pero la señora Pritchard tomó asiento en la parte delantera, y tenía que sentarse con ella. Mildred se sentó sola al otro lado del pasillo y tras ellos. Pimples subió al autobús y se quedó con el asiento que quería el señor Pritchard, y a su lado se sentó Ernest Horton.

Juan vio con espanto que Van Brunt ocupaba la plaza que quedaba justo detrás del asiento del conductor. Estaba nervioso. No había dormido gran cosa y desde las primeras horas de la mañana en ningún momento había dejado de haber jaleo por algún motivo. Apiló ordenadamente los equipajes en el maletero de atrás, echó la cubierta de lona y cerró la puerta del maletero. Saludó con la mano a Alice, apoyada sobre el interior de la puerta mosquitera. Sabía por su postura que estaba llorando, y esa había sido su intención. Se había pasado mucho de la raya. Se preguntó por qué seguía con ella. Por pereza, nada más, supuso. No quería pasar por la tormenta emocional que supondría dejarla. A su pesar, se preocuparía por ella, y era demasiado lío. Necesitaría otra mujer enseguida, y para eso haría falta hablar, discutir y camelar un montón. Otra cosa era acostarse con una chica, pero lo que le haría falta sería una mujer, y ahí estaba la diferencia. Te acostumbras a una, y así tienes menos problemas. Además, Alice era la única mujer capaz de preparar frijoles que había conocido fuera de México. Tenía su gracia eso. Cualquier indito en México sabe cocinar bien unos frijoles, y aquí, Alice y nadie más: la cantidad justa de caldo, el sabor perfecto del frijol sin mezcla de otros sabores. Aquí le echaban tomate, chiles, ajo y esas cosas a los frijoles, pero los frijoles hay que hacerlos por sí solos, consigo mismos, sin más. Juan tuvo que reír.

—Porque sabe hacer frijoles —se dijo.

Pero también había otra razón. Ella le quería. Le quería de verdad. Él lo sabía, y una cosa así no se puede dejar así como así. Es algo que tiene su estructura, su arquitectura propia, y no se puede abandonar sin ver arrancado un trozo del propio ser. Por tanto, si quieres seguir entero, te quedas, sin que importe lo mucho que te pueda disgustar el quedarte. Juan no era hombre de engañarse mucho a sí mismo.

Casi había llegado al autobús cuando volvió sobre sus pasos y se acercó a la puerta mosquitera.

—Cuídate, anda —le dijo. Su mirada era cálida—. Tómate un lingotazo para esa muela—. Se volvió y regresó hacia el autobús. Estaría borracha como una cuba cuando volviera, pero quizá eso la desahogara y la hiciera sentirse mejor. Si Alice dormía la mona aquella noche, él dormiría en la cama de Norma. No soportaba su olor cuando estaba borracha. Era un olor acre, amargo.

Juan echó un vistazo al cielo. El aire estaba en calma, pero soplaba un viento en lo alto que traía legiones de nubes nuevas sobre las montañas, nubes aplanadas que se unían y apelmazaban juntas en su rápido recorrido por el cielo. Los grandes robles seguían chorreando del agua de la lluvia de la mañana, y las hojas de los geranios tenían gotas relucientes en su centro. La tierra estaba envuelta en un silencio que encerraba una intensa actividad.

Por mal que le supiera dar algún crédito a Van Brunt, Juan se temía que iba a volver a llover, y pronto. Subió los peldaños del vehículo. Van Brunt lo pilló antes siquiera de que se sentara.

—¿Sabe de dónde viene ese viento? Del sudoeste. ¿Y sabe de dónde vienen esas nubes? Del sudoeste. ¿Sabe de dónde nos llega aquí la lluvia? —insistió, triunfante—. Del sudoeste.

—Vale, muy bien, y un día nos tocará morir a todos —respondió Juan—. A algunos, de muy mala manera. Hasta le puede atropellar a uno un tractor. ¿Ha visto alguna vez a un hombre atropellado por un tractor?

—¿Y eso a qué viene? —exigió saber Van Brunt.

—Que llueva —dijo Juan.

—Yo no tengo tractor. Tengo cuatro pares de los mejores caballos que hay en este estado. ¿A qué viene eso del tractor?

Juan le dio al motor de arranque. Hizo un ruido agudo y rasposo, pero el motor arrancó casi al instante y sonaba bien. Suave y regular. Se giró en el asiento.

—Kit —llamó en voz bien alta—. No dejes de escuchar la parte de atrás.

—Vale—respondió Pimples.

Le hacía bien la confianza que le mostraba Juan.

Juan se despidió de Alice con la mano y cerró la puerta del autobús con la palanca. No podía ver qué hacía a través de la puerta mosquitera. Ella esperaría a que él desapareciera de la vista antes de sacar una botella. Él esperaba que ella no se metiera en ningún lío.

Juan pasó junto a la parte delantera del comedor y giró a la derecha para salir al asfalto de la carretera a San Juan de la Cruz. No era una carretera muy ancha, pero estaba en bastante buen estado y tenía la superficie en comba, de manera que drenaba muy bien el agua. El valle y los montes estaban salpicados de manchas iluminadas por la luz del sol, definidas por las sombras móviles de las nubes que iban recorriendo el cielo.

Tanto las manchas soleadas como las sombras eran de un gris lúgubre, ominoso y triste.

Sweetheart iba rodando a sesenta y cinco por hora. Era una buena máquina, y la parte trasera sonaba bien.

—Nunca me han gustado los tractores —dijo el señor Van Brunt.

—Ni a mí —convino Juan. De pronto se encontraba bastante a gusto.

Van Brunt no podía dejarlo estar. Juan había triunfado más allá de lo que podía esperar. Giró la cabeza de lado sobre su cuello tieso.

—Oiga, ¿no será usted un adivino de esos o algo así?

—No —respondió Juan.

—Porque yo no creo en zarandajas de esas.

—Ni yo.

—Yo no querría un tractor en mi propiedad para nada.

Juan estuvo a punto de decir: «A un hermano mío lo coceó un caballo hasta matarlo», pero pensó: «Bah, para qué, si el tío es un pelele. Me pregunto de qué tendrá tanto miedo».

CAPÍTULO 9

La carretera que llevaba a San Juan de la Cruz era una vía asfaltada. Durante los años veinte, en California se construyeron cientos de kilómetros de carreteras de hormigón. Después la gente se acomodó en el sillón y dijo: «Muy bien, ahí queda eso. Durará lo que las carreteras romanas, y más incluso, porque la hierba no puede crecer entre el hormigón y abrir grietas»; pero no fue así. El caucho de los neumáticos de los camiones y el castigo constante de los automóviles fueron dañando el hormigón, que al cabo de un tiempo perdió la cohesión y se empezó a resquebrajar. Después, un borde que se desprende, un agujero que se abre, una grieta que se forma y que un poco de hielo invernal va extendiendo, de tal manera que el hormigón restante no pudo soportar el desgaste provocado por los neumáticos y se deshizo.

Luego los equipos de mantenimiento del condado fueron vertiendo alquitrán en las grietas para que no entrase el agua, pero no dio resultado; finalmente cubrieron las carreteras con una mezcla de asfalto y gravilla. Esta sí sobrevivió, pues no ofrecía tanta resistencia a la agresión de los neumáticos. Cedía un poco y se recuperaba otro poco. Se ablandaba en verano y se endurecía en invierno. Poco a poco, todas las carreteras se fueron cubriendo de un negro reluciente que desde lejos se veía plateado.

La carretera de San Juan discurría en línea recta durante un tramo largo entre campos sobre el llano, campos sin cercados, pues ya no había ganado que pudiera salirse de las lindes. La tierra era demasiado buena como para dedicarla a pastos. Los campos estaban abiertos a la carretera, de la que solo los separaban las cunetas. Estas estaban invadidas por la mostaza silvestre y los nabos, también silvestres y con sus florecillas moradas. Al borde de las cunetas crecían hileras de altramuces azules. Las amapolas estaban cerradas, pues los pétalos abiertos habían sido arrancados por la lluvia.

La carretera enfilaba directamente hacia las colinas bajas de las estribaciones de la primera cordillera: colinas redondeadas, femeninas, suaves y sensuales como la carne. La hierba verde que las recubría tenía la lozanía de la piel joven. Las colinas estaban fecundas y espléndidas gracias al agua, y por aquella carretera lisa y bella iba rodando Sweetheart. Sus costados lavados y relucientes se reflejaban en el agua de las cunetas. Los pequeños talismanes, los guantes de boxeo y el zapatito de bebé, se balanceaban sobre el parabrisas. La virgen de Guadalupe, encima del salpicadero sobre su media luna, miraba con benevolencia a los pasajeros.

De la parte trasera no salía ningún ruido áspero ni inquietante, solo un gemido curioso de la transmisión. Juan se acomodó en el asiento, dispuesto a disfrutar del viaje. Delante tenía un gran retrovisor para poder ver a los pasajeros, y otro alargado por el otro lado de la ventana, en el que podía ver la carretera que iba dejando atrás. Estaba desierta. Solo pasaron unos pocos coches, y ninguno de ellos procedía de San Juan. Al principio aquello le tenía desconcertado sin que fuera consciente de ello, pero al rato le empezó a preocupar. A lo mejor el puente estaba inutilizado. Vaya, en ese caso tendría que volver. Llevaría al grupo de pasajeros a San Ysidro y allí que se las apañaran. Si el puente estaba inutilizado, no habría línea de autobuses hasta que volviera a estar transitable. Vio por el retrovisor que Ernest Horton había abierto su maleta de muestras y le estaba enseñando a Pimples algún artilugio que giraba, lanzaba destellos y se ocultaba. También vio que Norma y la rubia estaban sentadas muy juntas la una a la otra y hablaban. Aceleró un poco.

No veía que tuviera nada que hacer en cuanto a la rubia. No había manera de abordarla. Y Juan tenía edad suficiente como para no sufrir por lo que no podía ser. De tener la oportunidad, no tenía ninguna duda de lo que haría. Había sentido un tirón en la boca del estómago al verla la primera vez.

Norma se había mostrado distante con Camille hasta aquel momento. Estaba como congelada de tan rígida, y le costó algún tiempo derretirse. Pero Camille necesitaba a Norma a modo de escudo, y se dirigían al mismo lugar.

—Nunca he estado en Los Ángeles ni en Hollywood —le confío Norma en voz baja para que Ernest no pudiese oírla—. No sabré adónde ir ni nada.

—¿Qué piensas hacer? —preguntó Camille.

—Conseguir un trabajo, supongo. De camarera o algo así. Me gustaría meterme en el mundillo del cine.

Camille sonrió de manera algo tensa:

—Busca trabajo como camarera lo primero —le dijo—. Lo del cine es muy duro.

—¿Eres actriz? —le preguntó Norma—. Tienes aspecto de actriz.

—No —respondió Camille—. Trabajo con dentistas. Soy ayudante de un gabinete dental.

—Entonces, ¿vives en un hotel, una habitación alquilada, una casa?

—No tengo casa. Compartía un apartamento con una amiga antes de marcharme a Chicago a trabajar.

Una mirada ávida asomó a los ojos de Norma:

—Yo tengo un dinerito ahorrado. A lo mejor podríamos coger un apartamento a medias. Vaya, si consigo un empleo en un restaurante, no gastaremos casi nada en comida. Podría traer cosas a casa. —El ansia en los ojos de Norma iba en aumento—. Si compartimos el alquiler, igual no nos sale muy caro. A lo mejor hasta saco buenas propinas.

Camille sentía cierto cariño por la muchacha. Se fijó en la nariz colorada, el cutis sin brillo y en aquellos ojos pequeños y pálidos.

—Ya veremos —dijo.

Norma se arrimó más.

—Sé que tu cabello es natural. Pero a lo mejor podrías enseñarme a arreglar un poco el mío. Lo tengo de un color castaño que ni fu ni fa.

Camille se rio.

—Te sorprendería saber de qué color lo tengo yo —le dijo—. Quédate quieta un momento.

Estudió el rostro de Norma, tratando de visualizar lo que la crema limpiadora, los polvos y el rímel podrían hacer por ella, y se imaginó aquel cabello luminoso y ondulado, los ojos un poco agrandados con sombra y un cambio en la forma de la boca a base de lápiz de labios. Camille no se hacía ilusiones en cuanto a la belleza. Loraine parecía una rata paliducha sin maquillaje, pero sabía sacarse partido. Le haría compañía y sería divertido renovar el aspecto de esta chica y darle un poco de confianza en sí misma. Quizá las cosas salieran mejor incluso que con Loraine.

—Vamos a pensarlo —dijo—. Es bonito esto. A mí me gustaría vivir en el campo algún día.

En su cabeza había aparecido una imagen, el esquema de lo que vendría después. Arreglaría a Norma. Si se empleaba a fondo podía quedar hasta bonita en cierto modo. Luego Norma conocería a un chico y, claro, lo traería a casa para presumir de él; el chico se le insinuaría a Camille y Norma la odiaría. Así era como sucedería. Así había sucedido otras veces. Quizá pudiera adelantarse y no estar nunca cuando Norma viniera a casa con un chico.

Se sentía cariñosa y simpática:

—Vamos a pensarlo —dijo.

Juan vio una liebre aplastada sobre la calzada. A mucha gente le gustaba pasar con las ruedas por encima de algo así, pero a Juan no. Enfiló el vehículo de manera que el cadáver aplastado pasase entre las ruedas y no se sintiera ningún crujido. Iba a setenta por hora. Los grandes autobuses interurbanos llegaban a veces hasta los cien, pero a Juan le sobraba tiempo. La carretera seguía en línea recta otros tres kilómetros y pico antes de empezar a rodear las suaves colinas. Juan quitó una mano del volante y se estiró.

Mildred Pritchard sentía el pasar de los postes de telégrafos como si le fueran dando golpecitos en los ojos. Había vuelto a ponerse las gafas. Observaba el rostro de Juan a través del espejo. Veía poco más que su perfil desde el asiento que ocupaba. Se fijó en que levantaba la vista cada tanto para mirar a la rubia y sintió una rabia amarga. Estaba confusa por lo sucedido aquella mañana. Nadie lo sabía, claro, a no ser que Juan Chicoy se hubiera dado cuenta. Seguía en un estado sensible, susceptible, por aquello. En su cabeza no dejaba de repetirse una frase. «No es rubia, no es enfermera y no se llama Camille Oaks». La frase volvía sin cesar, una y otra vez. Y entonces se rio de sí misma para sus adentros. «Estoy tratando de destruirla —pensó—. Estoy haciendo una tontería. ¿Por qué no reconocer que estoy celosa? Vale, lo estoy. ¿Me siento menos celosa por reconocerlo? No. Pero ha hecho que mi padre se ponga en ridículo. Vale. ¿Me importa a mí que mi padre sea un payaso? No, no me importa, mientras no esté con él. No quiero que la gente piense que soy su hija, eso es todo. No, eso tampoco es verdad. No quiero ir a México con él. Me puedo imaginar todo lo que dirá». Estaba incómoda, y el vaivén del autobús no ayudaba. «El baloncesto —pensó—, eso es lo que interesa». Flexionó los músculos de los muslos y pensó en el estudiante de Ingeniería con el pelo cortado al rape. Se recreó en su aventura con él.

El señor Pritchard estaba cansado y aburrido. Podía resultar muy irritante cuando se aburría. Se removió en su asiento.

—Parecen buenas tierras —le comentó a su mujer—. California produce la mayor parte de las verduras de todo el país, ¿lo sabías?

La señora Pritchard se oía hablar a sí misma al volver a casa: «Entonces atravesamos kilómetros y kilómetros de campos verdes llenos de amapolas y altramuces. Era como un jardín. Había una chica rubia que se subió en un sitio un poco ordinario, y los hombres hicieron todos el ridículo, incluso Elliott. Estuve una semana tomándole el pelo a cuenta de eso. —Así lo contaría en su carta—. Y estoy bastante segura de que la pobre, tan pintarrajeada que iba, sería una bellísima persona. Dijo que era enfermera, pero yo creo que debía de ser actriz; de papeles pequeños, ya me entiendes. Hay tantas en Hollywood. Consta que hay treinta y ocho mil. Hay una gran agencia de *casting*. Treinta y ocho mil». Cabeceó un poco; Bernice tenía sueño y hambre. «Me pregunto qué aventuras viviremos ahora», pensó.

El señor Pritchard sabía cuándo su mujer estaba sumida en sus fantasías. Llevaba casado con ella el tiempo suficiente como para darse cuenta de cuándo no le escuchaba, y lo habitual era que siguiera hablando como si nada. A menudo aclaraba sus ideas sobre asuntos de negocios o de política contándole sus reflexiones a Bernice cuando ella no le hacía caso. Tenía buena memoria para las cifras y los datos. Sabía aproximadamente cuántas toneladas de remolacha se producían en el valle de Salinas. Lo había leído y retenido por mucho que aquella información careciera de la menor utilidad para él. Opinaba que era bueno estar al tanto de ese tipo de información, y jamás había cuestionado su valor ni por qué era bueno conocerla. Pero en aquel momento no sentía inclinación alguna por el saber. Una influencia poderosa le venía embistiendo desde la parte trasera del autobús. Quería volverse y mirar a la rubia. Quería sentarse donde la pudiera ver. Tenía a Horton y Pimples detrás. No podía sentarse al otro lado del pasillo sin más y ponerse a mirarla como quien no quiere la cosa.

La señora Pritchard preguntó:

—Cuántos años crees que tendrá? —Y la pregunta le dejó atónito porque era lo mismo que se preguntaba él en ese momento.

—¿Cuántos años tendrá quién? —preguntó él.

—La joven. La chica rubia.

—Ah, ella. ¿Cómo quieres que lo sepa?

Su respuesta fue tan desabrida que a ella se le pintó una expresión algo desconcertada y herida. Él se dio cuenta y trató de reparar su error.

—Las nenas entienden más de nenas. Tú acertarías más que yo.

—¿Por qué? No lo sé. Bueno, con ese maquillaje y el tinte es difícil de decir. Me preguntaba, nada más. Entre veinticinco y treinta, supongo.

—Yo de eso no entiendo —dijo el señor Pritchard. Miró por la ventana a las colinas que se aproximaban. Tenía las palmas de las manos algo húmedas y el imán le atraía desde el fondo del autobús. Quería volverse a mirar.

—De eso no entiendo —repitió el señor Pritchard—. Pero ese joven, Horton, me interesa. Tiene mucha iniciativa, y tiene ideas. Me ha encantado, de veras. Ya sabes, podría hacerle un lugar a un hombre así en la empresa.

Se trataba de negocios.

Bernice también sabía trazar un círculo mágico a su alrededor, con la maternidad o, pongamos, la menstruación o algo similar, y no había hombre que pudiera ni quisiera entrar ahí. Los negocios eran el círculo mágico de su marido. Ella no tenía derecho a acercarse cuando se trataba de negocios. No entendía de negocios, ni le interesaban. Se trataba de la intimidad de él, y ella la respetaba.

—Parece un joven agradable —comentó ella—. Habla bien, parece de buena familia…

—¡Por Dios, Bernice! —saltó él, irritado—. Los negocios no tienen que ver con hablar bien o ser de buena familia, se trata de lo que uno sea capaz de producir. Los negocios son la cosa más democrática del mundo. Lo que sea uno capaz de hacer es lo que cuenta.

Intentaba recordar cómo eran los labios de la rubia. Pensaba que se tenía por voluptuosas a las mujeres de labios carnosos.

—Me gustaría charlar con Horton antes de que nos perdamos de vista —dijo el señor Pritchard.

Bernice sabía que estaba inquieto.

—¿Por qué no hablas con él ahora? —sugirió.

—No sé, está sentado con el chico ese.

—Bueno, estoy segura de que te cederá el sitio si se lo pides con educación.

Ella estaba convencida de que cualquiera hace lo que sea si se le pide con educación, y en lo que a ella concernía, estaba en lo cierto. Pedía y obtenía los favores más extravagantes de completos desconocidos con solo pedirlos con amabilidad. Era capaz de pedirle a un botones que le llevase las bolsas hasta la estación, a cuatro manzanas, porque estaba demasiado cerca, la verdad, como para coger un taxi, y luego le daba las gracias, muy amablemente, y una propina de diez centavos.

Ahora sabía que estaba ayudando a su marido a hacer algo que él deseaba hacer. De qué se trataba, no lo sabía muy bien. Quería volver a su ensoñación de escribir la carta imaginaria sobre el viaje. «Elliott está tan interesado por todo... Ha charlado largo y tendido con todo el mundo. Supongo que por eso tiene tanto éxito. Se interesa tanto... Y es tan atento. Había un chico con unos granos enormes, y Elliott no quería molestarle, pero yo le dije que se lo pidiera con educación. Y es que a la gente le encantan los buenos modales».

El señor Pritchard se limpiaba otra vez las uñas con la lima dorada que llevaba en la leontina.

Pimples tenía los ojos fijos en el cogote de Camille. Nada más sentarse se había asegurado de que no podía verle las piernas bajo el asiento, ni los tobillos siquiera. De vez en cuando ella se volvía para mirar por la ventana y podía ver su perfil, las pestañas largas y oscuras que se curvaban hacia arriba, la nariz recta y empolvada, las fosas nasales con una ligera capa de humo de tabaco y de la polvareda del viaje. El labio superior se curvaba hacia arriba en una línea muy cerrada, antes de abombarse en forma de un grueso pétalo rojo, y Pimples podía distinguir el vello aterciopelado del labio superior. Por alguna razón, aquello le excitó hasta la agonía. Cuando ella miraba hacia delante podía verle una de las orejas, allí donde el cabello se abría un poco y la dejaba al descubierto. Veía el lóbulo carnoso y el pliegue detrás de la oreja, que tenía tan pegada a la cabeza. Tenía el borde de la oreja hendido. Mientras Pimples estaba con los ojos clavados en su oreja, casi pareció que ella se había dado cuenta, pues echó la cabeza hacia atrás y la sacudió de un lado a otro haciendo que el cabello le cayera de modo uniforme y le cubriera la oreja. Sacó un peine del bolso, pues al echárselo hacia atrás había dejado al descubierto las profundas marcas de fórceps que tenía en la mandíbula. Pimples vio entonces aquellas feas marcas por primera vez. Tuvo que echarse a un lado para no verlas, y le dio una punzada de dolor en el pecho. Sintió una pena profunda, irracional, pero incluso aquella pena era de naturaleza sexual. Imaginó que sostenía su cabeza entre los brazos y acariciaba aquellas tristes cicatrices con el dedo. Tragó saliva varias veces.

Camille le decía a Norma en voz baja:

—Y luego está la *Wee Kirk o' the Heather*. Debe ser el cementerio más bonito del mundo. Hay que sacar entrada para verlo. Me gusta ir ahí a pasear nada más. Es tan bonito, y está sonando el órgano casi siempre, y encuentras que hay gente enterrada allí a la que has visto en fotos. Siempre he pensado que me gustaría que me enterrasen allí.

—No me gusta hablar de cosas de esas —dijo Norma—. Da mala suerte.

Pimples charlaba sobre el Ejército con Ernest Horton:

—Dicen que puedes aprender un oficio y viajar por todo el mundo. No sé. Estoy haciendo un curso de Ingeniería de Radar. Empieza la semana que viene. Es por correspondencia. Supongo que lo del radar va a ser el no va más. Pero en el Ejército se pueden hacer cursos de radar muy buenos.

—No sé cómo será en tiempo de paz. Lo puedes hacer cuando haya guerra —respondió Ernest.

—¿Llegaste a entrar en combate?

—No lo iba buscando, pero sí, me tocó.

—¿Dónde estuviste?

—Por el infierno entero.

—A lo mejor podría hacerme con un buen producto y meterme en lo de las ventas, como tú —dejó caer Pimples.

—Uy, con eso te mueres de hambre hasta que te haces con los contactos —explicó Ernest—. A mí me costó cinco años reunir los míos, y entonces me llamaron a filas. Apenas ahora empiezo a levantar cabeza otra vez. No es llegar y besar el santo, hay que trabajárselo. No parece mucho trabajo visto desde fuera, pero lo es. Si empezara otra vez de cero, aprendería un oficio para poder tener un hogar. Una esposa y un par de niños no estarían mal.

Ernest siempre decía lo mismo. Cuando estaba borracho, se lo creía. No quería tener un hogar. Le encantaba estar siempre de viaje y conocer gente distinta. De tener un hogar, habría huido enseguida. Había estado casado una vez, y se marchó al segundo día, dejando atrás a una esposa más que asustada y furiosa a la que nunca volvió a ver, ni le escribió. Pero una vez vio una foto suya. La habían detenido por casarse con cinco hombres y cobrar las deducciones en concepto de alimentos de los sueldos militares de todos. Una mujer de cuidado. Una timadora de las buenas. Ernest casi la admiraba. Había timos que salían muy rentables.

—¿Por qué no vuelves a estudiar? —le preguntó a Pimples.

—No quiero nada sofisticado —respondió este—. Los de la universidad no son más que una panda de maricas. Yo quiero vivir como un hombre.

Camille se había arrimado a Norma, cuchicheándole algo al oído. Las dos chicas temblaban de risa. El autobús tomó una curva y se adentró entre las colinas. La carretera se abría camino entre terraplenes, y la tierra de los cortes estaba oscura y empapada. De unos pequeños helechos dorados que se aferraban a la gravilla goteaba el agua de lluvia. Juan apoyó la mano derecha sobre el volante y dejó sueltos los codos. Ahora venían quince minutos de curvas entre los montes sin un solo tramo recto. Echó un vistazo a la rubia por el retrovisor. Tenía los ojos encogidos de la risa y se tapaba la boca con los dedos abiertos, como las niñas pequeñas.

El señor Pritchard, que venía por el pasillo, se descuidó y en una curva salió despedido hacia un lado. Trató de agarrarse al respaldo de un asiento, no acertó, salió lanzado y cayó sobre el regazo de Camille. Con la mano derecha, extendida para detener la caída, le levantó la falda y se le metió el brazo entre sus rodillas. La falda se desgarró un poco. Camille le ayudó a levantarse y se bajó la falda. El señor Pritchard se ruborizó de forma violenta.

—Lo lamento muchísimo —dijo.

—Ah, no pasa nada.

—Pero le he roto la falda.

—Ya la arreglaré.

—Permítame que pague el arreglo.

—La remendaré yo misma. No es para tanto. —Le miró a la cara y comprendió que estaba prolongando el asunto todo lo posible. «Ahora querrá saber mi dirección para mandarme el dinero», pensó.

La señora Pritchard preguntó bien alto y claro: —Elliott, ¿estás tratando de sentarte en el regazo de esa señorita?

Hasta Juan se rio. Se rio todo el mundo. De pronto, el autobús ya no estaba lleno de extraños. Se formaron como unos enlaces químicos. A Norma le dio un arrebato de risa histérica. Liberó toda la tensión de aquella mañana con su risa.

—Se lo toma usted muy bien, hay que reconocerlo —prosiguió el señor Pritchard—. No me he acercado para sentarme en su regazo. Quería hablar un momento con este caballero. Hijo —le dijo a Pimples—, ¿te importaría cambiarte de sitio solo por un ratito? Hay unas cosas de las que me gustaría hablar con el señor…, no creo haber oído su nombre.

—Horton —dijo Ernest—. Ernest Horton.

El señor Pritchard tenía toda una serie de tácticas para tratar con la gente. Jamás olvidaba el nombre de un hombre más rico o más poderoso que él, y nunca recordaba el de un hombre que le pareciera menos que un igual. Había llegado a la conclusión de que obligar a un hombre a mencionar su nombre le colocaba en una posición de ligera desventaja. Tener que pronunciar el propio nombre era algo que lo dejaba a uno un poco desnudo e inerme.

Camille miraba su falda rota y hablaba en voz baja a Norma:

—Siempre he querido vivir en el monte. Me encanta el monte. Me encanta caminar por las colinas.

—Eso está bien cuando ya eres rica y famosa —respondió Norma en tono firme—. Sé de gente del mundillo del cine que cada vez que pueden, ¡bueno!, se largan a cazar o a pescar, a ponerse ropa vieja y fumar en pipa.

Camille hacía que Norma saliera del cascarón. Jamás en toda su vida había sentido tal emoción, tal libertad. Podía decir lo que quisiera, cualquier cosa. Soltó una risita.

—Llevar ropa vieja y sucia sienta bien cuando tienes un armario lleno de ropa de la buena, limpia y nueva. Yo no tengo más que ropa vieja y ya estoy de ella hasta el moño —Miró de soslayo a Camille para ver cómo reaccionaba ante semejante franqueza.

Camille se mostró de acuerdo:

—No sabes tú nada, nena.

Una corriente poderosa de simpatía mutua iba tomando forma entre las dos. El señor Pritchard trataba de seguir su conversación, pero no podía.

Las cunetas estaban llenas a rebosar del agua que bajaba hacia el valle. Unas nubes bien repletas se iban reagrupando para lanzar un nuevo ataque.

—Va a descargar de aquí a poco —dijo Van Brunt regocijado.

Juan soltó un gruñido.

—A un cuñado mío lo coceó un caballo hasta matarlo —observó.

—Seguro que hizo alguna tontería —dijo Van Brunt—. Cuando un caballo cocea a alguien, la culpa no suele ser del animal.

—Con culpa o sin ella, lo mató —remachó Juan, y se quedó en silencio.

El autobús se acercaba a lo alto de la pendiente, y las curvas eran cada vez más cerradas.

—Me pareció muy interesante nuestra pequeña charla de esta mañana, señor Horton. Es un placer hablar con un hombre que tiene iniciativa. Siempre ando buscando hombres así para mi empresa.

—Gracias —dijo Ernest.

—Ahora mismo estamos teniendo algunos problemas con los veteranos que vuelven —dijo el señor Pritchard—. Son buena gente, entiéndame. Y yo digo que hay que hacer lo que sea necesario por ellos. Lo que sea. Pero llevan tiempo fuera del mundillo. Han perdido reflejos. En los negocios, más que estar al día, hay que estar al minuto. Un hombre que esté al tanto de las cosas vale el doble que uno que haya estado apartado del tajo, por decirlo así —afirmó, mirando a Ernest en busca de aprobación. En lugar de eso, vio en los ojos de Ernest una especie de mirada amarga y burlona.

—Entiendo a qué se refiere —dijo Ernest—. Yo pasé cuatro años en el Ejército.

—¡Vaya! —exclamó el señor Pritchard—. Comprendo. Veo que no lleva la insignia de veterano.

—Yo tengo trabajo —dijo Ernest, recalcando un poco el verbo.

El señor Pritchard trató torpemente de pensar en algo que decir. Había metido la pata de mala manera. Un rato antes se preguntaba qué podía representar el botón de la solapa de Ernest. Le sonaba. Tenía que haber caído.

—Vaya, son unos muchachos excelentes. Espero que podamos elegir a un Gobierno que les ayude.

—¿Como el de después de la última guerra? —preguntó Ernest. Ya iban dos roces, y el señor Pritchard empezaba a preguntarse si no se habría equivocado con Horton. Había algo un poco brutal en su estilo. Tenía aquel descaro y la brusquedad tan frecuente en muchos excombatientes. Los médicos decían que lo superarían en cuanto llevasen algún tiempo viviendo una vida normal y decente. Se estaban pasando de la raya. Algo habría que hacer al respecto.

—Yo soy el primero en salir en defensa de nuestros veteranos —aseguró el señor Pritchard. Le habría supuesto un alivio enorme poder cambiar de tema. Ernest le miraba con aquella sonrisa ligeramente retorcida de la que empezaba a tomar nota en los que venían en busca de empleo—. Es solo que se me ocurrió que podía ser buena idea entrevistar a un hombre de su iniciativa —dijo el señor Pritchard, incómodo—. Cuando vuelva de las vacaciones estaré encantado de que venga a verme. Siempre podemos hacerle un hueco a un hombre que tenga lo que hay que tener.

—Verá, señor —dijo Ernest—. Me cansa mucho lo de estar siempre corriendo de un lado a otro del país. Muchas veces pienso que me gustaría tener un hogar, una esposa y un par de niños. Eso me parece a mí vida: volver a casa por la noche, entrar y dejar tranquilamente fuera todo lo demás. Quizá un niño y una niña. Lo de los hoteles no es vida.

El señor Pritchard asintió:

—Ahí tiene usted toda la razón —dijo, sintiendo que se le quitaba un peso de encima—. Nadie puede estar más de acuerdo con eso que yo. Llevo veintiún años de casado, y no lo cambio por nada.

—Es usted afortunado. Su esposa es una mujer muy elegante.

—Y es una gran mujer —dijo el señor Pritchard—. La persona más atenta y considerada del mundo. A menudo me pregunto qué sería de mí sin ella.

—Yo estuve casado una vez —dijo Ernest—. Mi esposa murió —explicó compungido pero digno.

—Lo lamento —dijo el señor Pritchard—. Y le parecerá una tontería, pero el tiempo sí cura las heridas. Quizá algún día, bueno..., yo no perdería la esperanza.

—Ah, no, no la pierdo.

—No era mi intención inmiscuirme en sus asuntos —dijo el señor Pritchard—, pero he estado pensando en su idea de las fundas para las solapas que convierten un traje oscuro en esmoquin. Si no tiene compromisos con nadie, pensé que podríamos..., bueno, hablar de montar un pequeño negocio.

—Pues la cosa está como le contaba. Los fabricantes de ropa no van a querer ni oír hablar de algo que acabe con parte de su negocio. Ahora mismo, no veo qué salida hay.

—No recuerdo, ¿me dijo que había solicitado una patente o no?

—Pues no. Ya le expliqué. Solo he hecho constar que la idea es mía.

—¿Qué quiere decir con «constar»?

—Bueno, pues que redacté una descripción, hice unos dibujos, los metí en un sobre y me los envié a mí mismo por correo certificado. Eso da fe de cuándo lo hice, porque el sobre está sellado.

—Ya veo —dijo el señor Pritchard, preguntándose si semejante método se consideraría válido ante un tribunal. No lo sabía. Pero siempre era mejor embarcar al inventor con un porcentaje. Solo los peces más gordos podían permitirse robar descaradamente un invento, sin más. Los peces gordos podían permitirse una larga batalla legal. Calculaban que eso les salía más barato que concederle una parte al inventor, y las cifras venían a darles la razón. La empresa del señor Pritchard no era tan grande, sin embargo, y además, él siempre había sido de la opinión de que la generosidad a la larga compensa.

—Tengo un par de ideas que podrían funcionar —dijo—. Claro que requieren algo de organización. Supongamos ahora que usted y yo llegamos a un acuerdo. Vamos a suponerlo nada más, que quede claro. Yo me encargaría de la organización, y nos llevaríamos cada uno un porcentaje de los beneficios, una vez deducidos los gastos.

—Pero no les interesa —dijo Ernest—. Me estuve informando.

El señor Pritchard posó la mano en la rodilla de Ernest. Tenía la sensación de estarse yendo de la lengua, pero recordaba la mirada burlona de Ernest y quería caerle bien, que le admirase. No era capaz de callar.

—Suponga que fundamos una sociedad y protegemos la idea…, a patentarla, me refiero. Nosotros organizamos la manufactura del producto, montamos una campaña publicitaria a nivel nacional…

—Un momento —le interrumpió Ernest.

Pero el señor Pritchard ya estaba lanzado:

—Ahora imagine que el diseño vaya a parar a manos de Hart, Schaffner y Marx, o algún fabricante de peso por el estilo, o quizá la asociación. Ellos se enterarían por casualidad, por supuesto. Quizá nos la quieran comprar.

Ernest empezó a parecer interesado.

—¿Comprar la patente?

—No solo la patente, la empresa entera.

—Pero si compran la patente, entonces pueden matar la idea.

El señor Pritchard tenía los ojos entornados, las pupilas le brillaban a través de las gafas y le asomaba una sonrisilla por las comisuras. Por primera vez desde que Camille había bajado del autobús de San Ysidro, la había olvidado.

—Trate de mirar un poco más allá —continuó—. Cuando vendamos y disolvamos la sociedad, solo pagamos un gravamen sobre la plusvalía de los beneficios.

—Buena jugada —dijo Ernest, muy animado—. Sí, señor, buena jugada. Es un chantaje, y de altos vuelos, además. Sí, señor, nadie podría ni tocarnos.

La sonrisa se esfumó de los labios del señor Pritchard.

—¿Qué quiere decir con «chantaje»? La intención sería seguir adelante y fabricar el producto. Hasta podríamos hacer un pedido de maquinaria.

—A eso me refiero —dijo Ernest—. Tiene clase. Todo muy bien calculado. Es usted muy astuto.

—Espero que no piense que se trata de algo deshonesto —se defendió el señor Pritchard—. Llevo treinta y cinco años en los negocios y he llegado a lo más alto en mi empresa. Puedo estar orgulloso de mi historial.

—No le critico —dijo Ernest—. Su idea me parece estupenda. Estoy a favor, es solo que…

—¿Solo que qué?

—Que ando algo escaso de parné —dijo Ernest— y necesitaré algo de dinero rápido. En fin, supongo que puedo pedir un crédito.

—¿Para qué necesita el dinero? Quizá yo le pudiera adelantar…

—No —dijo Ernest—. Lo conseguiré yo mismo.

—¿Con algún truco nuevo que se ha inventado? —inquirió el señor Pritchard.

—Eso mismo —dijo Ernest—. Tengo que hacer llegar esta idea a la oficina de patentes por paloma mensajera.

—No pensará usted ni por un segundo…

—Por supuesto que no —dijo Ernest—. No, desde luego. Pero estaré más tranquilo cuando ese sobre haya llegado a Washington él solito.

El señor Pritchard se reclinó en su asiento y sonrió. Adelante se veían las vueltas y revueltas de la carretera y, entre dos grandes machones, el puerto que conducía al valle siguiente.

—Todo irá bien, muchacho, descuide. Creo que podremos hacer negocios. Pero no quiero que piense que yo me iba a aprovechar. Mi historial habla por sí solo.

—No, claro que no —dijo Ernest—. Claro que no —repitió, mirando al señor Pritchard con gesto de complicidad—. Lo que pasa es que en Los Ángeles conozco a un par de tremendos bombones, y no quiero que por encerrarme en ese apartamento vaya a olvidarme de todo esto.

El señor Pritchard reaccionó como él quería.

—Yo voy a pasar dos días en Hollywood. Quizá podríamos vernos y seguir hablando de negocios.

—¿En el apartamento de esas dos tías, por ejemplo?

—Bueno, un hombre tiene que relajarse de vez en cuando. Me alojaré en el Beverly Wilshire. Me puede llamar.

—Cuente con ello —dijo Ernest—. ¿De qué color las prefiere?

—No me malinterprete —dijo el señor Pritchard—. Me gusta sentarme tranquilamente a tomar un *whisky* con soda, pero tengo una posición, ya me entiende. No quiero que me malinterprete.

—Claro que no —dijo Ernest—. Igual puedo quedar con la rubia de aquí delante, si quiere.

—No sea bobo —dijo el señor Pritchard.

Pimples se había buscado un asiento más adelante. Sentía un ardor que le picaba debajo de la barbilla, y sabía que se avecinaba una erupción. Se sentó en un asiento a la altura del de Mildred Pritchard, al otro lado del pasillo. No quería tocarse el grano naciente, pero era incapaz de tener las manos quietas. Levantó la derecha como un resorte y con el índice se frotó el bulto que halló bajo la barbilla. Lo tenía muy irritado. Iba a ser uno de los puñeteros. Ya sabía qué aspecto tendría. Quería reventarlo, arañarlo, arrancarlo. Tenía los nervios de punta. Se obligó a meter la mano en el bolsillo del abrigo y apretó el puño.

Mildred miraba por la ventana con expresión ausente.

—Ojalá pudiera ir yo a México —comentó Pimples. Mildred se volvió y le miró, sorprendida. En sus gafas se reflejó la luz que venía de la ventana de Pimples, quien tuvo la impresión de que le miraba mal, pero sin ojos. Tragó saliva—. Yo nunca he estado —añadió con voz débil.

—Ni yo —respondió Mildred.

—Ya, pero tú vas para allá.

Mildred asintió. No quería mirarle, porque no era capaz de apartar la vista de su eccema, y no quería avergonzarle.

—Quizá puedas ir un día de estos —le animó Mildred, un poco incómoda.

—Ah, eso seguro —dijo Pimples—. Voy a viajar por todas partes. Soy muy viajero yo. Nada me gusta más que viajar. Así se coge experiencia.

Mildred volvió a asentir y se quitó las gafas, para protegerse. Así ya no le veía tan bien.

—Alguna vez pensé en hacerme misionero, como Spencer Tracy, irme a China a curarles de todas esas enfermedades ¿Has estado alguna vez en China?

—No —respondió Mildred. Le intrigaba la forma de pensar del chico.

Pimples sacaba la mayor parte de sus ideas del cine, y las demás de la radio.

—En China la gente es muy pobre —aseguró—, los hay tan pobres que miras por la ventana y los ves que se mueren de hambre ahí mismo si no viene un misionero y les ayuda. Y si les ayudas, ¡bueno!, no veas cómo te quieren, y como venga algún japonés a hacer daño, le clavan un cuchillo y fuera. —Asintió con aire solemne—. A mí me parecen que son buena gente, iguales que nosotros. Spencer Tracy se fue para allá, los curó y no veas cómo le querían… ¿Y qué sacó él con eso? Pues que se encontró a sí mismo. Y estaba la chica esta que él no sabía si casarse con ella porque tenía un pasado oscuro. Claro, al final resulta que no era culpa de ella y no era ni verdad, pero estaba una tía vieja que iba contando trolas de ella. —A Pimples le brillaban los ojos, le rebosaban de compasión y entusiasmo—. Pero Spencer Tracy no se tragaba las trolas, y vivía en un palacio antiguo con pasadizos y túneles secretos y…, bueno, entonces llegan los japoneses.

—Vi la película —dijo Mildred.

Juan metió la segunda para superar el último repecho. El autobús atravesó la hondonada de la cima, volvió a ascender para salir de ella y tomó la curva cerrada hacia la izquierda. Abajo se veía el valle, sombrío por las nubes grises, y el gran meandro del río San Ysidro brillaba como acero oscuro bajo aquella luz ominosa. Juan cambió suavemente a una marcha rápida e inició el descenso.

CAPÍTULO 10

El río San Ysidro fluye por el valle de San Juan entre curvas y meandros hasta su cansina desembocadura en la bahía de Black Rock, a la vista de Bat Point. El valle en sí es largo y no muy ancho, y el río, al no disponer de un trecho muy largo entre nacimiento y desembocadura, se demora todo lo posible atravesando repetidamente el llano de un lado a otro. Al final de su recorrido se abre camino bajo un peñasco, contra una montaña, y luego se esparce finamente sobre bancos de arena. Durante buena parte del año no hay caudal en la superficie, y el lecho arenoso está poblado de sauces cuyas raíces se hunden en busca del agua del subsuelo.

Conejos, mapaches, pequeños zorros y coyotes tienen sus madrigueras entre los sauces del lecho del río mientras el agua no aflora. A la entrada del valle, hacia el norte y el este, el río se eleva, no como un solo nacimiento, sino con muchas pequeñas ramificaciones, de manera que sobre un mapa las fuentes parecen un árbol con pequeñas ramitas sin hojas. Las colinas secas y pedregosas, con sus bastiones, barrancos y cañones, no aportan agua al río todo el año, pero cuando llegan las lluvias al final del invierno y en primavera, las laderas rocosas absorben una pequeña parte del agua y vacían el resto en forma de torrentes negros en las pequeñas corrientes que se precipitan por los pliegues del terreno, los arroyos convergen y desembocan en cauces mayores, y los riachuelos se unen al extremo norte del valle.

Así es como viene a suceder que, a finales de la primavera, cuando las colinas ya han digerido toda la lluvia de la que son capaces, una tormenta fuerte puede hacer que el río San Ysidro crezca hasta provocar una inundación furiosa en el espacio de muy pocas horas. Entonces las aguas revueltas y amarillentas van royendo la orilla y grandes terrones de tierras de cultivo son devorados por el río. Luego son los cuerpos de las vacas y de las ovejas los que caen y van rodando atrapados por la riada amarilla. Es un río inestable y temperamental, muerto durante una época del año, mortífero en otra.

En mitad del valle, que está a medio camino en línea recta entre Rebel Corners y San Juan de la Cruz, el río describe un gran meandro que cruza de un lado a otro el llano, proyectando su espiral contra la montaña que hay en su borde oriental y alejándose para atravesar campos y tierras de labranza. En los viejos tiempos la carretera seguía el meandro del río y trepaba la ladera de la colina para evitar cruzarlo. La entrada en escena de los ingenieros, del acero y del hormigón, sin embargo, tuvo como resultado el tendido de dos puentes sobre el río, los cuales venían a ahorrar al viajero veinte kilómetros de los caprichos del San Ysidro.

Eran puentes de madera, suspendidos y reforzados por barras de acero, apoyado cada uno de ellos en su parte central y en los extremos sobre pilares de hormigón. La madera estaba pintada de un rojo oscuro, el hierro oscurecido por el óxido. En la ribera de cada puente, unos terraplenes con pilas y una maraña trenzada de sauces desviaban el agua hacia los arcos e impedían que el roer de la corriente socavase las cabezas de puente.

Los puentes no eran muy viejos, pero habían sido construidos en una época en la que, además de ser bajos los impuestos, no era posible recaudar buena parte de los mismos por lo que se conocía como «vacas flacas». El ingeniero del condado tuvo que trabajar ciñéndose a un presupuesto que no permitía sino la más elemental de las construcciones. Las vigas de madera tendrían que haber sido más resistentes y habría hecho falta un número mayor de puntales, pero tenía que construir un puente sin sobrepasar un cierto coste, y así lo hizo. Año tras año, los granjeros del valle medio observaban el río con cínica aprehensión. Sabían que algún día habría una inundación repentina y devastadora que destruiría los puentes. Todos los años solicitaban al condado que reemplazase los puentes de madera por otros, pero en las zonas rurales del condado no había votos suficientes como para obligar a las autoridades a atender tales demandas. Las poblaciones grandes, que disponían no solo de los votos sino de los bienes gravables, eran las que acaparaban las obras de mejora. Las tierras de labranza de riqueza media no atraían población nueva. Una buena esquina con una estación de servicio en San Juan valía bastante más que cien acres de terreno dedicado al cultivo de cereales en el valle. Los granjeros sabían que la destrucción de los puentes era solo cuestión de tiempo, y sería entonces, decían, cuando el condado no tendría otro maldito remedio que entrar en razón.

A unos noventa metros del primer puente, hacia Rebel Corners, había un pequeño comercio junto a la carretera. Ofrecía los comestibles, neumáticos y productos de ferretería que buscaban los que salían a comprar el sábado por la tarde, o cuando no tenían tiempo de ir en coche hasta San Juan de la Cruz o a San Ysidro, al otro lado de la cordillera. Se llamaba Breed's General Store. Y en años recientes, como los demás comercios rurales, había ampliado su oferta con surtidores de gasolina y accesorios para automóviles.

El señor y la señora Breed eran los custodios extraoficiales del puente. En época de crecida su teléfono sonaba constantemente y ellos informaban del nivel de las aguas. Estaban acostumbrados. Su gran temor era que algún día el puente quedara inutilizado y que el nuevo lo pudieran tender cuatrocientos metros río abajo, con lo cual tendrían que trasladar el negocio, o construir otra tienda junto al puente nuevo.

Al menos la mitad del negocio que hacían últimamente era gracias a los refrescos, los sándwiches, la gasolina y los dulces que compraban los que viajaban por la carretera. Hasta el autobús que hacía el trayecto entre Rebel Corners y San Juan hacía siempre una parada allí. Traía paquetes enviados por correo urgente, y los pasajeros tomaban refrescos. Juan Chicoy y los Breed eran viejos y buenos amigos.

Y ahora el río bajaba crecido, y no solo crecido sino que además, como le dijo el señor Breed a su esposa, «hay una corriente de rechazo entrando por las pilas de la orilla, y como llegue al otro lado, ya la tenemos liada». Había ido media docena de veces a ver la cabeza del puente desde que había amanecido. La cosa no pintaba bien, eso lo tenía claro el señor Breed. Con una mueca tensa en los labios, sin afeitar, había estado en el puente a las ocho de la mañana, observando las aguas amarillas y revueltas, surcadas de espuma del mismo color y con robles y chopos de Virginia arrancados flotando aquí y allá. También había visto que el agua traía unas tablas de madera cortada y cepillada, luego un trozo de tejado con sus tejas y todo, y después, flotando de modo precario y vacilante, el cuerpo ahogado del toro de raza black Angus de McElroy, rechoncho y paticorto. Al pasar bajo el puente se volvió panza arriba, y Breed pudo ver la expresión despavorida de sus ojos y la lengua que le colgaba de la boca. Aquello le había revuelto el estómago de mala manera.

Todo el mundo sabía que el establo de McElroy estaba demasiado cerca de la orilla, y que aquel toro costaba mil ochocientos dólares. McElroy no tenía dinero como para permitirse perder una cantidad así. Breed no vio bajar a ningún otro animal de la manada, pero lo del toro de por sí ya era bastante grave. Mac tenía muchas esperanzas puestas en aquel toro.

Breed se acercó más al centro del puente. Al agua le faltaba menos de un metro para alcanzar las vigas y Breed sentía el quejido de los cajones hidráulicos ante el acoso del agua. Se frotó un momento la barbilla sin afeitar y volvió a la tienda. No le dijo nada a su mujer del black Angus de McElroy. No habría hecho más que entristecerla.

Cuando llamó Juan Chicoy para preguntar por el puente, Breed le dijo la verdad. El puente seguía en pie, pero sabía Dios por cuánto tiempo. El río no dejaba de crecer. Las colinas peladas y pedregosas seguían vertiendo sus torrentes al río, y el cielo se estaba volviendo a nublar.

A las nueve, las vigas más bajas estaban a solo cuarenta y cinco centímetros por encima del agua. En cuanto la presión alcanzase los puntales y abrazaderas y unos cuantos árboles arrancados golpeasen el puente, sería solo cuestión de tiempo. Breed hablaba asomado a su puerta mosquitera, tamborileando con los dedos sobre la malla.

—Deja que te prepare el desayuno —dijo su mujer—. Cualquiera diría que el puente es tuyo.

—Pues viene a serlo, de aquella manera —respondió Breed—. Si se viene abajo dirán que ha sido culpa mía. He llamado a la oficina del supervisor y al ingeniero del condado. Están los dos cerrados. Como ese cauce se abra paso por detrás de los pilares, ya la tenemos liada.

—Más vale que desayunes algo. Te hago unas tortitas.

—Vale. Pero no las hagas muy gordas.

—Yo nunca las hago gordas —replicó la señora Breed—. ¿Quieres un huevo por encima?

—Venga —accedió Breed—. No sé si va a poder venir Juan o no. Le falta más de una hora para llegar y, ¡Jesús!, ¡hay que ver cómo está subiendo el agua!

—Tampoco hay por qué ponerse a jurar —le reconvino la señora Breed.

Su marido se volvió y la miró.

—Yo diría que esta es de esas veces que hay motivos de sobra para jurar. Me voy a tomar un trago.

—¿Antes de desayunar?

—Antes de nada.

Ella no sabía lo del toro, claro. El señor Breed fue al teléfono colgado de la pared y llamó a casa de McElroy, dejando que sonara primero tres veces y luego dos, y siguió así hasta que contestó Pinedale, que vivía unos tres kilómetros más cerca que McElroy.

—Yo también llevo un rato tratando de hablar con él —dijo Pinedale—. No tiene línea. Voy a cabalgar hasta allá a ver si está bien.

—Hazlo, por favor —dijo Breed—. Esta mañana he visto bajar flotando al toro nuevo.

La señora Breed le miró asustada.

—¡Walter!

—Bueno, es la verdad. No quería que te preocuparas.

—¡Walter! ¡Ay, Dios mío! —exclamó la señora Breed.

CAPÍTULO 11

Alice Chicoy estaba detrás de la puerta mosquitera viendo cómo se alejaba el autobús. Dejó secar las lágrimas en sus mejillas.

Cuando el autobús desapareció de la vista desde la puerta, fue a la ventana que daba a la carretera del condado. El vehículo atravesó una mancha iluminada por el sol, relució un momento y después ya no pudo verlo. Alice respiró hondo y suspiró con satisfacción. ¡Era su día! Estaba sola. Se sentía feliz y a salvo de miradas, y también con ganas de pecar. Se alisó despacio el vestido sobre las caderas y se acarició los muslos. Se miró las uñas. No, eso luego.

Echó un largo vistazo por el comedor. Aún olía a tabaco. Había cosas que hacer, pero era su día y se lo tomó con calma. En primer lugar sacó del aparador un letrero de cartón en el que se leía «Cerrado» en grandes letras. Salió afuera y lo colgó de un clavo que había en el marco de la puerta mosquitera. Volvió a entrar, cerró la puerta y echó el pestillo. Cerró la puerta interior y echó la llave. Luego fue de ventana en ventana bajando las persianas venecianas y tirando de las lamas para que no pudiera verse nada desde fuera.

El comedor estaba a media luz y muy en silencio. Alice se puso a hacer sus tareas sin prisa. Lavó y guardó las tazas de café sucias; limpió la barra y las mesas. Quitó las tartas de la vista, guardándolas bajo la barra. Luego trajo una escoba del dormitorio, barrió el suelo y echó el polvo, la tierra y las colillas a la basura. La barra resplandecía un poco bajo la luz tenue y las mesas se veían blancas y limpias.

Alice rodeó la barra y se sentó en uno de los taburetes. ¡Era su día! Se sentía juguetona y atolondrada.

—¿Bueno, y por qué no? —dijo en voz alta—. No tengo muchas ocasiones de divertirme. Ponme un *whisky* doble, y que sea rapidito.

Posó las manos sobre la barra y las examinó detenidamente.

—Qué pena de manos, destrozadas por el trabajo —susurró—, pobres manitas. —Y prosiguió con un grito—: ¿Dónde carajo está mi *whisky*? —A lo que respondió ella misma:

»—Sí, señora, ahora mismo la atiendo, señora.

»—Así me gusta. Que sepas con quién estás hablando. Y no me repliques porque no te lo permito. Que te tengo echado el ojo.

»—Sí, señora —se respondió. Se levantó y se puso detrás de la barra.

Al fondo y pegada al suelo había una alacena pequeña. Alice se inclinó, abrió la puerta, buscó a tientas y sacó una botella de quinto de *bourbon* Old Grandad. Tomó un vaso para agua del estante y lo posó sobre la barra, delante del taburete en el que se había sentado antes.

—Aquí tiene, señora.

»—Llévamelo a esa mesa. ¿Tengo yo pinta de ser de esas que se quedan bebiendo en la barra?

»—No, señora.

»—Y me traes otro vaso. Y una botella de cerveza bien fría.

Lo llevó todo hasta la mesa que había junto a la puerta y lo posó allí.

—Ya te puedes ir —dijo cortante, y contestó:

»—Sí, señora.

»—Pero no te vayas muy lejos. Puede que me haga falta algo.

Mientras se servía la cerveza soltó una risita callada.

—Si alguien me oye se piensa que estoy loca. Pues igual lo estoy. —Echó un buen lingotazo al otro vaso—. Alice..., ¡preparados, listos, ya! —Meneó el vaso y le dio un trago largo. No se lo echó al coleto. Dejó fluir el *whisky*, puro y ardiente, para que quemara y le resbalara por la lengua hasta el fondo de la boca; iba tragando despacio, sintiendo aquel mordiente en el paladar y cómo le bajaba el calor del *whisky* por el pecho, hasta el estómago. Ya vacío el vaso, aún tardó un momento en apartarlo de sus labios. Lo dejó sobre la mesa con un «¡Ah!» y soltó aire con un ruido áspero.

La dulzura del *whisky* le volvió al tomar aliento de nuevo. Entonces cogió el vaso de cerveza. Cruzó las piernas y bebió muy despacio hasta vaciarlo.

—¡Dios! —exclamó.

A Alice le pareció que nunca había caído en que el comedor fuera un lugar tan agradable y acogedor, con aquella luz que se colaba por las persianas sesgadas. Oyó pasar un camión por la carretera, y eso la inquietó. ¿Y si pasaba algo que le perturbara el día? Bueno, pues tendrían que echar la puerta abajo. No pensaba dejar entrar a nadie. Se sirvió dos dedos de *whisky* en un vaso y cuatro de cerveza en otro.

—Y para gustos, los colores —dijo, echándose al coleto el *whisky*, y acto seguido, la cerveza. «Pues no está mal, es una idea. No sabe igual. La forma de beber cambia el sabor». Y nadie se había dado cuenta de eso antes, solo Alice. «Alguien debería dejarlo escrito: "La forma de beber afecta al gusto"». Notaba una leve tensión en el párpado derecho, y un dolor raro pero agradable le recorría las venas de los brazos.

—Nadie tiene tiempo para fijarse en las cosas —pronunció, solemne—. No hay tiempo.

Se sirvió medio vaso de cerveza y terminó de llenarlo con *whisky*.

—¿Lo habrá probado alguien alguna vez?

Tenía delante el dispensador de servilletas de papel, y veía su rostro reflejado en él.

—Hola, chiquilla —dijo. Meneó el vaso, que se veía tan distorsionado en el metal reluciente como su cara.

—Va por ti. A tu salud. —Se tomó la cerveza y el *whisky* como un hombre sediento que engulle un vaso de leche—. Ah…, puñeta, eso no ha estado pero que nada mal. No, señor. Me parece que he dado con algo. Está bueno.

Movió un poco el dispensador para verse mejor, pero una abolladura de la superficie metálica hacía que su nariz pareciera rota por arriba y gorda y bulbosa por abajo. Se levantó, rodeó la barra, entró en el dormitorio y volvió a la mesa con un espejo de mano redondo que apoyó sobre el azucarero. Se acomodó y cruzó las piernas.

—¡Eso está mejor! Te voy a invitar a un trago —dijo, echando *whisky* en ambos vasos—. No tenemos cerveza. Se nos ha acabado. Bueno, eso tiene arreglo.

Se levantó, fue a la nevera, y trajo otra botella de cerveza.

—Vamos a ver —dijo al espejo—, echamos primero un poco de *whisky*, no demasiado, pero sin racanear, y añadimos la cantidad justa de cerveza. Y ya está. —Empujó un vaso hacia el espejo y apuró el otro—. Hay a quien le da miedo beber. No pueden con el alcohol.

»Ah, ¿que no lo quieres? Bueno, eso como tú quieras. No te voy a obligar. Y tampoco lo vamos a tirar. —Apuró el otro vaso. Ya le ardían las mejillas como si las tuviera escarchadas. Acercó el espejo y se miró. Tenía los ojos húmedos y brillantes. Se apartó un mechón suelto de la cara.

—No hay que descuidarse solo porque una esté pasando un buen rato. —Sin previo aviso, apareció una imagen en su mente, le dio la vuelta al espejo y lo dejó sobre la mesa. La visión la sacudió tan fuerte y tan de repente que fue como un golpe. Quizá era por la poca luz del comedor—. No quiero pensar en eso —exclamó—. Odio pensar en eso.

Pero aquel pensamiento, esa imagen, no se marchaba. Una habitación a oscuras, una cama blanca, y su madre, paralizada, rígida, inmóvil, con los ojos clavados en el techo, y después aquella mano pálida alzándose sobre el cubrecama en un gesto desesperado de implorar auxilio. Alice podía entrar de puntillas, por sigilosamente que fuera, y aquella mano se levantaba, espantosamente indefensa; la sostenía un momento, la volvía a posar suavemente sobre la cama y se marchaba. Cada vez que entraba en aquella habitación rogaba por que aquella mano no se levantara, que se quedara quieta, muerta, como el resto del cuerpo.

—No quiero pensar en eso —gritó—. ¿De dónde ha salido? —Le tembló la mano y la botella tintineó sobre el vaso. Se sirvió una copa formidable y la apuró, se le atragantó y tosió, y a punto estuvo de vomitar—. Así aprenderás —dijo—. Quiero pensar en otra cosa.

Se imaginó en la cama con Juan, pero su mente pasó a otra cosa.

—Podría tener a cualquier hombre que quisiera —fanfarroneó—. Sabe Dios que se me han insinuado unos cuantos, y pocas veces me he dejado liar. —Se le retrajeron los labios, dejando al descubierto sus dientes con un gesto algo salaz—. Quizá tenía que haberme aprovechado cuando aún estaba a tiempo. Ya voy entrando en…, ¡mentira cochina! —vociferó—. Estoy como nunca. ¡Mejor que nunca! ¿Quién carajo quiere a una zorrita flaca que no sabe ni qué hacer? Ningún hombre de verdad quiere nada de eso. Podría salir ahora mismo a dar una vuelta y caerían los hombres como moscas.

La botella estaba ya algo menos que a medias. Derramó un poco al servirse y se rio de sí misma.

—Vaya, parece que me estoy emborrachando un poco.

Llamaron ruidosamente a la puerta mosquitera; Alice se quedó rígida y en silencio. Volvieron a llamar. Oyó una voz de hombre.

—Aquí no hay nadie. Me pareció oír a alguien hablando.

—Pues vuelve a intentarlo. A lo mejor están en la parte de atrás —respondió una voz de mujer.

Alice recogió con tiento el espejo de mano y se miró. Asintió y cerró un ojo en un guiño exagerado. Volvieron a llamar.

—Te digo que no hay nadie.

—Bueno, pues intenta abrir la puerta, a ver.

Alice escuchó las sacudidas de la puerta mosquitera.

—Está cerrada —dijo el hombre, y la mujer contestó:

—Está cerrada desde dentro. Tienen que estar ahí dentro.

El hombre se rio, y se oyó cómo sus pies raspaban la gravilla.

—Pues bueno, si están ahí dentro es que quieren estar solos. ¿Es que tú nunca quieres estar a solas, chata? Conmigo, me refiero.

—Cállate, anda —dijo la mujer—. Lo que yo quiero es un sándwich.

—Para eso vas a tener que esperar.

Alice se preguntaba por qué no había oído el coche ni las pisadas sobre la gravilla antes de que llamasen a la puerta. «Menuda cogorza debo llevar», pensó. Oyó perfectamente cómo se alejaba el coche.

—Es que no te admiten un «no» por respuesta —dijo en voz alta—. Basta con que una quiera tomarse el día libre para descansar y recobrar fuerzas, y cómo no, tienen que venir a por un puñetero sándwich.

Sostuvo la botella en alto y la miró al trasluz, entornando el ojo.

—Mucho no queda. —Se asustó. ¿Y si se le acababa en plena fiesta? Entonces dio una cabezada de alivio y sonrió para sí. Había dos botellas de oporto al fondo de aquel armario. Saberlo la hizo sentirse confiada y segura, así que se sirvió un buen copazo y le dio un sorbo. A Juan no le gustaba estar cerca de las mujeres cuando bebían. Decía que se les torcía la cara y que no lo podía soportar. Vaya, pues le iba a enseñar ella lo que es bueno. Se bebió la mitad del *whisky* del vaso y se incorporó pesadamente.

—Tú espérame aquí, que vuelvo enseguida —le dijo amablemente al vaso. Al pasar junto al extremo de la barra hizo una pequeña ese y la esquina la golpeó justo por encima de la cadera—. Eso se va a poner morado —dijo. Cruzó el dormitorio y entró en el cuarto de baño.

Humedeció la toallita, la restregó con jabón hasta formar una espuma densa y se frotó la cara con ella. Se frotó con fuerza a los lados de la nariz y en el pequeño pliegue que tenía en la barbilla. Se envolvió el meñique con la toalla, se hurgó con él las fosas nasales y se limpió los oídos. Luego, con los ojos entornados, se enjuagó la cara y se miró en el espejo del lavabo. Tenía la cara muy enrojecida y los ojos algo inyectados en sangre. Estuvo un rato largo maquillándose. Se puso crema y la retiró con una toalla. Examinó la toalla en busca de suciedad, y la encontró. Se arregló las cejas con un lápiz marrón. La barra de labios le dio algunos problemas. Se le corrió un pegote de carmín del labio inferior y tuvo que quitárselo todo con la toalla y volver a empezar. Puso morritos y después apretó los labios el uno contra el otro para extender la pintura; se miró los dientes y les quitó un poco de pintura de labios con la toalla. Tenía que haberse lavado los dientes antes de pintarse los labios. Ahora tocaba empolvarse. Eso le quitaría la rojez a su rostro. Luego se cepilló el pelo. Nunca le había gustado su pelo. Probó a sujetárselo primero de una manera y luego de otra, y perdió enseguida el interés.

En el dormitorio, desempolvó un sombrero ceñido de fieltro negro con una especie de visera. Se recogió el pelo dentro del sombrero y ladeó el ala con picardía.

—Ahora veremos a quién se le tuerce la cara. Ojalá volviera Juan ahora mismo. Otro gallo cantaría.

Sacó la botella de Bellodgia del cajón del tocador y se puso perfume en el pecho, detrás de las orejas y en el nacimiento del cabello. Añadió otro toquecito sobre el labio superior.

—A mí también me gusta olerlo—dijo.

Volvió al comedor, teniendo cuidado de sortear la esquina con la que había chocado antes. Estaba aún más oscuro que antes, pues las nubes se iban haciendo más densas y dejaban pasar muy poca luz. Alice se sentó a su mesa y volvió a colocar el espejo.

—Guapa —dijo—, eres guapetona, tú. ¿Tienes algo que hacer esta noche? ¿Quieres salir a bailar?

Vació lo que le quedaba en el vaso. Imagínate que se presenta ese chófer de la Red Arrow Line y llama a la puerta. Le dejaría pasar. Era un cachondo de mucho cuidado. Le invitaría a un par de copas y después le enseñaría un par de cosas.

«Red —diría ella—, tú te las das de cachondo, pero voy a enseñarte algo. Donde las dan las toman». Dejó que su mente se entretuviera contemplando su estrecha cintura y sus antebrazos anchos y musculosos. Llevaba un cinturón ancho en los vaqueros, y aquellos pantalones…, vaya, el tipo no estaba mal. Algo le hacía el pensar en aquellos vaqueros. Tenían un remache de cobre donde arrancaba la cremallera, y había algo en ese remache que entristecía a Alice. El cinturón de

Bud también tenía uno así. Un remache de cobre ahí mismo. Trató de evadirse de aquella visión también y, al no lograrlo, se recreó en ella, recuperándola. Él le había suplicado una y otra vez, y por fin, fueron caminando más de seis kilómetros hasta el merendero. El almuerzo lo había llevado Bud: sándwiches de huevo duro y jamón cocido y tarta de manzana. Alice había comprado la tarta, pero a Bud le dijo que la había hecho ella. Él ni siquiera esperó a comer.

Le hizo daño. Después ella le preguntó:

—¿Adónde vas?

—Tengo trabajo.

—Dijiste que me querías.

—¿Dije eso?

—No me vas a dejar, ¿verdad, Bud?

—Oye, tía, te acaban de echar un polvo, eso es todo. No he firmado ningún contrato fijo contigo.

—Pero para mí ha sido la primera vez, Bud.

—Para todo el mundo tiene que haber una primera vez.

Ahora Alice lloraba por autocompasión.

—¡Es una mierda! —gritó, mirándose al espejo—. Es todo una mierda —farfulló llorosa mientras se bebía otro *whisky* y servía lo último que quedaba de la botella en su vaso.

Los que habían venido después tampoco habían sido mejores al fin y al cabo, ¿y ahora qué tenía? Un trabajo apestoso con derecho a cama y sin sueldo. Era lo que había. Y casada con un frijolero de pacotilla, encima. ¡Casada y todo! Demasiado lejos de la ciudad como para poder ir al cine. Sin más remedio que estar sentada en un comedor apestoso.

Apoyó la cabeza sobre los brazos y lloró desconsoladamente. Una segunda Alice oía cómo lloraba. Tenía una segunda Alice a su espalda, observándola. Siempre con cuidado de no meter la pata para tenerle contento. Levantó la cara y se miró al espejo. Se le había corrido el carmín del labio superior por la cara, tenía los ojos enrojecidos y le goteaba nariz. Alargó la mano hasta el dispensador de servilletas, sacó dos y se sonó. Las apretó en una bola y la tiró al suelo.

¿Para qué quería mantener limpio aquel antro? ¿A quién le importaba? ¿A quién le importaba un carajo ella? ¡A nadie! Pero ella ya sabría cuidarse. Nadie iba a abusar de Alice y salirse con la suya. Terminó con lo último que quedaba del *whisky*.

Sacar el oporto fue toda una faena. Se tambaleó y cayó encima del fregadero. Sentía una presión y un ardor en la nariz, y el aire le silbaba por ella al respirar. Puso la botella de oporto sobre el mostrador y cogió un sacacorchos. La botella se cayó al tratar de clavarle el sacacorchos, y al segundo intento el corcho se hizo pedacitos. Empujó lo que quedaba de él al interior de la botella con el pulgar y fue dando tumbos hasta la mesa.

—Un refresco —dijo, y llenó el vaso con aquel vino tinto y denso—. Ojalá quedara algo de *whisky*.

Tenía la boca seca. Se bebió con avidez la mitad del vaso de vino.

—Anda, pues está bueno —dijo soltando una risita. Podía ser una idea beber siempre *whisky* primero para darle sabor al vino.

Se acercó el espejo hasta tenerlo bien cerca.

—Eres una vieja pelleja —le espetó amargamente—. Una vieja pelleja sucia y borracha. No me extraña que nadie quiera estar contigo. Yo no querría saber nada.

La imagen del espejo no se veía doble, pero los contornos sí, y en los márgenes de su campo visual, Alice sentía que el suelo de la habitación se mecía y balanceaba. Apuró el resto del vaso, se atragantó, escupió a presión algo de vino tinto y otro tanto se le escurrió por las comisuras. No acertó en el vaso y vertió vino sobre la mesa antes de conseguir llenarlo.

El corazón le palpitaba fuerte. Lo podía oír, y lo sentía latir en los brazos, en los hombros y en las venas de sus pechos. Siguió bebiendo con aire solemne.

—Me voy a desmayar, y menos mal, carajo. Ojalá no despertara nunca. Ojalá acabara todo de una vez…, que se acabe. Que se acabe…, y demostrar a estos cabrones que no tengo por qué vivir si no me da la gana. Ya les enseñaré yo.

Entonces vio a la mosca. No era una mosca doméstica de las de siempre, sino una moscarda azul recién nacida, y su cuerpo resplandecía con un brillo azul irisado. Se había posado sobre la mesa y estaba al borde del charco de vino. Mojó en él su probóscide y volvió a su tarea de acicalarse.

Alice se mantuvo completamente inmóvil. Rezumaba odio por todos los poros. Toda su infelicidad, todo su resentimiento, se centraron en la mosca. Con un gran esfuerzo de voluntad, obligó a las dos imágenes de la mosca a reunirse en una sola.

—Hija de puta —dijo en voz baja—. Te crees que estoy borracha. Ahora verás.

En sus ojos había una expresión vigilante y astuta. Muy muy lentamente, se levantó de la mesa de costado y se agazapó, pegada al suelo y apoyándose sobre una mano. A la mosca no le quitaba ojo. No se había movido. Se acercó con sigilo a la barra y la rodeó. Había un trapo de cocina sobre el fregadero de acero inoxidable. Lo cogió con la mano derecha y lo dobló con cuidado. Demasiado ligero. Lo humedeció bajo el grifo y escurrió el agua sobrante.

—Se va a enterar esa hija de puta —dijo, volviendo por detrás de la barra al acecho, como un gato. La mosca seguía allí, tan reluciente como antes.

Alice levantó la mano hasta que un extremo del trapo le cayó sobre el hombro. Pasito a paso se fue acercando con la mano alzada y flexionada. Y atacó. Botella, vasos, azucarero y dispensador de servilletas, todo fue a parar al suelo. La mosca zumbó y salió volando en círculos. Alice se quedó quieta, sin quitarle ojo de encima. Se posó sobre la barra. Alice se abalanzó sobre ella, tratando de atizarle, y cuando volvió a salir volando, aventó el aire con el trapo con los brazos como aspas de molino.

—Así no se hace —se dijo—. A tientas. Acércate a tientas. —El suelo se inclinaba bajo sus pies. Alargó la mano y se apoyó sobre el taburete. ¿Dónde se había metido ahora? Oía el zumbido, el sollozo agitado y repugnante de sus alas. Tendrá que posarse en algún momento, en alguna parte. Sintió que le subía una arcada por la garganta.

La mosca describió una serie de bucles, ochos y círculos y luego se calmó, pasando a vuelos rasantes y en picado de un extremo a otro del comedor. Alice esperó. Una cierta oscuridad invadía los márgenes de su campo visual. La mosca se posó con un ruidito sordo sobre la caja de copos de maíz que coronaba la pirámide de cereales del estante que había tras la barra. Aterrizó sobre la *c* de la palabra *cornflakes* y siguió, desconfiada, hasta la *o*. Se quedó muy quieta. Alice se sorbió los mocos.

La habitación se mecía y le daba vueltas, pero gracias a un esfuerzo de voluntad y concentración, no veía borrosa a la mosca, ni lo que la rodeaba. Su mano izquierda volvió a la barra y sus dedos fueron deslizándose por ella. Rodeó el extremo con tiento y en silencio. Alzó la mano derecha, despacio y con muchísimo cuidado. La mosca dio un brinco hacia delante y se detuvo. Estaba a punto de despegar. Alice lo presentía. Presintió que iba a despegar antes de que lo hiciera. Lanzó el golpe con todo el peso de su cuerpo. El paño mojado restalló contra la pirámide de cajas de cartón, barriéndola antes de terminar su recorrido. Las cajas, una hilera de vasos y un cuenco lleno de naranjas fueron a parar estrepitosamente al suelo del interior de la barra, y encima de todo ello se desplomó Alice.

El comedor se le vino encima entre fogonazos rojos y azules. Bajo su mejilla, de una caja rota salían copos de maíz. Levantó la cabeza una vez, la volvió a bajar, y una oleada de oscuridad se le vino encima como un telón.

El comedor estaba a oscuras y muy silencioso. La mosca regresó al borde del charco de vino medio evaporado sobre la mesa blanca. Durante un momento buscó señales de peligro en todas direcciones, y después hundió tranquilamente su probóscide aplanada entre el vino dulce y viscoso.

CAPÍTULO 12

Las nubes iban acumulando una amenaza gris sobre otra, y una oscuridad azulada envolvió el paisaje. En el valle de San Juan los tonos más oscuros del verde parecían negros, y el verde más claro de la hierba, un tono gélido y mojado de azul. Sweetheart venía rodando por la carretera y la pintura de aluminio que lo cubría relucía con la malignidad de un arma de fuego. Hacia el sur, a lo lejos, un banco de nubes oscuras se desflecaba en forma de lluvia, como un telón de agua que caía lentamente.

El autobús se arrimó a los surtidores de gasolina que había delante de la tienda de Breed y se detuvo. Los guantecitos de boxeo y el zapato de bebé se balanceaban de aquí para allá con pequeñas sacudidas pendulares. Juan se quedó sentado una vez que el autobús se detuvo. Aceleró un momento, escuchando, y luego suspiró, cerró el contacto y el motor se paró.

—¿Cuánto tiempo piensa esperar aquí? —preguntó Van Brunt.

—Voy a echar un vistazo al puente —respondió Juan.

—Ahí sigue—dijo Van Brunt.

—Y nosotros —replicó Juan. Tiró de la palanca que abría la puerta.

Breed salió por su puerta mosquitera y vino hacia el autobús. Le estrechó la mano a Juan.

—¿No llegas un poco tarde?

—No creo —dijo Juan—, a no ser que mi reloj vaya atrasado.

Pimples bajó y se unió a ellos. Quería estar bien colocado para ver bajar a la rubia del autobús.

—¿Hay Coca-Cola? —preguntó.

—No —le informó Breed—. Hay unas botellas de Pepsi-Cola. Hace un mes que no tenemos Coca-Cola. Es el mismo brebaje. No hay quien las distinga.

—¿Cómo está el puente? —preguntó Juan.

El señor Breed meneó la cabeza.

—Me parece que ya la tenemos liada. Échale un vistazo tú mismo. No me gusta.

—¿Aún no hay ninguna rotura?

—Puede venirse abajo tal que así —dijo Breed rozando una palma sobre la otra—. Tiene una tensión encima que lo hace gemir como un niño pequeño. Ven a verlo.

El señor Pritchard y Ernest bajaron del autobús, seguidos por Mildred y Camille, y luego Norma. Camille hizo alarde de su experiencia. Pimples no pudo ver nada.

—Tienen pepsi —dijo Pimples—. ¿Te apetece una?

Camille se volvió hacia Norma. Empezaba a caer en lo valiosa que le podía resultar la chica.

—¿Hace un trago?

—Pues no te digo que no —dijo Norma.

Pimples intentó disimular su decepción. Breed y Juan se fueron caminando por la carretera hacia el río.

—Vamos a ver el puente —anunció Juan por encima del hombro.

La señora Pritchard llamó desde la escalerilla:

—Querido, ¿me podrías traer algo fresco de beber? Agua, si no hay otra cosa. Y pregunta dónde está lo que tú ya sabes.

—Está por la parte de atrás —dijo Norma.

Breed le fue cogiendo el paso a Juan mientras se acercaban al puente.

—Llevo un año detrás de otro esperando a que se caiga —dijo—. Ojalá nos pusieran un puente para poder dormir por las noches cuando llueve mucho. No hago más que quedarme en la cama oyendo caer la lluvia sobre el tejado, pero lo que escucho es a ver si cede el puente. Y ni siquiera sé qué ruido va a hacer cuando se rompa.

Juan le sonrió.

—Sé lo que se siente. Me acuerdo de cuando era niño, en Torreón. Solíamos escuchar por las noches a ver si se oía el pim pam de los combates. Aquello más bien nos gustaba, pero siempre significaba que el viejo estaría fuera una temporada. Y al final un día se fue y no volvió. Supongo que siempre supimos que acabaría pasando.

—¿Qué fue de él? —preguntó Breed.

—No lo sé. Se lo cargó alguien, me imagino. No era capaz de quedarse en casa cuando había lucha. Tenía que tomar parte. No creo que le importara mucho por qué luchaban. Siempre que volvía a casa contaba montones de historias. —Juan rio un poco entre dientes—. Solía contar una de Pancho Villa. Era sobre una pobre mujer que fue a ver a Villa y le dijo: «Fusilaste a mi marido, y ahora los pequeños y yo vamos a morir de hambre». Por aquel entonces Villa tenía un montón de dinero. Tenía las planchas e imprimía el suyo propio. Se volvió al tesorero y le dijo: «Imprímele cinco kilos de billetes de veinte pesos a esta pobre mujer». Ni lo contaba, de tanto que tenía. Imprimen los billetes, los atan con un alambre y la mujer se marcha. Entonces va un sargento y le dice a Villa, «Ha habido un error, mi general. No fusilamos al marido de esa mujer. Se emborrachó y lo metimos preso». Así que Pancho dijo: «Vayan y fusílenlo enseguida. No podemos darle un disgusto a esa pobre mujer».

—No tiene ningún sentido —comentó Breed.

Juan se rio.

—No, por eso me gusta. Dios, el agua está empezando a entrar por detrás de la pila.

—Lo sé. Traté de llamar para decírselo —dijo Breed—. Nadie me coge el teléfono.

Caminaron juntos sobre el puente de madera. En el mismo momento en que Juan puso los pies sobre el entablado sintió la vibración trepidante del agua. El puente temblaba y se estremecía. De las vigas salía un murmullo profundo que sonaba más fuerte que el correr del agua. Juan se asomó por la barandilla del puente; las vigas maestras estaban sumergidas, y el río espumaba y borboteaba justo por debajo. El puente entero se estremecía y jadeaba, y de las vigas atravesadas por pernos tensores de hierro salía un chillido crispado. Mientras observaban, un encino enorme y antiguo llegó flotando pesadamente río abajo. Cuando chocó con el puente y giró, toda la estructura crujió y pareció encogerse ante el impacto. El árbol quedó atascado en el apuntalamiento sumergido, y de debajo del puente salió un ruido estridente de algo que se resquebrajaba. Los dos hombres volvieron rápidamente y se apartaron de la cabeza del puente.

—¿Cómo de rápido está subiendo? —preguntó Juan.

—Veinticinco centímetros en la última hora. Ahora podría empezar a bajar, claro, si ha alcanzado ya el nivel de inundación.

Juan examinó el lado visible de las vigas de soporte. Sus ojos se detuvieron en la cabeza de un perno de color marrón justo por encima de la superficie, y no los apartaba de él.

—Creo que podría pasar —dijo—. Podría arriesgar y tratar de pasar. O hacer que los pasajeros crucen a pie y después pasar yo con el ómnibus y recogerlos al otro lado. ¿Cómo está el otro puente?

—No lo sé —dijo Breed—. He intentado llamar por teléfono para enterarme, pero no doy con nadie. Imagínate que pasas este, el otro se lo ha comido el río, que vuelves y este se ha venido abajo. Te quedas atrapado en el meandro. Entonces tendrías unos pasajeros bien cabreados.

—Voy a tener unos pasajeros bien cabreados de todas formas. Tengo a uno…, no, a dos…, que la van a montar buena pase lo que pase. ¿Conoces a uno que se llama Van Brunt?

—¡Uy, ese viejo pedorro! Vaya si lo conozco. Me debe treinta y siete dólares. Le vendí simiente de alfalfa y dijo que no valía para nada. No me la quiso pagar. Tiene cuentas pendientes por todo el país. Nada de lo que compra vale para nada. A crédito no le vendo ni una chocolatina, seguro que me sale con que no está dulce. ¿Lo llevas de pasajero?

—Lo llevo —dijo Juan—. Y llevo también a uno de Chicago. Un pez gordo de los negocios. Ese se va a cabrear bastante si las cosas no salen a su gusto.

—Bueno —dijo Breed—, lo vas a tener que decidir tú mismo.

Juan miró al cielo amenazador.

—Parece que va a llover, eso está bastante claro. Y con las colinas empapadas irá todo a parar al río. Quizá pueda cruzar sin problema, ¿pero qué posibilidades tengo de poder volver?

—Como un diez por ciento —supuso Breed—. ¿Qué tal está tu mujer?

—No muy allá. Tiene dolor de muelas.

—Vale la pena cuidarse la dentadura. Debería ir al dentista cada seis meses.

Juan se rio.

—Ya. ¿Conoces a alguien que lo haga?

—No. —Juan le caía bien. Ni siquiera lo tenía por extranjero.

—Yo tampoco —dijo Juan—. Bueno, pero hay otra manera de no tener líos con los pasajeros.

—¿Cuál?

—Dejar que lo decidan ellos. Esto es una democracia, ¿no?

—Solo servirá para que acaben peleando.

—¿Y qué tiene eso de malo? Mientras sea entre ellos...

—No te digo que no —convino Breed—. Pero una cosa sí te digo. Aunque todos los demás se pongan de acuerdo, Van Brunt va a estar en contra. Ese tío no votaría a favor ni de la segunda venida de Cristo si hubiera un referéndum.

—No será tanto problema —dijo Juan—. Solo hay que saber cómo manejarle. Una vez tuve un caballo de lo más terco, le gustaba tanto llevar la contraria que si le tirabas de las riendas hacia la izquierda, se iba hacia la derecha. Lo engañaba. Lo hacía todo al revés y pensaba que se salía con la suya. Puedes conseguir que Van Brunt haga casi cualquier cosa sin más que llevarle la contraria.

—Voy a prohibirle que me pague esos treinta y siete dólares —dijo Breed.

—Puede que funcione y todo —dijo Juan—. Bueno, el río no ha alcanzado el nivel de inundación. Ese perno está cubierto ahora. Voy a ver qué quieren hacer los pasajeros.

En la tienda, Pimples sentía que se aprovechaban un poco de él. Le habían puesto en la situación de tener que invitar a Pepsi-Cola a Norma además de a Camille. Por más que lo intentara, no había forma de separarlas. Y la culpa no era de Norma. Camille la estaba utilizando.

Norma tenía el rostro encendido de placer. Nunca en su vida había sido tan feliz. Aquella hermosa criatura era amable con ella. Eran amigas. Y no había dicho que vivirían juntas, sino que ya verían, según fueran las cosas. Por algún motivo, aquello le infundió a Norma una gran confianza. La gente no era amable con Norma por lo general. Le decían que sí a algunas cosas y después se escabullían. Pero aquella chica, que parecía todo lo que Norma aspiraba a ser, había dicho que «ya vería». Ya estaba viendo el apartamento que iban a conseguir. Tendría un sofá Davenport de terciopelo y una mesita de centro delante. Las cortinas serían de terciopelo color vino. Tendrían un conjunto de radio y fonógrafo, por supuesto, y muchos discos. No quería pensar en nada más allá de eso. Pensar más allá era casi como tentar a la mala suerte. Para el Davenport había un terciopelo de un azul eléctrico.

Levantó el vaso de Pepsi-Cola, dejando que el líquido dulzón y picante le bajase por la garganta, y a medio trago la desesperación la fue envolviendo como un gas denso. «No saldrá bien —gritaba una voz en su cabeza—. ¡Se me escapará de las manos! Será como siempre otra vez y volveré a estar sola». Cerró los ojos con fuerza y se los frotó con el dorso de la mano. Al abrirlos de nuevo, se encontró bien. «Le echaré valor —pensó—. Poco a poco iré arreglando el apartamento, y si las cosas no salen bien, por lo menos tendré eso. —Se sintió dura, y también resignada—. Si algo más sale bien, no será más que la guinda. Pero no puedo contar con eso, no puedo permitirme esperarlo. Si lo hago lo perderé».

—Yo tengo un montón de planes —dijo Pimples—. Estoy estudiando Radar. Va a ser una profesión muy importante. Un tío que sepa de radar va a estar muy bien apañado. Yo digo que hay que mirar hacia delante, ¿no? Los hay que no miran hacia delante, al futuro, y acaban en el mismo sitio donde empezaron.

Había una sonrisilla fija en los labios de Camille.

—No te falta razón —dijo ella. Tenía ganas de verse libre del chaval. Era buen chico, pero le apetecía quitárselo de encima. Casi podía olerle—. Muchas gracias por el refresco. Creo que voy a arreglarme un poco. ¿Quieres venir, Norma?

Una expresión de devoción iluminó el rostro de Norma.

—Ah, sí —dijo—. Creo que yo también debería arreglarme.

Todo lo que decía Camille venía a cuento, y eran cosas finas, femeninas. «¡Ay, Dios, por favor, que salgan bien las cosas!», rogó en silencio.

La señora Pritchard daba sorbos a una limonada. Había costado un rato conseguirla, porque allí no servían limonada, pero al señalar con el dedo hacia los limones de la sección de comestibles e incluso ofrecerse a exprimirlos ella misma…, bueno, no le había quedado otro remedio a la señora Breed y se la había preparado.

—Es que no puedo beber cosas embotelladas hace ni se sabe cuánto —explicó solícita la señora Pritchard—. Lo que me gusta es el zumo puro de fruta, nada más.

La señora Breed sucumbió a regañadientes ante aquella oleada de dulzura. La señora Pritchard sorbía su limonada y miraba las postales del expositor del mostrador de recuerdos y chucherías. Había fotografías del juzgado de San Juan de la Cruz y del hotel de San Ysidro construido sobre una fuente termal de sulfato de magnesio. Era un buen hotel, con solera, muy frecuentado por las personas aquejadas de reuma que se bañaban en sus aguas duras. El hotel figuraba como balneario en las postales. Había otros artículos en aquel mostrador. Perros de escayola pintada, pistolas de vidrio llenas de golosinas de colores, muñecas *kewpie* de cara feliz y cajas refinadas de madera de secuoya con frutas glaseadas de California. Había lámparas con pantallas que giraban al encenderse, de manera que los incendios forestales y los barcos a toda vela que las decoraban se movían y resplandecían de un modo muy creíble.

Ernest Horton estaba también junto al mostrador, y miraba los artículos con cierto desdén. Le dijo al señor Pritchard:

—A veces pienso que debería abrir una tienda de regalos y chucherías solo con cosas nuevas. Algunos de estos trastos llevan años en el mercado y no los compra nadie. Ahora mi empresa no trabaja más que con productos que prometen, todo nuevo.

El señor Pritchard asintió: —Le da a uno confianza trabajar para una empresa cuando sabe que se mantiene al día. Por eso creo que le podría gustar trabajar para nosotros. Estaría seguro de que estamos al tanto de lo último, cada minuto del día.

—Disculpe, voy a por mi maletín —dijo Ernest—. Tengo un artículo que aún no ha salido a la venta al público, pero entre el gremio, y solo entre el gremio, se ha vendido como rosquillas. Me gustaría colocar unos cuantos aquí, a ver.

Salió rápidamente y volvió tirando de su maleta de muestras. La abrió y sacó una caja de cartón.

—El envoltorio es sencillo, ya ve. Es para aumentar el efecto sorpresa. —Abrió la caja y extrajo un retrete a escala, perfecto, con cisterna, de unos treinta centímetros de alto. Ahí estaba la cisterna y una pequeña cadena con un tirador de latón al extremo, y la taza era blanca. Hasta tenía una pequeña tapa en imitación de color madera.

La señora Breed había vuelto a su lugar tras el mostrador.

—Mi marido es el que se encarga de las compras —dijo—. Tendrá que hablar con él.

—Lo sé —dijo Ernest—. Solo quiero que vea este artículo. Se vende solo.

—¿Para qué sirve? —preguntó el señor Pritchard.

—Fíjese —dijo Ernest. Tiró de la cadenita y de inmediato un fluido pardo corrió por la taza. Ernest tiró del asiento y lo sacó de la taza. Resultó ser una copita—. Eso son dos centilitros —proclamó en tono triunfal—. Si se quiere uno doble, para un *whisky* con *ginger ale*, pongamos, se tira de la cadena dos veces.

—¡*Whisky!* —exclamó el señor Pritchard.

—O *brandy*, o ron —dijo Ernest—. Lo que usted quiera. Vea, aquí la cisterna se va rellenando, y es de plástico garantizado. La gente se queda de piedra. Ya tengo pedidos para dieciocho mil cacharritos de estos. Es la bomba. Siempre provoca la carcajada. No falla.

—Caramba, ¡qué ingenioso! —proseguía sorprendido el señor Pritchard—. ¿A quién se le ocurren estas cosas?

—Bueno —le explicó Ernest—, tenemos un departamento de ideas. Todo el mundo aporta las suyas. Este artículo lo sugirió el representante de la región de los Grandes Lagos. Se va a ganar una buena prima. La empresa le da el dos por ciento de los beneficios a todo empleado que aporte una idea que resulte práctico desarrollar.

—Es ingenioso —repitió el señor Pritchard. Se imaginaba a Charlie Johnson la primera vez que lo viera. Charlie querría salir corriendo a por uno—. ¿Cuánto saca por cada uno de ellos?

—Bueno, el precio de venta de este es de cinco dólares. Pero si no le importa que le recomiende, tenemos un modelo que se vende por veintisiete con cincuenta.

El señor Pritchard frunció los labios.

—Pero fíjese en lo que le dan —prosiguió Ernest—. Este es de plástico. El bueno es de…, vaya, la cisterna es de roble y está hecha de madera de barriles viejos de *whisky* para guardar los destilados en condiciones. La cadena es de plata de ley y el tirador es un diamante brasileño. La taza es de porcelana, porcelana de baño de la mejor calidad, y el asiento es de caoba tallada a mano. Y en la caja hay una plaquita de plata para, si quiere regalárselo a algún club o sociedad, grabarle su nombre encima.

—Parece buena la relación calidad-precio —dijo el señor Pritchard. Estaba decidido. Ya sabía cómo hacer para apuntarse un tanto a costa de Charlie Johnson. Le regalaría a Charlie un retrete, pero en la placa haría grabar: «Obsequio para Charlie Johnson, americano cabal y tal y cual, de parte de Elliott Pritchard». Y luego que Charlie presumiera todo lo que quisiera. Todo el mundo sabría quién había sido el primero en tener la idea.

—No tendrá usted uno aquí, ¿verdad? —preguntó.

—No, lo tiene que encargar.

Intervino la señora Pritchard. Se había acercado sigilosamente.

—Elliott, no irás a comprar esa cosa. Es muy ordinario, Elliott.

—No lo tendría a la vista si hubiera señoras delante, claro —dijo el señor Pritchard—. No, mi nena. ¿Sabes lo que voy a hacer? Le voy a enviar uno a Charlie Johnson. Así me vengaré de él por enviarme aquella mofeta disecada. Sí, señor, se va a enterar.

La señora Pritchard explicó:

—Charlie Johnson era compañero de habitación del señor Pritchard en la universidad. Se gastan unas bromas de lo más disparatado. Son como niños cuando se juntan.

—Vamos a ver —dijo muy serio el señor Pritchard—, si encargo uno, ¿puede hacer que lo envíen a una dirección que yo le dé? ¿Y puede hacer que le graben algo? Le escribiré lo que quiero que pongan en la placa.

—¿Qué vas a poner? —preguntó Bernice.

—Las nenas no deben meter la nariz en los asuntos de los mayores —dijo el señor Pritchard.

—Seguro que será algo espantoso —dijo Bernice.

Los ánimos de Mildred estaban por los suelos. Se sentía pesada y fatigada y no tenía interés por nada. Estaba sentada muy sola en una silla de la tienda de caramelos de alambre trenzado al final del mostrador. Había estado observando con cinismo los esfuerzos de Pimples por quedarse a solas con la rubia. Estaba desilusionada con el viaje, asqueada de sí misma y con lo que había sucedido. ¿Qué clase de chica era si la podía excitar un conductor de autobús? Se estremeció un poco del disgusto. ¿Dónde estaba él ahora? ¿Por qué no volvía? Reprimió el impulso de levantarse e ir a buscarle. A su lado sonó la voz de Van Brunt y la sobresaltó.

—Jovencita —dijo este—. Se le ve la combinación. Pensé que lo querría saber.

—Ah, sí. Muchas gracias.

—Podría haberse pasado todo el día pensando que iba bien arreglada si no se lo dice alguien.

—Sí, gracias. —Se levantó, miró hacia atrás sobre el hombro y se apretó la falda sobre las piernas para poder ver. Le asomaban un par de centímetros de la combinación.

—Creo que estas cosas es mejor decirlas —dijo Van Brunt.

—Sí, claro. Se me habrá roto uno de los tirantes.

—Eso no me interesa. No quiero que me cuente nada de su ropa interior —dijo él con frialdad—. Lo único que he dicho es —y lo repito— que se le ve la combinación. No quiero que piense que hay ningún otro motivo.

—No lo pienso —dijo Mildred, desesperada.

Van Brunt prosiguió:

—Hay demasiadas chicas que acaban acomplejadas por sus piernas. Creen que todo el mundo se las está mirando.

De pronto Mildred empezó a carcajearse como una loca.

—¿Dónde está la gracia? —exigió saber Van Brunt, enojado.

—No es nada —dijo Mildred—. Me acabo de acordar de un chiste.

Lo que había recordado era que aquella mañana a Van Brunt no había habido par de piernas que se le escapara.

—Pues si es tan gracioso, cuéntemelo.

—Uy, no, es muy personal. Voy a arreglarme el tirante. —Le miró, y en un tono muy deliberado, añadió—: Verá, van dos tirantes en cada hombro. Uno para la combinación y el otro para el sujetador, y el sujetador es el que sostiene los pechos con firmeza. —Mildred vio cómo le brotaba el rubor a Van Brunt por el cuello de la camisa—. Debajo de eso ya no hay nada más que las bragas, eso si llevara bragas, que no llevo.

Van Brunt se dio media vuelta y se alejó con rapidez, con lo cual Mildred se sintió mejor. Ahora aquel viejo bobo no iba a tener ni un momento de paz. Podría mirarle y a lo mejor tenderle luego una trampa y pillarle *in fraganti*. Se levantó, riéndose para sus adentros, y salió hacia la parte de atrás de la tienda para ir al cobertizo rotulado «Señoras».

La puerta estaba cubierta por una celosía y los bejucos empezaban a trepar por ella. Mildred se detuvo ante la puerta cerrada. Dentro oía a Norma hablando con la rubia. Se puso a escuchar. Quizá aquello hiciera que el viaje mereciera la pena, simplemente el escuchar las conversaciones de la gente. A Mildred le gustaba escuchar a escondidas. A veces le preocupaba aquella afición. Era capaz de escuchar comentarios inanes con interés. Pero de todas las cosas que se podían escuchar, lo mejor salía de los servicios de señoras. La libertad de las mujeres en cualquier habitáculo provisto de váter, espejo y lavabo era algo que le interesaba desde hacía mucho. Una vez había redactado un escrito en la universidad que juzgaron muy atrevido, en el que sostenía que las mujeres perdían sus inhibiciones cuando se levantaban las faldas.

Tenía que ser eso, pensaba, o bien la certeza de que el hombre, el enemigo, no podía invadir jamás aquel territorio. Era el único lugar del mundo en el que las mujeres podían estar seguras de que no habría ningún hombre. De modo que se relajaban y se mostraban por fuera como las personas que eran por dentro. Había dedicado mucho tiempo a pensar en ello. Las mujeres podían mostrarse más amigables o más despiadadas las unas con las otras en los servicios públicos, pero el trato era cara a cara. Quizá era debido a que no había ningún hombre delante. Como no había hombres delante, no había competencia y se prescindía de la pose.

Mildred se preguntaba si pasaría lo mismo en los servicios de caballeros. No lo creía probable, ya que los hombres compiten por muchas cosas además de las mujeres, mientras que la mayoría de los sentimientos de inseguridad entre mujeres tenían que ver con los hombres. Su escrito sobre el tema le fue devuelto con una nota que decía «Insuficientemente meditado». Tenía intención de reescribirlo.

En la tienda no se había mostrado amable con Camille. No le había caído bien, simplemente. Pero sabía que su antipatía por ella no pasaría de la puerta del servicio. «Las mujeres compiten entre sí hasta por hombres a los que ni siquiera desean. Qué raro, ¿no?», pensó.

Norma y Camille no paraban de hablar. Mildred apoyó la mano en la puerta y empujó. En aquel reducido espacio había un cubículo para el váter y un lavabo con un espejo cuadrado encima. Había un dispensador de fundas de papel para cubrir el asiento de la taza en una de las paredes, y toallas de papel junto al lavabo. Una máquina expendedora de compresas colgaba de la pared contigua a la ventana de vidrio esmerilado. El suelo de hormigón estaba pintado de color rojo oscuro y las paredes estaban cubiertas con varias capas de pintura blanca. Había un olor penetrante a desinfectante perfumado.

Camille estaba sentada en la taza y Norma frente al espejo. Al entrar Mildred, ambas se volvieron a mirarla.

—¿Quieres entrar aquí? —le preguntó Camille.

—No —respondió Mildred—. Tengo un tirante de la combinación caído.

Camille bajó la vista y se fijó en su falda.

—Pues sí que lo tienes caído. No, así no —le dijo a Norma—. ¿Ves cómo te hace el nacimiento del pelo? Pues haz que suban un poco las cejas por los extremos, solo un poco. Espera, cielo. Espera un momentito y te enseño.

Se levantó y se acercó a Norma.

—Date la vuelta para que te pueda ver. Ahí, muy bien. Y ahí, mírate ahora. ¿Ves cómo parece que te baja un poco el nacimiento del pelo? Tienes la frente amplia, así que lo que tienes que hacer es bajarlo un poco. Y ahora cierra los ojos.

Tomó el lápiz de cejas de la mano de Norma y lo pasó con suavidad sobre los párpados inferiores, justo debajo de las pestañas, oscureciendo un poco la línea al pasar por las comisuras exteriores.

—Llevas demasiado rimel, cielo —dijo ella—. ¿Ves cómo se pegan las pestañas? Usa más agua y tómate un poquito más de tiempo. Espera un segundo —dijo, sacando del bolso la sombra de ojos en un pequeño estuche de plástico—. Con esto hay que tener cuidado. —Mojó el dedo en la pasta azul y puso una pequeña cantidad en cada uno de los párpados superiores de Norma, cargándola más hacia las comisuras exteriores—. Déjame ver —dijo, examinando su trabajo—. Mira, abres mucho los ojos, como los conejos. Deja caer un poco los párpados. No, no entornes los ojos. Deja caer un poco los párpados, nada más. Así, eso es. Mírate ahora. ¿Ves la diferencia?

—Dios mío, si parezco otra —dijo Norma en tono de asombro.

—Claro que sí. Y eso que llevas muy mal puesto el lápiz de labios. Mira, cariño, tienes el labio inferior muy delgado. Igual que yo. Extiende un poco el lápiz de labios por aquí, y otro poco por aquí.

Norma se quedaba quieta como una niña buena y dejaba hacer a Camille.

—¿Lo ves? Realzando hacia las comisuras. Ahora tus labios se ven más carnosos.

—Se ve que entiendes —observó Mildred—. A mí tampoco me vendrían mal unos consejos.

—Ah, bueno, pues es bastante sencillo —dijo Camille.

—Eso es maquillaje de teatro —dijo Mildred—. Quiero decir, un tipo de maquillaje teatral.

—Bueno, ya sabes, el trato con el público…, los dentistas emplean a sus ayudantes casi como recepcionistas.

—¡Caray! —exclamó Mildred—. Este tirante no está suelto, está roto.

Se retiró el vestido del hombro y se le quedó una tira delgada de seda en la mano.

—Tendrás que ponerle un imperdible —dijo Camille.

—Pero no tengo ninguno, ¡y la aguja y el hilo los tengo en una de las maletas!

Camille volvió a abrir el bolso, y en el forro había media docena de imperdibles.

—Toma, yo siempre voy armada —dijo, desenganchando uno—. ¿Quieres que te lo arregle yo?

—Si no te importa. Son estos malditos ojos. No veo nada.

Camille tiró de la combinación caída, dobló el extremo del tirante y lo fijó firmemente con el imperdible al borde de la prenda.

—No es más que un apaño, pero por lo menos no se ve. Cogido con alfileres, que se dice. ¿Siempre has sido corta de vista, cielo?

—No —respondió Mildred—. Veía bien hasta…, bueno, hasta más o menos los catorce años. Uno de los médicos dijo que tenía que ver con la pubertad. Dijo que algunas chicas vuelven a ver bien al tener el primer niño.

—Qué faena —comentó Camille.

—Es un incordio de narices —dijo Mildred—. Me da igual cuántas monturas nuevas saquen. Siguen sin tener muy buena pinta.

—¿Sabes lo de esas lentes que van directamente sobre el ojo?

—Lo he pensado, pero no he hecho nada. Supongo que me da miedo cualquier cosa que me toque los ojos.

Norma seguía contemplándose asombrada en el espejo. De repente parecía tener los ojos más grandes, los labios más carnosos y suaves, y aquel aspecto de rata mojada había desaparecido de su rostro.

—¿No es maravillosa? —decía Norma, a nadie en particular—. ¿No es maravillosa?

—Va a ser una moza bastante bonita cuando aprenda un par de trucos y coja un poco de confianza. Te arreglaremos ese pelo, cielo, en cuanto acabe este viaje.

—¿Eso quiere decir que ya lo has pensado? —preguntó Norma emocionada—, ¿vamos a coger el apartamento? —Se volvió hacia Mildred—. Vamos a compartir apartamento —explicó sin aliento—. Tendremos un Davenport y los domingos por la mañana nos lavaremos el pelo y nos arreglaremos...

—Ya veremos —interrumpió Camille—. Habrá que ver cómo van saliendo las cosas. Aquí nos tienes a las dos sin empleo y ella ya tiene alquilado un dúplex. No tan deprisa, cariño.

—Está siendo raro este viaje —dijo Mildred—. Vamos camino a México. Todo ha salido mal desde el principio. Mi padre quería ver campo. Piensa que algún día podemos venir a California a vivir, así que quería ir a Los Ángeles en autobús. Pensaba que así podría ver mejor el campo.

—Bueno, ahí no le faltaba razón —opinó Camille.

—Igual ve más campo de la cuenta —dijo Mildred—. ¿Has visto alguna vez una colección de gente como la que llevamos?

—Vienen a ser todos iguales —dijo Camille.

—A mí me gusta el señor Chicoy —dijo Mildred—. Es medio mexicano, ¿sabes? ¡Pero el chico ese! Da la impresión de que se te va a echar encima si no tienes cuidado.

—Ah, no es mal chico —dijo Camille—, anda con el cuerpo un poco alborotado, nada más. La mayoría de los chicos son así. Seguramente se le pasará.

—O no —dijo Mildred—. ¿Os habéis fijado bien en el viejo ese, Van Brunt? A él no se le pasó, se le enquistó. Menudo viejo verde.

Camille sonrió.

—Un rato viejo sí que está.

Mildred pasó al interior del cubículo y se sentó.

—Hay algo que te quería preguntar —dijo—. Mi padre cree que te ha visto en alguna parte. Tiene bastante buena memoria. ¿Le has visto tú alguna vez?

Por un instante, Mildred captó la hostilidad en la mirada y los labios apretados de Camille, y supo enseguida que había puesto el dedo en alguna llaga. Al instante la expresión de Camille recobró su placidez.

—Debo parecerme a otra. Esta vez se equivoca, a no ser que me haya visto por la calle en algún sitio.

—¿De verdad? —preguntó Mildred—. No pretendo pillarte ni nada. Solo me lo preguntaba.

El ambiente amigable, relajado, y el compañerismo se esfumaron de los servicios. Fue como si hubiera entrado un hombre. Camille atravesó a Mildred con la mirada.

—Tu padre se equivoca —dijo fríamente—. Lo puedes tomar como te parezca.

La puerta se abrió y entró la señora Pritchard.

—Ah, estás aquí —le dijo a Mildred—. Pensé que te habías ido a dar un paseo.

—No, se me rompió un tirante de la combinación —dijo Mildred.

—Bueno, date prisa. Ha vuelto el señor Chicoy y están discutiendo de lo lindo..., gracias, cielo —le dijo a Norma, que se había apartado del lavabo para hacerle sitio—. Solo voy a mojar un poco el pañuelo y quitarme un poco de polvo... ¿Por qué no te tomas una limonada? —le dijo a Mildred—. Esa mujer tan amable no tiene ningún inconveniente en prepararla. Le he dicho que se haría bastante famosa si no sirviera más que zumo fresco de fruta.

Habló de pronto Camille:

—No estaría mal poder conseguir algo de comer. Me está entrando hambre. Me apetece algo rico.

—Y a mí —dijo la señora Pritchard.

—Me comería un cangrejo frío partido, con mayonesa y una botella de cerveza —dijo Camille.

—Ah, pues yo nunca he tomado el cangrejo de esa manera —dijo la señora Pritchard—, pero si hubieras probado el pez mantequilla frito como lo hacía mi madre..., usaba una sartén de hierro fundido de las antiguas, y el pescado tenía que estar muy fresco y muy bien recortadito. Le hacía un rebozado con miga tostada —miga de pan, no de galleta salada— y le echaba una cucharada sopera..., no, dos cucharadas enteras de salsa inglesa al huevo batido. Creo que ahí estaba el secreto.

—Madre —rogó Mildred—, no empieces con la receta del pez mantequilla.

—Deberías tomar una limonada —dijo la señora Pritchard—. Te limpiaría el cutis. Los viajes largos dejan manchas en la piel.

—Ojalá podamos salir ya —dijo Mildred—. Así podremos comer en la próxima ciudad. ¿Cómo se llama?

—San Juan de la Cruz —dijo Norma.

—San Juan de la Cruz —repitió en voz baja la señora Pritchard—. Qué bonitos suenan los nombres españoles.

Norma se dedicó una larga mirada de asombro al espejo antes de salir. Dejó caer los párpados. Le haría falta práctica para no olvidarse de hacerlo siempre, pero cambiaba enteramente su aspecto, y eso le gustaba.

CAPÍTULO 13

Juan estaba sentado en una banqueta tomando una Pepsi-Cola y frotándose el extremo reluciente del dedo amputado sobre los surcos de la pana del pantalón. Al volver las mujeres de la parte de atrás y entrar en la tienda levantó la vista, y al verlas, el frotar de su dedo se convirtió en un golpeteo.

—¿Estamos todos? —preguntó—. No, falta uno. ¿Dónde está el señor Van Brunt?

—Aquí estoy.

Su voz llegaba desde detrás del mostrador de la parte de los comestibles, donde, oculto tras el tabique formado por las latas apiladas de café, andaba husmeando distraídamente entre las estanterías.

Habló entonces el señor Pritchard:

—Quiero saber cuándo nos vamos a poner en marcha. Tengo que llegar a tiempo para tomar mis enlaces.

—Lo sé —dijo Juan en tono calmado— y de eso quería yo hablar. El puente no es seguro. Probablemente lo pueda pasar, pero luego hay otro puente, y ese puede haberse venido abajo ya, o que le falte poco. No tenemos forma de saberlo. Si nos metemos en el meandro del río y fallan los dos puentes, estaremos atrapados, y entonces no habrá enlace que valga para nadie. Así las cosas, yo estoy dispuesto a someterlo a votación y a hacer lo que quiera la mayoría de los pasajeros. Intento pasar y me la juego, o los llevo de vuelta y pueden ustedes volver a hacer sus planes. Ustedes deciden. Pero una vez que hayan decidido, quiero que se atengan al veredicto.

Se llevó la botella a los labios y apuró la Pepsi-Cola.

—Yo no dispongo de tanto tiempo —dijo alzando la voz el señor Pritchard—. Mire, amigo mío, no he tenido vacaciones desde que empezó la guerra. He estado ocupado fabricando los accesorios militares que nos dieron la victoria, y estas son mis primeras vacaciones. Sencillamente, no tengo tiempo de andar de aquí para allá dando garbeos por el campo. Necesito descansar. No tengo más que unas pocas semanas, y con todo esto, las estoy desperdiciando.

—Lo siento —dijo Juan—. No es algo que esté haciendo a propósito, como comprenderá, y si se queda usted atrapado en el meandro del río podría perder mucho más tiempo aún, y yo podría perder mi ómnibus tratando de pasar el puente, que está al límite de lo que puede aguantar. Puede venirse abajo en cualquier momento. La única otra opción es dar media vuelta.

Van Brunt salió de detrás de las latas de café. Tenía una lata de melocotones en almíbar de un kilo en la mano. Fue hasta el otro extremo de la tienda, donde se encontraba la señora Breed.

—¿Cuánto es? —preguntó.

—Cuarenta y siete centavos.

—¡Dios! ¿Por una lata de melocotones?

—Nuestro margen no ha subido. Nos salen más caras, eso es todo.

Van Brunt lanzó bruscamente una moneda de medio dólar sobre el mostrador.

—Ábramela. ¡Cuarenta y siete centavos por una triste lata de melocotones de nada!

La señora Breed colocó la lata en un abrelatas adosado a la pared, hizo girar la manivela y se detuvo justo al levantarse la tapa. Le pasó la lata por encima del mostrador a Van Brunt. Este bebió parte del almíbar primero y luego metió la mano y sacó una rodaja amarilla con los dedos. La sostuvo sobre la lata para que escurriera.

—He oído lo que acaba de decir —observó—. Usted cree que puede hacernos perder el tiempo. Yo tengo que ir a los juzgados, y tengo que estar allí esta tarde. Es cosa suya llevarme hasta allí. Usted es transportista de un servicio público, y está sujeto a las normas de la Comisión de Ferrocarriles.

—Eso es lo que trato de hacer —dijo Juan—. Y una de las normas de la comisión dice que no hay que matar a los pasajeros.

—Esto pasa por no conocer la zona —prosiguió Van Brunt—. Tendría que haber una ley estricta que obligase a conocer la zona antes de dejar a nadie conducir un autobús.

Meneó una rodaja de melocotón, se la echó a la boca y enseguida cogió otra entre el pulgar y el índice. Estaba disfrutando.

—Ha dicho que solo hay dos cosas que podamos hacer. Pues, mire por dónde, hay tres. Usted no conoce la carretera antigua, la que había antes de que pusieran esos estúpidos puentes. Va pegada al meandro, rodeándolo por fuera. En tiempos la usaban las diligencias.

Juan miró con gesto inquisitivo al señor Breed.

—He oído hablar de ella, ¿pero en qué condiciones estará?

—Las diligencias la usaron durante más de cien años.

Terció el señor Breed:

—Sé que los primeros kilómetros están bien, pero más allá de eso, no lo sé. Sube por la ladera de la montaña hacia el este, por allí. La pueden haber borrado las lluvias. No he estado por allí desde mucho antes de las últimas.

—Ahora ya puede elegir —dijo Van Brunt. Meneó su trozo de melocotón, se lo echó a la boca y siguió hablando alrededor del mismo—. Le dije que iba a llover. Le dije que el río bajaría crecido, y ahora que está en un brete, le digo cómo salir de él. ¿Hace falta que conduzca también su puto autobús?

—No se pase de la raya y cuide su lenguaje —vociferó Juan—. Hay señoras delante.

Van Brunt inclinó la lata y se bebió el resto del almíbar, reteniendo los melocotones con los dientes a modo de colador. El almíbar se le escurrió por la barbilla y se lo secó con la manga.

—¡Dios, vaya viaje! —exclamó—. Ya desde el principio.

Juan se volvió y miró a los demás pasajeros.

—Bien, ahí lo tienen. Mi licencia dice que debo ir por la carretera nueva. La antigua no la conozco. No sé si podré llegar por ella o no. Es cosa de ustedes decidir lo que quieren hacer. Si nos quedamos atascados no quiero que me echen la culpa a mí.

El señor Pritchard dijo:

—A mí me gusta ver acabado lo que se empieza. El caso es que yo tengo que llegar a Los Ángeles, amigo. Tengo unos billetes de avión para México D. F. ¿Sabe usted lo que cuestan? Y los aviones van al completo para estas fechas. Tenemos que llegar como sea. Vamos a echarle un poco de iniciativa. ¿Usted cree que el puente es peligroso?

—Me consta que es peligroso —corrigió Juan.

—Y entonces, ¿dice usted que no sabe si podrá llegar o no por la carretera antigua?

—Eso es.

—Así que hay dos opciones arriesgadas y una segura. Y con la segura tampoco llegamos. Hum —dijo el señor Pritchard.

—¿Qué opinas, cariño? —preguntó la señora Pritchard—. Algo tenemos que hacer. Llevo tres días sin poder darme un baño en condiciones. Cariño, tenemos que hacer algo.

—Probemos la carretera antigua. Quizá resulte interesante —intervino Mildred, echándole una mirada furtiva a Juan para ver cómo reaccionaba ante su actitud, pero Juan ya había apartado la vista de ella y miraba a Camille.

Algo de lo que acababa de oír hizo decir a Camille:

—Yo digo que por la carretera antigua. Ya estoy tan cansada y tan sucia que me da casi lo mismo.

Juan bajó la vista y los ojos se le avivaron al ver el rostro de Norma. No parecía la misma. Y Norma notó que se había fijado.

—Yo digo que por la carretera antigua —dijo sin aliento.

Ernest Horton se hizo con una silla, la que usaba habitualmente la señora Breed cuando se le hinchaban las piernas por las tardes. Había estado atento al recuento de votos.

—A mí no me importa demasiado —dijo—. Claro que me gustaría llegar a Los Ángeles, pero no me supone un gran problema. Me apunto a lo que diga la mayoría, decidan lo que decidan.

Van Brunt dejó la lata ruidosamente sobre el mostrador y dijo:

—Va a llover. Esa carretera abandonada puede llegar a ponerse muy resbaladiza. Puede que no consiga ganar la cuesta que va hacia el este. Es empinada, y las ruedas no van a agarrar bien. Si se quedan atascados allí, no veo cómo van a poder salir.

—Pero si ha sido usted el que lo ha sugerido —dijo Mildred.

—Yo me limito a poner todos los inconvenientes sobre la mesa —replicó Van Brunt—, para que esté todo claro.

—¿Qué quiere votar usted, entonces? —le preguntó Juan.

—Ah, yo no voto. Es la mayor bobada que he oído en mi vida. Para mí que es el conductor el que tiene que tomar las decisiones, como el capitán de un barco.

Pimples se acercó al mostrador de las golosinas. Dejó una moneda de diez centavos y cogió dos chocolatinas Baby Ruth. Una se la metió en el bolsillo lateral para dársela a Camille cuando consiguiera quedarse a solas con ella, y a la otra le fue quitando el envoltorio despacio. Un pensamiento alocado y emocionante acababa de pasársele por la cabeza. ¿Y si atravesaban el puente y justo en medio se rompía el arco y el autobús caía al río? Pimples saldría despedido y se salvaría, pero la rubia quedaría atrapada en el autobús. Entonces Pimples se lanzaba al agua y buceaba más y más hondo, y casi se muere, pero por fin conseguía romper una ventana y sacar a Camille, y nadaba con ella y la tendía inconsciente sobre la hierba, y le frotaba las piernas para activarle la circulación. No, mejor aún, le daba la vuelta y le ponía las manos bajo los pechos y le hacía la respiración boca a boca.

Pero… ¿y si tomaban la antigua carretera y el autobús se quedaba atascado en el barro? Entonces pasarían allí toda la noche, igual hacían una hoguera, y estarían juntos, sentados junto al fuego con el rostro iluminado y una manta para los dos, quizá.

—Creo que más nos vale probar con la carretera antigua —dijo Pimples.

Juan le dedicó una amplia sonrisa.

—Tienes auténtica sangre de Kit Carson en las venas, ¿eh, Kit?

Pimples sabía que le tomaba el pelo, pero no con mala intención.

—Bueno, pues supongo que ya han hablado todos menos uno, y él no quiere votar. ¿Cuál es el problema? ¿Es que quiere poder poner un pleito?

Van Brunt se volvió hacia los demás.

—Lo que están haciendo es una locura. ¿Saben lo que pretende? Se está quitando de encima la responsabilidad. Si llega a pasar algo, él no tendrá la culpa, porque podrá decir que no hizo más que lo que le pidieron. No, yo ahí no pienso picar.

El señor Pritchard se limpió las gafas con el pañuelo de lino blanco.

—No le falta razón. No lo había pensado desde ese punto de vista. Es verdad que estamos renunciando a nuestros derechos.

A Juan se le encendieron los ojos de rabia. Los labios se le tensaron y achicaron.

—Suban al autobús —dijo—. Voy a llevarlos de vuelta a San Ysidro y ahí se quedan. Intento llevarlos a su destino y se comportan como si tratara de asesinarlos. Vamos, suban al ómnibus. Ya estoy hasta las narices. Desde anoche mi vida está patas arriba para que estén ustedes cómodos, y ya me he hartado. Así que vámonos. Nos volvemos.

El señor Pritchard se le acercó. —No, no quería decir eso. Le estoy agradecido por lo que ha hecho. Todos lo estamos. Solo trataba de ver con claridad todos los aspectos de la cuestión. Es lo que hago en los negocios, no tomar decisiones hasta haberlo pensado todo detenidamente.

—Estoy hasta las narices —repitió Juan—. A usted le cedí mi cama anoche. Lo único que quiero es quitármelos de encima.

—No olvide que fue su vehículo el que se averió. Nosotros no tenemos la culpa —dijo Van Brunt.

En tono sereno, Juan le respondió:

—Creo que al que más ganas tengo de perder de vista es a usted.

—Cuidadito —dijo Van Brunt—. No olvide que no es más que un empleado de un servicio público con licencia. Con lo que acaba de pasar no sería difícil conseguir que se la retiren.

A Juan le cambió el semblante de repente; se echó a reír.

—¡Amigo, eso sí que sería un alivio! Ya no tendría que aguantar a gente como usted, y creo que ya sé de un buen sitio para meter esa licencia, bien atada y enrollada con alambre de espino.

Camille soltó una carcajada y Ernest Horton, regocijado, una risita.

—Tendré que acordarme de esa. Sí, señor. Mire, señor Chicoy, estos señores ya han hablado. Los demás queremos seguir. Correremos ese riesgo. ¿Por qué no pone una raya en el suelo, que la crucen los que quieran ir y los demás que se queden aquí? A mí me parece justo.

—Señor Chicoy, yo quiero ir —dijo Mildred.

—Vale —dijo Juan—. Esa grieta grande del suelo, allí. Todos los que no quieran que vaya por la carretera antigua que se pongan del otro lado, donde la verdura.

Nadie se movió. Juan escrutó detenidamente cada uno de sus rostros.

—Esto no es legal —dijo Van Brunt—. No lo aceptará ningún tribunal.

—¿Qué es lo que no aceptará?

—Lo que está haciendo usted.

—El asunto no está en los tribunales.

—Pues ahí podría acabar —dijo Van Brunt.

—Usted no viene ni aunque quiera —dijo Juan.

—Intente impedírmelo. Tengo billete, y tengo derecho a subir al autobús. Intente impedírmelo y le pondré un pleito tan rápido que le dará vueltas la cabeza.

Juan se encogió de hombros.

—Y lo dice en serio y todo. Bueno, en marcha. —Se volvió hacia el señor Breed—. ¿Me puedes prestar alguna herramienta? Te la devuelvo enseguida.

—¿Qué herramienta quieres?

—Pues un pico y una pala.

—Ah, claro. ¿Por si te quedas atascado?

—Sí. ¿Tienes un aparejo de poleas?

—Sí, pero no es gran cosa. Las poleas están bien, pero la cuerda es de un centímetro y pico de grueso y está gastada. No sé cuánta tensión soportará. Ese autobús pesa bastante.

—Bueno, siempre será mejor que nada —dijo Juan—. Y no tienes nada de cuerda nueva que te pueda comprar, ¿verdad?

—No he tenido cuerda de Manila nueva desde que empezó la guerra —dijo Breed—. Pero lo que tengo te lo puedes llevar. Ven conmigo y coge lo que quieras.

—Ven, Kit, y échame una mano, ¿quieres? —dijo Juan.

Los tres salieron de la tienda y fueron a la parte de atrás.

Ernest le dijo a Camille:

—Esto no me lo habría querido perder por nada del mundo.

—Si no estuviera tan cansada —respondió ella—. Ya llevo cinco días de autobuses. Lo único que quiero es quitarme esta ropa y dormir en condiciones un par de días.

—¿Por qué no viniste en tren? ¿Vienes desde Chicago, dijiste?

—Sí, desde Chicago.

—Pues podrías haber cogido el Super Chief y dormir todo el camino hasta Los Ángeles. Ese es un buen tren.

—Es por ahorrar —aclaró Camille—. Tengo un dinerillo y quiero estar unas semanas sin hacer nada antes de volver a trabajar. Y prefiero hacerlo en una cama de matrimonio que en una litera.

—¿He entendido bien? —preguntó él regocijado.

—No, no has entendido bien —dijo Camille.

—Vale, tú mandas.

—Mira, dejémonos de jueguecitos. Estoy demasiado cansada para andar jugando a las adivinanzas contigo.

—Vale, compañera, lo que tú digas. Jugaremos como a ti te guste.

—Bueno, pues por esta vez vamos a dejarlo. ¿Te parece?

—¿Sabes una cosa? Me gustas —dijo Ernest—. Me gustaría salir contigo a dar una vuelta cuando hayas descansado.

—Bueno, ya veremos. —Ernest le caía bien. Se podía hablar con él. Su conversación daba juego, y eso era un alivio.

Norma había estado atenta, observándolos. Estaba llena de admiración por Camille. Quería aprender exactamente cómo lo hacía. De repente se dio cuenta de que tenía los ojos abiertos de par en par, como un conejo, y dejó caer los párpados.

—A ver si me va a dar una jaqueca, espero que no —dijo la señora Pritchard—. Elliott, mira a ver si tienen aspirinas, ¿quieres?

La señora Breed arrancó una bolsa de celofán de un gran expositor de cartón.

—¿Quiere una de estas? Son cinco centavos.

—Será mejor que nos llevemos media docena —comentó el señor Pritchard.

—Eso serán veintiséis, impuestos incluidos.

—No hace falta que compres tantas, Elliott —dijo la señora Pritchard—. Llevo un bote de quinientas en el equipaje.

—Más vale prevenir —contestó él. Conocía las jaquecas de su mujer y eran espantosas. Se le retorcía la cara y quedaba reducida a un amasijo de agonía jadeante y sudoroso que hacía muecas y temblaba. Aquellas jaquecas llenaban una habitación y toda una casa. Afectaban a todos los que estaban a su alrededor. El señor Pritchard las sentía aunque hubiera paredes de por medio. Las sentía por todo el cuerpo, y el médico había dicho que no había nada que se pudiera hacer. Le ponían inyecciones de calcio y le daban sedantes. Las jaquecas le daban cuando estaba nerviosa y cuando las cosas, sin que ella tuviera ninguna culpa, no marchaban bien.

A su marido le habría gustado poder protegerla. Las jaquecas parecían algo egoísta, pero no era así. El dolor era verdadero. Nadie podría fingir un dolor tan atroz, y no había cosa en el mundo que le infundiera mayor pavor. Una jaqueca de las buenas podía hacer que reverberara toda la casa de horror. Eran un poco como la conciencia. Por más que lo intentara, el señor Pritchard no lograba librarse de la sensación de que de algún modo eran culpa suya. No es que la señora Pritchard dijera o diera a entender nunca que fuera ese el caso. Lo cierto es que demostraba mucho valor. Trataba de sofocar sus alaridos con una almohada.

El señor Pritchard no la molestaba demasiado en la cama, muy rara vez, la verdad. Sin embargo, de un modo curioso vinculaba sus esporádicos accesos de lujuria y sus pérdidas de dominio sobre sí mismo con los dolores de cabeza de ella. En lo profundo de su mente estaba arraigada la convicción de que era así, cosa que no sabía cómo había venido a suceder. Era consciente de ello, sin embargo. Su animalidad, su lujuria, su falta de autodominio eran la causa. Y no había forma alguna de salvarse. A veces le sorprendía un odio profundo hacia su esposa por lo infeliz que era. Hacía horas extras en el despacho cuando ella tenía jaqueca, y a veces se quedaba sentado ante su escritorio durante horas sin hacer otra cosa que mirar fijamente los paneles marrones de las paredes, con un pálpito en el cuerpo a causa del dolor de su mujer.

En medio de alguno de sus peores ataques, ella trataba de salvarle.

—Vete al cine —gemía—. Hazle una visita a Charlie Johnson. Tómate un *whisky*. Emborráchate. No te quedes aquí. Vete al cine.

Pero era imposible. No podía.

Se guardó las seis bolsitas transparentes en el bolsillo del abrigo.

—¿Quieres tomarte un par ahora, por si acaso? —preguntó.

—No. Creo que no será nada —respondió ella con la sonrisa valerosa y dulce de costumbre.

Mildred, al oír la primera mención de las aspirinas, fue a la parte de los comestibles y se puso a estudiar la lista de precios máximos de la Oficina de Administración de Precios que había en la pared. Tenía los labios apretados y un nudo en la garganta.

—Ay, por Dios —dijo en voz baja y entre dientes—. Jesús, ¿va a empezar ya con eso?

Mildred no se acababa de creer lo de las jaquecas. Ella nunca había tenido un dolor de cabeza fuerte, solo alguno leve de manera esporádica, y unos cuantos por la resaca cuando estaba en secundaria. De las jaquecas de su madre decía que eran psicosomáticas y psicóticas, y les tenía un pavor aún mayor que su padre. De niña huía de ellas, refugiándose en el sótano o en el espacio que había tras el armario del cuarto de costura. Normalmente la sacaban de su escondrijo y la llevaban junto a su madre, pues cuando tenía jaqueca necesitaba afecto y caricias. Mildred consideraba las jaquecas como una maldición. Las detestaba. Y detestaba a su madre cuando las tenía.

Durante un tiempo Mildred las había tenido por puro cuento, e incluso ahora, cuando sabía por sus lecturas que el dolor era real, seguía viéndolas como un arma empleada por su madre con redomada astucia y sin el menor escrúpulo. Las jaquecas le resultaban dolorosas a su madre, ciertamente, pero gobernaban y castigaban a la familia también. La ponían firme. Ciertas cosas que a su madre no le gustaban no se hacían nunca porque le provocaban una jaqueca. Y cuando estaba en casa, Mildred sabía que su temor a llegar a casa más tarde de la una de la madrugada lo causaba la práctica certeza de que a su madre le daría una jaqueca si volvía más tarde.

Entre una y otra jaqueca se iba olvidando lo devastadoras que eran. Mildred pensaba que lo que necesitaba su madre era un psiquiatra. Y Bernice habría recurrido a cualquier cosa. Estaba más que dispuesta a hacer lo que fuera. Fue el señor Pritchard el que se negó en redondo. No tenía fe en los psiquiatras, decía, pero en realidad sí la tenía, tanta que le daban miedo. El caso es que poco a poco el señor Pritchard había llegado a contar con las jaquecas de su mujer. De algún modo le servían de justificación. Eran un castigo para él y le proporcionaban pecados que purgar. El señor Pritchard tenía necesidad de pecados. No los había en el mundo de los negocios, pues allí las conductas crueles estaban definidas y encasilladas como cosa necesaria y como conducta responsable de cara a los accionistas. Y el señor Pritchard necesitaba los pecados y la expiación. Rechazó indignado la idea del psiquiatra.

Mildred se obligó a dar media vuelta y volver con su madre.

—¿Te encuentras bien, cariño?

—Sí —dijo Bernice muy animada.

—¿No tienes jaqueca?

Bernice se mostró contrita.

—Solo ha sido una punzada, y me asusté. No podría perdonármelo si me diese una cosa horrible de esas y le arruinase el viaje a papá.

A Mildred la atravesó un pequeño estremecimiento de temor ante aquella mujer, su madre: ante su poder y su falta de escrúpulos. Tenía que ser algo inconsciente por su parte. Otra cosa no podía ser. Mildred había visto y oído cómo se había ido gestando este viaje a México. Su padre no había querido ir. Le habría gustado tomarse unas vacaciones que no consistieran más que en quedarse en casa y no ir al despacho, con lo cual habría ido al despacho todos los días; pero al ir a horas irregulares y volver, no al dictado del reloj, sino cuando le apeteciera, habría obtenido una sensación vacacional y de reposo.

Pero la semilla del viaje a México se había sembrado. ¿Cuándo y cómo? Mildred no lo sabía, y su padre tampoco. Poco a poco, sin embargo, se fue convenciendo no solo de que había sido idea suya, sino de que estaba obligando a su familia a acompañarle, y eso le daba la sensación reconfortante de ser él quien llevaba los pantalones en casa. Había ido encerrándose en el laberinto puerta tras puerta, y cada una de ellas se iba cerrando tras él; era algo así como una trampa para pollos. La gallina encuentra un hueco, se asoma, ve que hay algo de grano y atraviesa la puerta. La puerta se cierra. Vaya, hay un nido. Es un lugar oscuro y silencioso. ¿Por qué no poner un huevo? Una buena broma que gastarle al que se dejó abierta la puerta.

Su padre casi había olvidado ya que él no había querido ir a México. Tanto el señor como la señora Pritchard lo hacían por Mildred. Era la explicación más sencilla. En la universidad estaba estudiando español, idioma que era incapaz de comprender, al igual que sus profesores. México sería el lugar idóneo para practicarlo. Su madre decía que no había mejor forma de aprender un idioma que verse obligado a usarlo.

Mirando el semblante dulce y relajado de su madre, Mildred sencillamente no podía creer que aquella mujer pudiera maquinar algo así para luego destruirlo. ¿Para qué? Y lo iba a hacer. Había sembrado la idea. Como hay Dios que le iba a dar una jaqueca. Pero iba a esperar a que no hubiera ningún médico a mano, al momento en que su dolor de cabeza causara la mayor impresión posible. Era difícil creerlo. Mildred no pensaba que su madre fuera realmente consciente de lo que hacía, pero tenía un bulto como una bola de masa en el pecho que le pesaba sobre el estómago. La jaqueca estaba en camino. Lo sabía.

Envidiaba a Camille. Camille era una golfa, pensó Mildred. Y para una golfa las cosas son mucho más fáciles. No había cargos de conciencia, ni sentimiento de pérdida; nada más que un maravilloso y refrescante egoísmo, como el de un gato que se estira. Podía acostarse con quien le diera la gana y no volver a verle jamás sin sufrir el menor sentimiento de pérdida o inseguridad por ello. Así pensaba Mildred que le iba a Camille. Deseaba poder ser así, y sabía que no podía. No podía por su madre. Y la idea le vino a la mente sin previo aviso: si su madre estuviera muerta, cuánto más sencilla sería su vida. Podría alquilar un pisito discreto en alguna parte. De un modo casi feroz, apartó de sí aquella noción. «Qué pensamiento tan repugnante», se dijo poniéndose severa. Pero era un sueño que tenía a menudo.

Miró por la ventana de la fachada. Pimples había ayudado a cargar las poleas en el autobús. La cuerda de Manila estaba grasienta, y a Pimples se le habían manchado los pantalones de color chocolate. Trataba de quitarse la mancha con un pañuelo. «Pobre chaval —pensó Mildred—, debe ser el único traje que tiene». Estaba a punto de decirle que no la tocara cuando le vio ir hasta el surtidor de gasolina, echarle un poco al pañuelo y atacar la mancha con aire experto.

Entonces llamó Juan:

—Vámonos ya, señores.

CAPÍTULO 14

La carretera secundaria que bordeaba el meandro del río San Ysidro era muy antigua, cuánto, no lo sabía nadie. Era cierto que la habían utilizado diligencias y hombres a caballo. Durante la estación seca la cruzaban las vacadas en su camino hacia el río, donde los animales podían tenderse entre los sauces durante las horas de calor y beber en los abrevaderos cavados sobre el lecho del río. La vieja carretera no era más que una franja de campo, sin cultivar desde un principio, marcada únicamente por los surcos de las ruedas y batida por los cascos de los caballos. En verano se levantaba una densa nube de polvo de su superficie cuando pasaba algún carro, y en invierno los cascos de los caballos despedían pegotes de un barro pastoso. Con el tiempo la carretera se fue excavando de modo que quedaba por debajo del nivel de los campos por los que pasaba, lo cual la convertía en un lago extenso de agua estancada en invierno, a veces muy profundo.

Luego llegaron hombres con arados que abrieron una zanja a cada lado, con los terraplenes hacia la carretera. Después llegaron los cultivos y el ganado se volvió tan valioso que los propietarios de las fincas lindantes con la carretera levantaron cercados para impedir la salida a sus animales y la entrada a los de los demás.

Los cercados consistían en postes de secuoya clavados en el suelo y unidos entre sí a media altura por tablas de dos centímetros y medio por quince. La parte superior de los postes sujetaba una alambrada de las de antes, una tira de metal retorcido con púas afiladas. Los cercados sufrieron los efectos del sol y la lluvia, los postes y tablas de secoya se volvieron de color gris claro y gris verdoso, crecieron líquenes sobre la madera y musgo sobre las caras sombrías de los postes.

Algunos caminantes, fervorosos portadores de mensajes divinos, pasaron y los dejaron escritos sobre las tablas. «Arrepentíos, pues pronto ha de venir el Reino de los Cielos», «Pecador, ven a Dios», «Llega la hora», «De qué le sirve a un hombre...», «Ven a Jesús». Hubo otros hombres que dejaron otro tipo de mensajes sobre la valla con ayuda de plantillas. «Droguería Jay»..., «Cyrus Noble»..., «The Doctor's Whisky»..., «Bicicletas San Ysidro». Aquellos nombres se veían ya tenues y desgastados.

A medida que los campos se fueron destinando menos a pastos y más al cultivo del trigo, la avena y la cebada, los agricultores empezaron a retirar de sus campos las malas hierbas, el nabo silvestre, la mostaza blanca, las amapolas, los cardos y las asclepias, desterrados que hallaron refugio en las cunetas de la carretera. La mostaza pasaba de los dos metros de altura a finales de la primavera, y los tordos sargentos anidaban bajo sus flores amarillas. En la humedad de las cunetas crecían los berros.

Las cunetas de la carretera, entre la maraña elevada de malas hierbas, estaban habitadas por comadrejas y culebras de agua, y eran un bebedero de aves por la noche. Los turpiales gorjeadores se pasaban la mañana posados sobre las viejas vallas en primavera entonando sus sones tiroleses, y las palomas silvestres se encaramaban a la alambrada en los atardeceres de otoño, hombro con hombro a lo largo de kilómetros, por los que resonaban sus reclamos como una sola nota prolongada. Por la noche los atajacaminos sobrevolaban las cunetas en busca de alimento, y en la oscuridad las lechuzas buscaban conejos. Cuando una vaca enfermaba, los enormes y feos zamuros de cabeza roja se sentaban sobre los viejos cercados a aguardar a la Muerte.

La carretera estaba poco menos que abandonada. Solo unas pocas familias dueñas de granjas a las que no se podía acceder por ningún otro camino la seguían utilizando. En tiempos había habido allí muchas pequeñas propiedades en las que la gente vivía pegada a sus tierras, con su granja a las espaldas y su huerto a la vista desde la ventana del salón. Ahora, sin embargo, la tierra se perdía de vista a lo lejos, sin ocupantes, y las casitas y los viejos graneros se habían quedado sin ventanas, grises y sin pintar.

Al llegar el mediodía las nubes irrumpieron por el sudoeste y se fueron acumulando. Por regla general, cuanto más tiempo pasen las nubes preparándose, más durará la lluvia. Pero aún no les había llegado el momento. Quedaban todavía algunos retazos de cielo azul, y de vez en cuando un destello cegador de sol alcanzaba la tierra. En cierto momento una nube alta entreveró los haces de luz en forma de cintas rectas y alargadas.

Juan tuvo que regresar un trecho por la carretera para llegar a la entrada de la antigua. Antes de tomarla detuvo el vehículo, descendió y se adelantó a pie. Sintió el barro de una consistencia grasienta bajo los pies, y le invadió una sensación de júbilo. Se había esforzado por llevar a todo su cargamento de ganado hacia su destino para asuntos por los que no sentía el menor interés. Ahora tenía un sentimiento casi malévolo. La carretera la habían escogido ellos, y quizá estuviera en condiciones. Le embargaba una alegría festiva. Ellos lo habían querido, pues bien, todo suyo. Al subir al autobús, el rostro le resplandecía de gusto.

—No sé si conseguiremos llegar o no —dijo tan contento. Aquella alegría puso un poco nerviosos a los pasajeros.

Estaban hechos una piña, sentados tan cerca de la ventana del conductor como era posible. Todos y cada uno de ellos percibían a Juan como el único vínculo con su vida normal, y de haber sabido lo que le pasaba por la cabeza habrían tenido mucho miedo. Juan estaba eufórico. Cerró la puerta del autobús y pisó dos veces el acelerador para calentar el motor antes de meter primera y llevarlo hacia la fangosa carretera rural.

Las nubes estaban ahora casi listas para descargar. Eso lo tenía claro Juan. Hacia el oeste veía ya una nube que se desflecaba. Allí estaba empezando, y habría de ir cubriendo el valle con otro aguacero primaveral. La luz se había vuelto metálica de nuevo, con un matiz descolorido, como cuando se mira a través de prismáticos, que solo podía presagiar un chaparrón violento.

Habló Van Brunt, regodeándose:

—Ya viene la lluvia.

—Eso parece —dijo Juan, tomando por fin la carretera. Los neumáticos tenían el dibujo en buen estado, pero al dejar atrás el asfalto notó como el caucho resbalaba un poco sobre el lodo grasiento y cómo la parte posterior patinaba e iba describiendo un pequeño arco. Pero tocaba fondo, y el autobús avanzaba pesadamente por la carretera. Juan metió segunda. Probablemente dejaría puesta esa marcha durante todo el trayecto.

El señor Pritchard se hizo oír por encima del sonido palpitante del motor.

—¿Cómo de largo es este rodeo?

—No lo sé —contestó Juan—. Nunca he hecho este camino. Dicen que unos veinte o veinticinco kilómetros, algo así.

Se inclinó sobre el volante y levantó la vista de la carretera para mirar a la virgen de Guadalupe en su pequeño altar sobre el salpicadero.

Juan no era hombre de convicciones religiosas profundas. Creía en el poder de la Virgen como los niños pequeños creen en el poder de sus tíos. Era una muñeca, una diosa, un amuleto y una pariente. Su madre —la irlandesa— se había unido por matrimonio a la familia de la Virgen y la había aceptado, al igual que había aceptado a la madre y a la abuela de su marido. La Guadalupana se convirtió en su diosa y en familiar suyo.

Juan se había criado a la vista de aquella señora de los faldones anchos, en pie sobre la luna nueva. De niño la veía por todas partes: encima de la cama para velarle el sueño, en la cocina para vigilar la preparación de las comidas, en el pasillo para dar la bienvenida y despedir al que entrara o saliera de la casa, y en la puerta del zaguán[8] para poder oírle mientras jugaba en la calle. Tenía dedicada una capilla hermosa en la iglesia, estaba también en el aula del colegio y, por si esa no fuera omnipresencia suficiente, la llevaba alrededor del cuello en una medallita y cadena doradas. Podía escapar de la vigilancia de su madre, de su padre o de sus hermanos, pero la Virgen morena estaba siempre con él. A sus demás parientes podía engañarlos, despistarlos, tenderles trampas y mentirles, pero la Guadalupana se enteraba de todo, hiciera lo que hiciera. Le confesaba sus cosas, pero no era más que una formalidad, ya que de todos modos las sabía. Se trataba más de relatar lo que había movido a uno a hacer tal o cual cosa que de informar de lo que se hubiera hecho. Era otra tontería, porque ella conocía ya los motivos. Tenía aquella expresión en el rostro, una media sonrisa como si estuviera a punto de soltar una carcajada. No solo le comprendía; además le divertía. No parecía que sus espantosos crímenes infantiles le hicieran merecedor del infierno, si es que aquella expresión tenía algún significado.

---

[8] En castellano en el original.

Así, de niño Juan la había amado muy profundamente, y confiaba en ella, y su padre le había dicho que su cometido especial era velar por los mexicanos. Cuando veía por la calle a niños alemanes o gringos sabía que a su Virgen le importaban un rábano, porque no eran mexicanos.

Si a esto se añade que Juan no creía en ella con la mente y sí con todos los sentidos, queda dicho quién era para él nuestra señora de Guadalupe.

El autobús se iba deslizando por la carretera embarrada, avanzando muy lentamente y dejando profundos surcos a su paso. Juan echó una mirada fugaz a la Virgen y dijo para sus adentros: «Sabes que últimamente no he sido feliz, y que por un sentido del deber que no es propio de mí no he querido salir de las trampas en las que he ido cayendo. Y ahora estoy a punto de dejar una decisión en tus manos. No puedo asumir la responsabilidad de huir de mi mujer y abandonar mi pequeño negocio. Podría haberlo hecho cuando era más joven, pero ahora me he vuelto blando y flojo a la hora de tomar decisiones. Y es esto lo que dejo en tus manos. No he tomado esta carretera por propia voluntad. Me he visto obligado a venir por la voluntad de esta gente a la que no les importo nada yo, ni mi seguridad, ni mi felicidad, sino solamente sus propios planes. Creo que ni siquiera han reparado en mí. No soy más que un motor para llevarlos adonde van. Yo me ofrecí a llevarlos de vuelta. Ya lo oíste. Te dejo a ti la decisión, y así sabré cuál es tu voluntad. Si el ómnibus se queda atascado de manera que por medios normales pueda sacarlo y continuar la ruta, eso haré. Si tomando las precauciones habituales el autobús queda a salvo y no se sale de la carretera, tomaré esas precauciones. Pero si tú, en tu sabiduría, quieres enviarme una señal dejando que se hunda en el barro hasta los ejes, o haciendo que se salga de la carretera y acabe en una zanja donde yo ya no pueda hacer nada, sabré que ves con buenos ojos lo que quiero hacer. Entonces me marcharé, y que esta gente se las apañe por su cuenta. Me marcharé y desapareceré. Jamás volveré con Alice. Dejaré atrás esta vida que llevo como quien se quita una muda de ropa interior. Se hará lo que decidas».

Le hizo un gesto de asentimiento a la virgen y le sonrió; ella también lucía su sonrisita. Ella sabía lo que iba a pasar, pero, por supuesto, eso no tenía forma de saberlo él. No podía huir sin su sanción. No podía prescindir de la aprobación de la Virgen. Decidirlo le correspondía a ella directamente. Si le importaba mucho que volviera con Alice, allanaría el camino y haría que el autobús llegara a su destino, y él sabría que había de permanecer de por vida con lo que tenía.

Respiró, llenando de aire hasta arriba los pulmones, emocionado y con un brillo en los ojos. Mildred veía su cara en el espejo retrovisor. Se preguntó qué clase de terrible alegría le embargaba como para iluminar su rostro de ese modo. He ahí a un hombre, pensó ella, un hombre rotundamente viril. Era la clase de hombre que querría para sí una mujer totalmente femenina, porque él no tendría nada de femenino, ni siquiera en parte. Estaría satisfecho de su propio sexo. Nunca trataría de comprender a las mujeres, y eso sería un alivio. Simplemente tomaría de ellas lo que deseaba. Se le pasó el asco que había sentido hacia sí misma, y volvió a encontrarse bastante bien.

Su madre redactaba mentalmente otra carta. «Ahí estábamos, en aquella carretera embarrada, a muchos kilómetros de cualquier parte. Ni el conductor conocía la carretera. Y es que podía ocurrir cualquier cosa. Cualquier cosa. No había ni una casa a la vista, y ya empezaba a llover».

Empezaba a llover. No eran las rachas y arranques repentinos de la mañana, sino una lluvia densa, machacona y concienzuda que arrojaba una buena cantidad de litros por hora en una zona determinada. Y no había viento. Era un aguacero puro y vertical. El autobús siseaba y salpicaba por la pista llana, y cuando hacía girar un poco las ruedas delanteras, Juan notaba cómo resbalaba el tren trasero del vehículo.

—¿No tiene cadenas? —preguntó a voces Van Brunt.

—No —dijo Juan muy contento—. No ha habido forma de conseguirlas desde antes de la guerra.

—No creo que consiga llegar —vaticinó Van Brunt—. En llano no hay problema, pero de aquí a poco tendrá que empezar a subir la cuesta.

Señaló con la mano hacia el este, a las montañas hacia las que se iban arrastrando.

—El río va a dar contra un risco —informó a gritos a los demás pasajeros—. La carretera pasa por encima del risco. No creo que lo consigamos.

Para Pimples había sido una mañana de conflictos y tensiones. En su vida no había muchos momentos relajados de todas formas, pero aquel día había resultado especialmente desgarrador. El cuerpo le ardía de excitación. Pimples rebosaba de los jugos concupiscentes de la adolescencia. Tanto sus horas de vigilia como las de sueño las ocupaba una única meta. Pero su reacción era tan variable ante un mismo estímulo que de un momento a otro se sentía tan lujurioso como un cachorro frotándose contra una cortina, al siguiente se encontraba sumido en una sopa espesa de idealismo, y al siguiente aullaba de culpa y se acusaba a sí mismo. Sentía entonces que estaba solo, que él y solo él era el máximo pecador del universo. Contemplaba con adoración servil el autocontrol de Juan y de otros hombres a los que conocía.

Desde que se había presentado ante su vista, anhelaba a Camille con todo su cuerpo y espíritu, y su ansia pasaba de las imágenes lujuriosas protagonizadas por ambos a visiones en las que estaba casado con ella y sentaba la cabeza. En un momento dado se sentía casi lo bastante osado como para pedírselo a las claras sin más, y al siguiente, una mirada de ella en su dirección le sumía en un bochorno aplastante.

Una vez más había intentado hacerse con un asiento desde el que pudiera observarla sin que ella se diera cuenta, y otra vez había fracasado. Podía verle el cogote, pero a Norma la veía de perfil. Fue así como solo entonces se dio cuenta Pimples del cambio en Norma, y al darse cuenta, respiró hondo. No era la misma. Sabía que no era más que maquillaje, pues se notaba el lápiz de cejas y el carmín desde donde estaba sentado, pero no fue eso lo que le acaloró, acelerando el flujo de sangre caliente por su estómago. Estaba transformada. Había en ella una feminidad consciente y deliberada ausente hasta ese momento, y los fluidos vitales desbocados de Pimples le susurraron al oído. Si, como en realidad sabía en el fondo, no tenía nada que hacer con Camille, quizá podía llegar a algo con Norma. No le intimidaba tanto como la diosa Camille. De forma inconsciente se puso a idear planes para atrapar a Norma, abrumándola. Se le estaba formando una pústula nueva justo delante de la oreja izquierda. La rascó sin pensar, y el rojo airado de su tez maltrecha corrió por su mejilla. Miró disimuladamente la uña responsable del estropicio, se metió el dedo en el bolsillo y la limpió. Se había hecho sangre en la mejilla. Sacó el pañuelo y se lo apretó contra la cara.

El señor Pritchard estaba inquieto por llegar a su destino y a tiempo para el enlace. Sentía un hormigueo molesto que no le permitía reposar ni relajarse. Había tratado de reírse de ello para sus adentros. Había recurrido a todos los métodos habituales para librarse de pensamientos desagradables, y no habían dado resultado.

Ernest Horton había calificado de chantaje el plan del señor Pritchard, y había dado a entender, poco menos, que pensaba que Elliott Pritchard robaría la idea de la funda para trajes oscuros si no se le vigilaba. Aquello había indignado al señor Pritchard en un primer momento: un hombre de su prestigio y posición... Luego pensó: «Sí, tengo un prestigio y una posición entre mi propia gente, pero aquí no tengo nada. Estoy solo. Este hombre me toma por un chorizo. Y no puedo mandarle a ver a Charlie Johnson para que se haga una idea de lo equivocado que está». Aquello perturbaba sobremanera al señor Pritchard. Ernest había ido aún más lejos. Había dado por supuesto que el señor Pritchard era la clase de hombre que acudiría a un piso para estar con unas rubias. Eso no lo había hecho en la vida. Tenía que demostrarle a Ernest Horton que, en lo que se refería a él, su juicio era errado. ¿Pero cómo hacerlo?

El señor Pritchard tenía el brazo sobre el respaldo del asiento, y Ernest estaba sentado solo en el asiento de detrás. El motor del autobús, que marchaba en segunda, bramaba con fuerza, y la vieja carrocería vibraba ruidosamente. Solo había una manera: ofrecerle a Ernest Horton algo, algo franco y honrado, para que viera que el señor Pritchard no era un chorizo.

Le volvió a la mente una noción vaga. Se dio la vuelta.

—Me ha parecido interesante lo que dijo sobre lo que hace su empresa con las ideas nuevas.

Ernest le miró, divertido. Aquel tipo quería algo. Sospechaba que lo que quería el buen hombre era apuntarse a alguna fiesta. El jefe de Ernest era de esa cuerda. Quería que las conferencias fuesen nocturnas, acababa siempre en una casa de putas y luego siempre se hacía el sorprendido por cómo había llegado allí.

—Tenemos muy buenas relaciones —dijo Ernest.

—Se trata de una pequeña idea que tuve —dijo el señor Pritchard—. Una cosilla que se me ocurrió. Se la puede quedar si la quiere y le sirve de algo.

Ernest aguardó sin comentarios.

—Piense en los gemelos —dijo el señor Pritchard—. Yo siempre uso puño vuelto y gemelos, y una vez puestos los gemelos, hay que quitárselos para poder quitarse la camisa. Y si quiere uno arremangarse para lavarse las manos también tiene que quitárselos. Es fácil colocarlos antes de ponerse la camisa, pero entonces no pasan las manos por el puño, y con la camisa puesta es difícil ponérselos. ¿Ve a lo que me refiero?

—Hay unos que encajan haciendo clic —observó Ernest.

—Sí, pero no han tenido mucho éxito. Siempre anda uno dejando alguna de las piezas en un sitio que luego no recuerda, y se pierden.

El autobús se detuvo de repente. Juan metió primera y enseguida volvió a avanzar. Hubo una sacudida al topar con un bache, y otra más al pasar por encima las ruedas traseras, tras lo cual el autobús prosiguió lentamente su camino. La lluvia percutía con fuerza sobre el techo. El limpiaparabrisas gemía contra el vidrio.

El señor Pritchard se recostó un poco más sobre el respaldo y se arremangó para dejar al descubierto sus sobrios gemelos de oro.

—Ahora supongamos que en lugar de enganches o un pasador, tuvieran un muelle. Al pasar la mano por el puño, el muelle cedería; así puede uno arremangarse para lavarse las manos y luego gracias al muelle los gemelos vuelven a quedar ceñidos.

Observó atentamente el rostro de Ernest.

Estaba pensativo, con los ojos entornados.

—Pero… ¿qué aspecto tendría? El muelle tendría que ser de acero, o no podría durar.

—En eso ya he pensado —aseguró con entusiasmo el señor Pritchard—. Los de la gama más barata pueden llevar un muelle con baño de oro o plata. Pero los caros, los de oro puro o platino —los de calidad— en lugar de un pasador llevarían un tubo, y con el puño de la camisa sobre la muñeca, vaya, el muellecito desaparece en el interior del tubo.

Ernest asintió lentamente:

—Pues sí. Sí, señor. Parece bastante bien pensado.

—Le regalo la idea —dijo el señor Pritchard—. Es suya, para que haga con ella lo que quiera.

—Mi empresa se dedica a otro tipo de artículos de regalo, pero quizá..., quizá pudiera convencerles. Lo que más vende en el mundo —hablando de cosas para hombres, quiero decir— son las hojas de afeitar o los complementos para el afeitado, las estilográficas y lapiceros, y la joyería. Uno que no escribe ni cinco líneas al año un buen día se compra una estilográfica de las finas por quince dólares. ¿Las joyas? Sí, señor, hay alguna posibilidad. ¿Qué querría usted a cambio si les parece buena la idea?

—Nada —aseguró el señor Pritchard—. Absolutamente nada. Es suya. Me gusta poder ayudar a un joven con futuro. —Empezaba a sentirse bien de nuevo. Pero ¿y si tenía éxito la cosa, esta ocurrencia suya? ¿Y si generaba un millón de dólares de beneficio? ¿Y si...? Pero ya había hablado y era fiel a su palabra. Era cautivo de su palabra. Si Ernest quería mostrarse agradecido, era cosa suya—. No quiero nada de nada —repitió.

—Pues es pero que muy amable por su parte. —Ernest sacó una libreta del bolsillo, apuntó algo y arrancó la página—. Claro que con algo así me haría falta una transferencia por escrito. Si tiene un momento libre mientras esté en Hollywood, quizá podría llamarme para hablar un poco de negocios. Quizá haya cosas que podamos hacer. —El párpado izquierdo le bajó rápida y levemente al decirlo, y enseguida sus ojos miraron a otro lado y se posaron un instante sobre la señora Pritchard. Le pasó el papel al señor

Pritchard y dijo—: Aloha Arms, Hempstead 3255, apartamento 12B.

El señor Pritchard se ruborizó un poco, sacó la cartera y guardó en ella el papel, metiéndolo bien hasta el fondo de uno de los bolsillos. En realidad no le hacía falta guardarlo. Podía deshacerse de él a la primera ocasión, pues tenía buena memoria. Pasarían años antes de que olvidase aquel número de teléfono. El sistema, su sistema de toda la vida, se había puesto en marcha en su cabeza. Tres y dos son cinco y repetir. Luego Hempstead. *Hemp* es cáñamo. Cáñamo amarillo; *instead*, «en lugar de», y para las cuerdas no vale usar otra cosa en lugar del cáñamo. Empleaba cientos de trucos nemotécnicos como aquel. Cáñamo amarillo, cáñamo rubio. Aquel papelito le quemaba los dedos. A veces Bernice miraba en su cartera para buscar suelto. Le decía él que mirara. Pero tenía aquella sensación de peligro en el estómago, una sensación sucia, como de que le hubieran llamado ladrón.

Se dirigió a su mujer:

—¿Te encuentras bien, chiquilla?

—Sí. Creo que lo he podido vencer. Me he dicho a mí misma: «No lo voy a permitir. No permitiré que interfiera en las vacaciones de mi amorcito».

—Me alegro —dijo el señor Pritchard.

—Y dime, querido, ¿cómo es que se os ocurren estas ideas a los hombres?

—Bueno, te vienen a la cabeza y ya está. Esta me vino por esa camisa nueva con los ojales pequeños. Me quedé atrapado en ella hace unos días y casi tengo que pedir socorro.

Ella sonrió.

—Qué lindo eres —dijo. Él alargó el brazo, le puso la mano en la rodilla y apretó. Ella le dio una palmadita juguetona en la mano y él la retiró enseguida.

Norma había vuelto la cabeza y le hablaba a Camille al oído. Hablaba tan bajo como podía, porque sabía que Pimples trataba de escuchar. Era consciente de su mirada, y en cierto modo le halagaba. Jamás en su vida había sentido tal confianza en sí misma como en aquel momento.

—Familia, lo que se dice familia, no tengo, la verdad. —Estaba abriendo su corazón a Camille, explicando su vida entera con todos los pormenores. Quería que Camille lo supiera todo de ella, cómo había sido antes de aquella mañana y cómo era ahora, y eso convertiría a Camille en familia suya y la vincularía a aquella criatura hermosa y segura de sí misma—. Cuando estás sola, haces unas cosas muy raras —dijo—. Yo solía mentirle a la gente. Me inventaba cosas, fantasías. Hacía cosas… como si mis fantasías fueran reales. ¿Sabes lo que hacía? Me imaginaba, por ejemplo, que tal estrella de cine era…, bueno, mi marido.

Se le había escapado. No había sido su intención ir tan lejos. Se ruborizó. No tenía que haberlo contado. Era un poco como fallarle al señor Gable. Pero lo pensó un poco y encontró que no era así. Lo que sentía por el señor Gable ya no era del todo lo mismo que antes. Había trasladado esos sentimientos a Camille. Se llevó una impresión al darse cuenta. Se preguntó si no estaría siendo veleidosa.

—Es por no tener familia ni amigos —explicó—. Supongo que si no los tienes, te los inventas. Pero ahora, bueno, si conseguimos un apartamento, no tendría que inventarme nada.

Camille apartó la cara para no ver aquella desnudez de la mirada de Norma, lo completamente indefensa que estaba. «¡Vaya por Dios! —pensó—. ¿En qué lío me he ido a meter ahora? Tengo un bebé a mi cargo. Voy y me dejo enredar. ¿Cómo ha podido pasar? Voy a tener que renovar mi aspecto y vivir mi vida, y de aquí a nada seguro que me muero de aburrimiento y estaré demasiado metida como para poder dejarlo. Si Loraine se ha librado de ese publicista y podemos volver a vivir juntas, ¿qué voy a hacer con esto? ¿Cómo empezó? ¿Cómo demonios me he metido en esto?».

Se volvió hacia Norma.

—Oye, cariño —le dijo secamente—. Yo no he dicho que lo podamos hacer. Dije que ya veríamos. Hay mucho de mí que tú no sabes. Para empezar, estoy comprometida, y mi novio cree que la boda puede ser bastante pronto. Así que, verás, si él quiere que sea ya, pues no podré irme a vivir contigo.

Camille vio cómo asomaba la desesperación a los ojos de Norma, como un horror frío, y cómo se le aflojaban el semblante, la boca y los músculos de los hombros y brazos. Camille se dijo: «Puedo alquilar una habitación en la próxima ciudad y hacer tiempo hasta que se haya ido. Puedo darle esquinazo. Puedo… ¡Dios!, ¿Cómo he podido caer en esto? Estoy demasiado cansada. Necesito un baño caliente».

En voz alta dijo:

—No te lo tomes tan a pecho, cielo. A lo mejor él no está preparado aún. A lo mejor…, mira, cielo, quizá sí salgan bien las cosas. A lo mejor sí. De verdad. Ya veremos.

Norma apretó fuerte los labios y entornó los ojos. Las vibraciones del autobús le hacían temblar la cabeza. Camille no quería mirarla. Al cabo de un rato Norma consiguió dominarse. Dijo con calma:

—Igual es que te avergüenzas de mí, y no te culpo. Yo solo puedo trabajar de camarera, pero si me quisieras enseñar, a lo mejor podría llegar a ser ayudante en una clínica dental, como tú. Estudiaría por las noches y de día trabajaría de camarera. Me pondría a ello en serio, y entonces no tendrías que avergonzarte de mí. No sería tan duro si tú me ayudaras.

Camille sintió una ola abrumadora de náusea en el estómago. «¡Ay, Dios de los cielos! Ahora sí que estoy atrapada.

¿Qué le digo ahora? ¿Le cuento otra mentira? ¿Sería mejor contarle a esta chica cómo me gano la vida, con pelos y señales? ¿O sería todavía peor? Igual la escandalizo y ya no me quiere como amiga. Quizá fuera lo mejor. No, lo mejor será darle esquinazo entre una multitud, digo yo».

Norma iba diciendo:

—A mí me gustaría tener lo que se dice una profesión digna, como tú.

Desesperada, Camille respondió:

—Mira, cariño, estoy derrengada, no puedo pensar. Llevo días viajando. Estoy demasiado agotada para pensar en nada. Vamos a dejar el tema por ahora. Luego ya veremos.

—Lo siento —dijo Norma—. Me emocioné y se me olvidó. No volveré a sacar el tema. Entonces, ya veremos, ¿no?

—Sí, ya veremos.

El vehículo se detuvo con una sacudida. Ya se iban acercando a las estribaciones, y se entreveía el terreno verde y ondulado a través de la lluvia. Juan se incorporó a medias para comprobar el estado de la vía. Había un gran hoyo en la carretera, un hoyo lleno de agua; no había forma de estimar su profundidad. Quizá podía engullir el autobús entero. Echó una mirada fugaz a la virgen. —¿Lo intento? —preguntó con voz inaudible. Tenía las ruedas delanteras al borde de la charca. Sonrió, metió marcha atrás y retrocedió unos seis metros.

—¿Lo va a intentar atravesar a la carrera? Se atascará —dijo Van Brunt.

Los labios de Juan se movieron en silencio. —Amiguito mío, si tú supieras —susurró—. Si supierais todos. —Metió la primera y se lanzó hacia el hoyo. Salieron despedidas sendas cortinas de agua con un ruido rompiente. Las ruedas traseras se quedaron en el agujero. El vehículo resbalaba y se debatía. Las ruedas traseras giraron sin agarrar, el motor bramó y las ruedas sacaron a duras penas la carrocería tambaleante y la deslizaron lentamente hasta el otro lado. Juan metió segunda y reanudó su lenta marcha.

—Aquello debía ir mezclado con algo de grava —le comentó por encima del hombro a Van Brunt.

—Bueno, espere a que empiece la cuesta arriba —previno Van Brunt en tono ominoso.

—¿Sabe?, cualquiera diría que no quiere usted llegar a su destino. Me da que le hacen ilusión los obstáculos —dijo Juan.

La carretera empezó a ascender y el agua ya no se estancaba. El agua bajaba por las cunetas llenas a los costados. Las ruedas de tracción del autobús resbalaban hacia los surcos y removían el barro. De repente Juan supo lo que iba a hacer si el autobús se quedaba atascado. Antes no había caído. Había pensado ir quizá a Los Ángeles y buscar un empleo de camionero, pero no lo iba a hacer. Llevaba cincuenta dólares en el bolsillo. Siempre llevaba esa cantidad por si tenía una avería, y eso le bastaría. Se marcharía a pie, pero no muy lejos. Buscaría un lugar bajo techo y esperaría a que dejase de llover. Quizá incluso durmiera en alguna parte. Para comer se llevaría una de aquellas tartas. Luego, cuando hubiese descansado, volvería a la carretera asfaltada, haría autostop y esperaría en una estación de servicio hasta que alguien le llevase. Iría a dedo hasta San Diego y después cruzaría la frontera a Tijuana. Ahí se estaría bien, y podría pasarse dos o tres días tumbado en la playa. La frontera no sería problema para él. Del lado de acá diría que era norteamericano. Del otro sería mexicano. Después, cuando estuviera listo, dejaría la ciudad, quizá haciendo autostop o simplemente cruzando las colinas a pie entre los arroyuelos, quizá hasta Santo Tomás, y allí esperaría al cartero. Compraría un montón de vino en Santo Tomás, pagaría al cartero, y después iría península abajo, pasaría por San Quintín, hasta más allá del canal de

Ballenas. Le podía llevar dos semanas entre las rocas y el desierto espinoso para llegar luego a La Paz. Se aseguraría de que le quedase todavía algo de dinero. En La Paz tomaría un barco para cruzar el Golfo hasta Guaymas o Mazatlán, o incluso Acapulco, y en cualquiera de esos lugares habría turistas. Habría más en Acapulco que en Guaymas o Mazatlán. Y allá donde hubiera turistas peleados con el idioma español en tierra extraña, a Juan le iría bien. De lugar en lugar se iría acercando a México D. F., y ahí sí que había turistas. Podría llevar visitas guiadas, y con eso había muchas maneras de ganar dinero. No le haría falta mucho.

Se rio para sus adentros. ¿Cómo demonios había podido aguantar tanto tiempo aquella vida? Era libre. Podía hacer lo que le diera la gana. Que le buscaran si querían. Quizá apareciera algo en la prensa de Los Ángeles y todo. Pensarían que estaba muerto y buscarían su cadáver. Alice armaría un buen jaleo durante un tiempo; la haría sentirse muy importante. En México había mucha gente que sabía hacer frijoles. A lo mejor se liaba una temporada con una de esas norteamericanas de México D. F. que se refugiaban allí para no pagar impuestos. Con unas cuantas mudas de ropa buena, Juan sabía que resultaría más que presentable. ¿Cómo carajo no había vuelto antes?

Ya sentía el olor de México en la nariz. No era capaz de imaginar por qué no lo había hecho antes. ¿Y los pasajeros? Que se las apañaran por su cuenta. No estaban muy lejos de zonas habitadas. Estaban tan acostumbrados a recurrir a otros para que les solucionasen los problemas que habían olvidado cómo cuidar de sí mismos. Les sentaría bien. Juan sabía cuidar de sí mismo, y quería ponerse a ello ya. Había llevado una vida de lo más estúpido, preocupado por llevar tartas de una a otra ciudad. Pues bien, aquello se había terminado.

Levantó la vista con disimulo para mirar a la Guadalupana.

—Descuida, cumpliré con mi palabra —dijo en un susurro—. Los llevaré a su destino si es lo que quieres. Pero aun así puede que me acabe marchando igual.

Se le inundó la mente de imágenes de las colinas soleadas de la Baja California y el calor abrasador de Sonora, del aire fresco de la mañana en la meseta mexicana con el olor de la leña de pino en las cabañas y el olor a palomitas de las tortillas al tostarse. Le asaltó una añoranza dulce y emocionante. El sabor de las naranjas frescas y el picor de los chiles. ¿Pero qué hacía en este país? No era su lugar.

El telón de los años se fue levantando, y sobre el fondo de la embarrada carretera rural veía, oía y olía México, el parloteo de las voces en los mercados, el graznido del guacamayo en el jardín, los puercos peleando en la calle, las flores, el pescado y las muchachas morenas, tímidas, con sus rebozos[9] azules. Qué raro haberlo olvidado durante tanto tiempo. Su añoranza lo llamaba hacia el sur. Se preguntaba qué clase de trampa demencial le había retenido aquí. De pronto le asaltó la impaciencia por encontrarse lejos de allí. ¿Por qué no podía simplemente pegar un frenazo, abrir la puerta y salir andando bajo la lluvia? Se imaginaba las caras estupefactas que le seguirían con la mirada y sus furibundos comentarios.

Volvió a echar un vistazo a la virgen.

—Mantendré mi palabra —susurró—. Los llevaré a su destino si puedo.

Sintió que las ruedas patinaban en el barro y sonrió a la virgen de Guadalupe.

[9] En castellano en el original.

Ahora el curso del río se arrimaba a las colinas, llevando consigo su seto de sauces, y la carretera se hacía a un lado para mantener la distancia. La lluvia iba perdiendo fuerza, y desde la carretera se veía el agua de color amarillo claro arremolinarse en la amplia cuenca del río, arrastrando y retorciendo jirones de espuma sucia. Más adelante la carretera subía por la colina, y en la cima había un tajo amarillo, como un acantilado, y la carretera pasaba junto al mismo. En la cima misma de la pared de roca amarilla, en grandes letras borrosas, se leía la palabra «arrepentíos». Escribir aquello allí con pintura negra tuvo que haber sido una tarea larga y peligrosa para la criatura fanática que lo hizo, y apenas se leía ya.

En la pared de arenisca había cuevas talladas por la erosión del viento y excavadas por los animales; parecían ojos oscuros que miraban fijamente desde el muro amarillo.

Aquí los cercados eran bastante sólidos, y en los pastos elevados había vacas rubias con el pelaje oscurecido por la lluvia, algunas de las cuales habían parido ya a sus terneros de la primavera. Las vacas iban siguiendo con lentos movimientos de cabeza el paso del autobús en su camino renqueante, y a una vieja loca de entre ellas le entró el pánico y huyó, coceando y corcoveando, como si con eso pudiera hacer huir al vehículo.

La calzada había cambiado. La grava ofrecía mejor agarre al vehículo. La carrocería iba dando botes y sacudidas sobre la gravilla de los surcos anegados, pero las ruedas no patinaban. Juan miró con recelo a la virgen. ¿Le engañaba acaso? ¿Iba a permitirle llegar y obligarle a tomar él mismo una decisión? Eso sería una jugarreta. Sin una señal del cielo Juan no sabría qué hacer. La carretera describía una amplia curva alrededor de una vieja granja y luego empezaba la subida en serio hacia la pared de roca.

Juan había vuelto a meter la marcha corta, y del tubo de rebose salía una voluta de vapor que se enroscaba sobre el radiador. El punto más elevado de la carretera pasaba justo al lado de la pared y sus cuevas oscuras. Casi con rabia, Juan aceleró el motor. La gravilla salía despedida de debajo de las ruedas. Había un punto en el que la cuneta estaba obstruida y fluía una mezcla de agua y tierra sobre la calzada. Juan aceleró y se lanzó sobre aquella franja oscura. Las ruedas delanteras la cruzaron y las traseras se quedaron removiendo el barro espeso. La parte trasera del autobús dio unos bandazos, las ruedas giraron sin agarrar y el extremo posterior del vehículo se hundió pesadamente en la zanja.

A Juan se le pintó una sonrisa maligna. Aceleró el motor y las ruedas se hundieron cada vez más. Dio marcha atrás, y volvieron a girar sin agarrar, esta vez abriendo unos hoyos a su medida en los que se asentaron firmemente, y el diferencial quedó apoyado sobre el suelo. Juan dejó marchar en vacío al motor. Por el retrovisor vio la cara de asombro con la que le miraba Pimples.

Juan no había caído en que Pimples se daría cuenta. Estaba boquiabierto. Tenía que haberlo pensado antes. Si la calzada no es firme, no hay que dejar girar las ruedas. Juan leía las preguntas en la mirada de Pimples. ¿Por qué lo había hecho? No era tan estúpido. Sus miradas se cruzaron a través del retrovisor, y no se le ocurrió otra cosa que guiñarle disimuladamente un ojo. Pero vio una expresión de alivio en el rostro de Pimples. Si era parte de un plan, entonces bueno. Si había segundas intenciones Pimples le seguiría la corriente, pero entonces una idea horrible se le pasó por la cabeza. ¿Y si era por Camille? Si Juan la quería para él, Pimples no tendría nada que hacer. No podía competir con Juan.

El vehículo había quedado muy inclinado. Las ruedas traseras estaban enterradas y la parte delantera se alzaba sobre la carretera. Sweetheart parecía un insecto herido. Entonces el rostro de Van Brunt ocultó el reflejo del de Pimples en el espejo. Tenía la cara roja de ira y con un dedo huesudo cortaba el aire bajo las narices de Juan.

—Ya lo ha hecho —gritó—. Nos ha dejado tirados. Lo sabía. ¡Por Dios que lo sabía! ¿Cómo voy a llegar al juzgado ahora? ¿Cómo nos va a sacar de esta?

Juan apartó el dedo de un revés.

—Sáqueme el dedo de la cara. Ya me tiene harto. Y ahora vuelva a su sitio.

La mirada airada de Van Brunt vaciló. De repente comprendió que aquel hombre estaba fuera de sí. No temía a la Comisión de Ferrocarriles, ni a nadie. Van Brunt retrocedió un poco y volvió a su asiento inclinado.

Juan cerró el contacto y el motor enmudeció. La lluvia repiqueteaba sobre el techo del autobús. Estuvo un momento posando las palmas sobre el volante y entonces se volvió a mirar hacia los pasajeros.

—Muy bien —dijo—. Hasta aquí hemos llegado.

Ellos le miraban fijamente a su vez, conmocionados por la situación. El señor Pritchard dijo en voz baja.

—¿No nos puede sacar?

—Aún no he salido a mirar.

—Pero me parece a mí que estamos bastante atascados. ¿Qué piensa hacer?

—No lo sé —dijo Juan. Quería verle la cara a Ernest Horton, para ver si se había dado cuenta de que lo había hecho a propósito, pero estaba oculto detrás de Norma. Camille no mostraba reacción alguna. Ya había esperado demasiado tiempo como para impacientarse.

—Quédense en sus asientos —dijo Juan. Se incorporó sobre el asiento del autobús inclinado y empujó la palanca de la puerta. El cierre chasqueó, pero la puerta no se abría. Juan se levantó, apoyó el pie sobre la puerta y la abrió de un empujón. Se oía el rumor de la lluvia sobre la carretera y sobre la hierba. Salió entre la lluvia y fue hasta la parte trasera del vehículo. Sintió fría la lluvia que le caía oblicuamente sobre la cabeza.

Había hecho un buen trabajo. Seguramente haría falta una grúa o quizá incluso un tractor para sacarlo. Se agachó y miró debajo para cerciorarse de lo que ya sabía. Los ejes y el diferencial descansaban sobre el suelo. Los pasajeros estaban asomados a las ventanas, con sus semblantes distorsionados por el vidrio mojado. Juan se incorporó y volvió a subir al autobús.

—Bueno, señores, creo que no van a tener más remedio que esperar. Lo siento, pero no olviden que todos quisieron venir por esta ruta.

—Yo no —dijo Van Brunt.

Juan se volvió y casi se le echa encima.

—¡No se meta más en esto, carajo! No me haga enfadar, porque me falta esto para enfadarme.

Van Brunt vio que hablaba en serio. Bajó la vista hasta sus manos y se puso a pellizcar la piel suelta de sus nudillos y a frotarse la mano izquierda con la derecha.

Juan se sentó de lado en el asiento del conductor. Echó un vistazo fugaz a la virgen. «Vale, vale —le dijo en su cabeza—, he hecho un poco de trampa, ya lo sé. No mucho, pero un poco sí. Supongo que tienes motivo para ponérmelo un poco difícil».

En voz alta, dijo:

—Voy a tener que adelantarme a buscar un teléfono y pedir una grúa. Haré que les manden a ustedes un taxi. No debería llevarme mucho tiempo.

Van Brunt habló en un tono más circunspecto:

—No hay ningún pueblo en seis kilómetros a la redonda. La antigua granja de los Hawkins está como a kilómetro y medio, pero está vacía desde que se la quedó el Bank of America. Tendrá que llegar a la carretera del condado, y eso está a más de seis.

—Pues si hay que ir, hay que ir —dijo Juan—. Llega un momento en que ya más no te puedes mojar.

Pimples tuvo un arrebato de afecto.

—Voy yo —dijo—. Usted quédese aquí y voy yo.

—No. Es tu día libre —Juan se echó a reír—. A disfrutarlo, Kit.

Alargó la mano hacia el salpicadero, abrió el cierre de la guantera con la llave y después la puertecita.

—Aquí hay un poco de *whisky* para emergencias —dijo.

Se quedó parado. ¿Debía llevarse la pistola, un buen revólver Smith & Wesson del calibre 45 con un cañón de seis pulgadas? Sería una lástima dejarla atrás, pero por otra parte, llevarla encima sería un engorro. Si se metía en algún lío, la pistola pesaría en su contra. Decidió dejarla. Si iba a abandonar a su mujer, cómo no iba a poder abandonar su arma. Alegremente, anunció—: Por si les ataca algún tigre, aquí dentro tienen una pistola.

—Tengo hambre —dijo Camille.

Juan le sonrió.

—Tome estas llaves y abra el maletero de atrás. Hay un montón de tartas.

Volviéndose hacia Pimples con una sonrisa burlona, le dijo:

—No te las comas todas, hijo. Bueno, se pueden quedar en el autobús o pueden sacar la lona de la parte de atrás y ponerla en el suelo ahí en las cuevas si quieren. Hasta pueden encender una hoguera si consiguen encontrar algo de leña seca. Haré que les manden un coche lo antes posible.

—Me gustaría ir yo en su lugar —dijo Pimples.

—No, tú quédate por aquí y cuida de todo —respondió Juan, y vio aparecer un destello de placer en el rostro de Pimples. Se abotonó la chaqueta, bien ceñida sobre el pecho.

—Esperen por aquí y no se muevan —dijo, y bajó del autobús.

Pimples salió tras él. Le siguió unos cuantos pasos hasta que Juan se volvió a esperarle.

—Señor Chicoy, ¿qué es lo que está tramando?

—¿Tramando?

—Sí. Verá…, bueno, dejó girar las ruedas.

Juan le posó la mano sobre el hombro.

—Mira, Kit, un día te lo cuento. Tú espérame, ¿vale?

—Sí, claro, señor Chicoy, es solo que… me gustaría saberlo, nada más.

—Te lo contaré cuando tengamos un momento a solas. Ocúpate de que estos no se maten entre ellos durante un rato, ¿puedes?

—Sí, claro —accedió Pimples, inquieto—. ¿Cuánto cree que va a tardar en volver?

—No lo sé —respondió Juan con impaciencia—. ¿Cómo quieres que lo sepa? Haz lo que te digo.

—Claro. Sí, claro —dijo Pimples.

—Y cómete todas las tartas que quieras —añadió Juan.

—¡Pero habrá que pagarlas, señor Chicoy!

—Claro —dijo Juan, y se fue alejando por la carretera bajo la lluvia. Sabía que Pimples le seguía con la mirada y también que intuía algo. Pimples sabía que iba a huir. Ahora Juan ya no se sentía bien por ello. No era la sensación que había esperado. La cosa ya no pintaba tan bien, no le daba gusto ni se sentía tan libre. Se detuvo y se volvió a mirar. Pimples volvía a subir al autobús.

La carretera pasaba junto a la pared con sus cuevas de piedra erosionada. Juan se apartó de la carretera por una esquina y se puso un momento a cubierto. Las cuevas y los salientes que tenían encima eran mayores de lo que parecían desde fuera, y además estaban bastante secas. Delante de la entrada de la mayor de ellas había tres piedras ennegrecidas por el fuego y una lata abollada. Juan volvió a la carretera y siguió su camino.

La lluvia iba aflojando. A su derecha, ladera abajo, podía ver el gran meandro del río y cómo torcía y volvía a atravesar el valle entre los campos verdes anegados. La tierra estaba demasiado mojada. Había un olor a descomposición en el aire, a gruesos tallos verdes fermentando. La carretera que tenía por delante estaba azotada y gastada por la lluvia, pero no por rueda alguna. Ningún vehículo había pasado por allí en mucho tiempo.

Juan agachó la cabeza entre la lluvia y apretó el paso. No estaba muy contento. Trató de evocar la nitidez soleada de México, las muchachitas con sus rebozos azules y el olor de los frijoles al fuego, y en lugar de ello fue Alice la que acudió a su mente. Alice, asomada a la puerta mosquitera. Y pensó en el dormitorio con sus cortinas floreadas. A ella le gustaban las cosas agradables; le gustaban las cosas bonitas. Ahí estaba aquella colcha, una gran manta bordada que había tejido ella misma a base de cuadraditos, sin que hubiera dos del mismo color. Decía que podía sacar más de cien dólares por ella. Y la había tejido ella de principio a fin.

Y pensó en los grandes árboles, y en lo agradable que era echarse en una bañera de agua caliente. Era el primer cuarto de baño de verdad que había tenido sin contar los de los hoteles. Y siempre había una pastilla de jabón oloroso. «No es más que una maldita costumbre —se dijo—. Una maldita trampa. Te acostumbras a algo y ya crees que te gusta. Lo superaré como quien se quita un resfriado. Claro que será doloroso. Me preocuparé por Alice. Tendré remordimientos. Me haré reproches, y puede que no duerma bien. Pero lo superaré. Pasado un tiempo ya no pensaré más en ello. Es una maldita trampa, nada más». Entonces se le apareció el rostro de Pimples, confiado y con su expresión cálida. «Ya te lo contaré más adelante. Te contaré toda la historia, Kit Carson». No eran muchas las personas que habían confiado en Juan de aquella manera.

Trató de pensar en el lago de Chapala, y sobre las pálidas aguas en calma vio a Sweetheart, el ómnibus, atascado en el barro.

Camino adelante y cuesta abajo hacia la izquierda, en un hueco entre las estribaciones, vio una casa, un establo y un molino de viento con las aspas rotas y colgando. Sería la antigua granja de los Hawkins. Justo la clase de refugio que había pensado. Se pondría a cubierto, quizá en la casa, pero era más probable que escogiera el establo. Un establo viejo suele estar más limpio que una casa vieja. Seguramente habría algo de heno o paja ahí dentro. Se acurrucaría ahí dentro y dormiría. No pensaría en nada. Dormiría quizá hasta la misma hora del día siguiente, y luego caminaría hasta la carretera del condado, donde haría autostop. ¿Qué más le daban a él los pasajeros? «No se pueden morir de hambre. No les hará ningún daño. Les hará bien. No es asunto mío».

Bajó aprisa la colina hacia la vieja granja de los Hawkins. Se pondrían a buscarle. Alice pensaría que lo habían matado y llamaría a algún *sheriff*. A nadie se le habría ocurrido jamás que iba a desaparecer así. Ahí estaba la gracia. Nadie le habría creído capaz. Muy bien, ya verían. Sería llegar a

San Diego, cruzar la frontera, coger la furgoneta de correos hasta La Paz. Alice avisaría a la policía.

Se detuvo y se volvió a mirar atrás, hacia la carretera. Sus huellas eran bien visibles, pero la lluvia seguramente las borraría, y podía ir borrando su rastro luego si quería. Se apartó de la carretera y fue hacia la granja de los Hawkins.

La antigua casa no tardó en quedar en ruinas una vez que la abandonaron. En sus visitas los vagabundos rompieron las ventanas y robaron los caños de plomo y la grifería, y las puertas no tardaron en salirse de los goznes a portazos. El antiguo y oscuro papel pintado, arrancado por tormentas de viento y agua, dejaba al descubierto una base de papel hecha de periódicos viejos con tiras cómicas antiguas: *Foxy Grandpa*, *El pequeño Nemo*, *Happy Hooligan* y *Buster Brown*. Los vagabundos que habían pasado por allí habían dejado sus desperdicios y quemado los marcos de las puertas en el viejo hogar ennegrecido. El olor del abandono, la humedad y la amargura impregnaba la casa. Juan se asomó por la entrada principal, entró, olió aquel aire de casa abandonada y salió por la puerta trasera hacia el establo.

La valla del corral estaba derribada y la gran puerta había caído, pero el interior del establo olía a fresco. Las casillas se veían pulidas allí donde los caballos se habían frotado contra la madera. Había telarañas en los rincones. Entre las trampillas del estiércol había todavía cajas de velas con cepillos gastados y almohazas oxidadas, así como un collar viejo, una cincha y unas bridas que colgaban de unos estantes junto a la puerta. El cuero del collar estaba agrietado y sobresalía el relleno del interior.

El establo no tenía pajar. Se había utilizado toda la parte central para almacenar heno. Juan rodeó el tabique de la última casilla. El interior estaba en penumbra, y la luz atravesaba los tablones rotos del tejado. El suelo estaba cubierto de paja corta, vieja y oscura que desprendía un olor algo mustio. Quieto junto a la entrada, Juan podía oír los chillidos de los ratones y también olerlos. Desde lo alto de una viga dos lechuzas de color crema le miraron un momento y volvieron a cerrar sus ojos amarillos.

Había escampado ya hasta el punto de que no se oía más que un débil repiqueteo sobre el tejado. Juan fue hasta un rincón y apartó con el pie la polvorienta capa superior de paja. Se sentó y luego se echó hacia atrás, reposando la cabeza sobre las manos. El establo estaba animado por todas partes por ruiditos sigilosos, pero Juan estaba muy cansado. Tenía los nervios a flor de piel y se sentía indigno. Pensó que si dormía quizá se encontraría mejor.

Antes en el autobús había disfrutado por anticipado de una sensación orgásmica de plenitud y libertad. Pero ya no se sentía igual. Estaba abatido. Le dolían los hombros, y ahora que estaba echado y se podía relajar no tenía sueño. «¿Es que nunca voy a ser feliz? —se preguntó—. ¿No hay nada que hacer?». Trató de recordar viejos tiempos en los que le parecía que había sido feliz, cuando había sentido puro gozo, y le vinieron a la mente pequeñas imágenes. Había una, muy temprano por la mañana, con el aire fresco, el sol saliendo por detrás de las montañas y pajaritos grises dando saltitos sobre un camino embarrado. No había razón para la alegría, pero la alegría estaba ahí.

Y otra. A la caída del sol un caballo lustroso frotaba su hermoso cuello contra una valla, las codornices cantaban y de alguna parte llegaba el sonido de una caída de agua. Solo recordarlo le hacía contener la respiración.

Y otra. Iba montado en una carreta con una prima suya. Ella era mayor que él…, no recordaba qué aspecto tenía. Al esquivar el caballo un pedazo de papel que llegó revoloteando, ella se le vino encima, y para enderezarse apoyó la mano sobre la pierna de Juan. Sintió un estallido de placer en el estómago y un gozo tal que le dolió la cabeza de gusto.

Y otra. Estaba a medianoche en una gran catedral tenuemente iluminada, con un olor penetrante, primitivo, a incienso de copal que le picaba en la nariz. Sostenía una velita delgada con un lazo de seda atado a media altura. Como en un sueño, el suave murmullo de la misa le llegaba desde el lejano altar principal, sumiéndole en un bienestar soñoliento.

Se le relajaron los músculos y durmió entre la paja del granero abandonado. Los tímidos ratones advirtieron que dormía y salieron de debajo de la paja a jugar y trajinar mientras la lluvia susurraba con suavidad sobre el tejado.

CAPÍTULO 15

Los pasajeros vieron cómo Juan se alejaba y desaparecía tras lo alto de la colina. No dijeron nada, ni siquiera cuando Pimples volvió a subir al autobús y ocupó su lugar en el asiento del conductor. Los asientos estaban inclinados, y cada pasajero hizo lo que pudo para ponerse cómodo.

Por fin el señor Pritchard preguntó, a nadie en particular:

—¿Cuánto creen que tardará en conseguir que vengan a recogernos?

Van Brunt se frotó nerviosamente la mano izquierda.

—No podrán ser menos de tres horas. Le espera una caminata de seis kilómetros y medio. Aunque consiga mandarnos un coche, les costará una hora ponerse en marcha y otra llegar hasta aquí. Eso si es que vienen. No estoy seguro de que haya alguien dispuesto a venir por esta carretera. Tendríamos que haber ido con él a ver si nos recogían en la carretera del condado.

—No podemos —dijo el señor Pritchard—. Tenemos aquí todo el equipaje.

—No quise decirte nada cuando se te ocurrió esta locura, Elliott. Después de todo, son tus vacaciones —dijo la señora Pritchard.

Hacía un rato que tenía ganas de explicarle a los demás pasajeros cómo unas personas tan distinguidas como los Pritchard habían acabado a bordo de un autobús..., cómo habían llegado a verse en una situación así. Seguro que les intrigaba, pensaba ella. Se volvió y empezó a contarles.

—Salimos en tren, un tren muy bueno: el City of San Francisco, un tren rápido con suplemento, muy cómodo. Y entonces al rarito de mi marido se le ocurrió la idea loca de hacer parte del viaje en autobús. Pensaba que así vería mejor el campo.

—Pues lo estamos viendo, chiquilla mía —respondió él amargamente.

—Mi marido decía que había perdido contacto con la realidad —continuó ella—. Quería ver de qué hablaba la gente, la gente del pueblo. —Su voz empezaba a destilar una malicia sutil—. A mí me pareció una tontería, pero eran sus vacaciones al fin y al cabo. Es él quien ha estado trabajando tan duro para contribuir al esfuerzo bélico. Las esposas no tenían tanto que hacer, arreglárselas con el racionamiento nada más, y ese tipo de cosas, como el que no hubiera comida en las tiendas. Dos meses pasamos sin probar la ternera. No había más que pollo.

El señor Pritchard miró a su esposa con cierta sorpresa. No era normal en ella aquel tonillo, y tuvo un efecto extraño sobre él. De repente le sorprendió notar que se estaba enfadando, y era una ira desaforada e irracional la que se desataba en su interior. Era aquel tono lo que la había provocado.

—Ojalá no hubiéramos venido —dijo—. Yo no quería venir. Habría descansado muy a gusto jugando un poco al golf y durmiendo en mi propia cama. Yo nunca quise venir.

Los demás pasajeros observaban la escena con curiosidad e interés. Se aburrían. Aquello prometía. La ira de la pareja iba dominando el ambiente del autobús.

—Madre, papá, ya está bien —dijo Mildred.

—Tú no te metas —saltó el señor Pritchard—. Yo no quería venir. No quería venir en absoluto. Odio salir al extranjero, sobre todo a países sucios.

La señora Pritchard apretó los labios hasta que se le volvieron blancos y en sus ojos apareció una mirada gélida.

—A buenas horas me lo dices. ¿Quién hizo todos los planes y compró todos los billetes? ¿Quién nos metió en este autobús, para que nos quedáramos atascados en el quinto pino? ¿Quién? ¿Fui yo?

—¡Madre! —gritó Mildred. Jamás había escuchado a su madre hablar de aquella forma.

—Y una cosa me llama la atención. —Se le quebró un poco la voz a la señora Pritchard—. Con lo que yo me esfuerzo. Este viaje, una vez que esté todo pagado, va a costar tres o cuatro mil dólares. Si no querías venir, yo podía haber construido la casita de orquídeas que quiero desde hace tanto tiempo, una pequeña casita de orquídeas, nada más. Dijiste que no sería dar muy buen ejemplo, mientras duraba la guerra, pero la guerra ya terminó y ahora nos embarcamos en un viaje que no querías hacer. Bueno, pues ahora me lo has echado a perder también a mí. Ya no lo voy a poder disfrutar. Todo lo echas a perder. ¡Todo! —exclamó, tapándose los ojos con la mano.

Mildred se puso en pie.

—Basta ya, madre. ¡Déjalo, ahora mismo!

La señora Pritchard gimoteó un poco.

—Si no paras, me voy a pie —dijo Mildred.

—Márchate —dijo la señora Pritchard—. Márchate si quieres. Tú no entiendes nada.

A Mildred se le endureció el gesto. Cogió su gabardina y se la puso.

—Voy a ir hasta la carretera del condado.

—Son seis kilómetros y medio —dijo Van Brunt—. Se le estropearán los zapatos.

—Estoy acostumbrada a caminar. —Tenía que salir de allí; el odio a su madre amenazaba con desbordarla y la estaba poniendo enferma.

La señora Pritchard había sacado el pañuelo y el aroma de lavanda se propagaba por todo el autobús.

—A ver si te calmas —dijo Mildred con aspereza—. Ya sé lo que pretendes hacer. Te va a dar una jaqueca para castigarnos. Ya me lo conozco, otro de tus falsos dolores de cabeza —espetó, feroz—. No pienso quedarme aquí a ver cómo te sales con la tuya.

Pimples miraba, fascinado. Respiraba por la boca.

La señora Pritchard miró horrorizada a su hija.

—¡Cariño! ¡No creerás eso!

—Empiezo a creerlo —respondió Mildred—. Esas jaquecas llegan demasiado oportunamente.

—Mildred, ya está bien —terció el señor Pritchard.

—Me voy.

—¡Mildred, te lo prohíbo!

Ella se volvió y se encaró con él.

—¡Tú y tus malditas prohibiciones! Me voy —exclamó, abrochándose los botones de la pechera.

El señor Pritchard alargó la mano.

—Mildred, por favor, cariño…

—He tenido suficiente. Necesito un poco de ejercicio.

Descendió del autobús y se alejó rápidamente.

—Elliott —exclamó la señora Pritchard—. Detenla, Elliott. No dejes que se vaya.

Le dio unas palmaditas en el brazo a su mujer.

—Tranquila, chiquilla. No le pasará nada. Estamos irritables, nada más. Todos lo estamos.

—Ay, Elliott —se quejó ella—. Si pudiera echarme y descansar un poco. Cree que finjo las jaquecas. Elliott, si ella cree eso me mato. Ay, si me pudiera estirar.

—Señora, tenemos unas lonas en la parte de atrás —le informó Pimples—. Las usamos para tapar el equipaje cuando lo llevamos en la baca. Si su marido quiere llevarle una hasta la cueva esa, se puede tumbar ahí.

—Bueno, esa es una idea estupenda —dijo el señor Pritchard.

—¿Echarme encima de la tierra húmeda? Ni hablar.

—No, encima de una lona. Puedo preparar una camita acogedora para mi nenita buena.

—Ay, no sé —dudó ella.

—Mira, querida —insistió él—. Mira, voy a enrollar mi abrigo. Ahora reposa aquí la cabeza, así. Y dentro de un ratito vengo a buscarte y te llevo a tu camita.

Lloriqueó un poco.

—Y descansa la cabeza sobre la almohada y cierra los ojos.

—El señor Chicoy me dijo que sacara las tartas si alguien tenía hambre —anunció Pimples—. Hay de cuatro sabores, y están bastante buenas, además. Ahora mismo me comería yo un trozo.

—Vamos a por esa lona primero —dijo el señor Pritchard—. Mi mujer está agotada. Está casi al límite de sus fuerzas. Ahora ayúdame a prepararle una cama, ¿quieres?

—Vale —dijo Pimples. Le pareció que se las estaba arreglando bastante bien en ausencia de Juan. Se encontraba animado y a gusto. Su estado de ánimo resultaba aparente en su postura, pues tenía los hombros echados hacia atrás y los ojos pálidos y lobunos le brillaban de confianza en sí mismo. Solo una cosa preocupaba a Pimples: ojalá hubiera tenido la precaución de echar un par de zapatos viejos al maletero del autobús. Lo más seguro era que sus *oxfords* bicolores acabaran muy mal por culpa del barro, y volver a dejarlos limpios iba a suponer una ardua tarea con un cepillo de dientes. Y tampoco podía dar la impresión de no querer manchárselos, pues eso sería indicio a ojos de Camille de que no era un tío *echao p'alante*. No la impresionaría un hombre pendiente de sus zapatos, por mucho que fueran *oxfords* blancos y marrones recién estrenados.

—Voy a echar un vistazo a esas cuevas —dijo Ernest, levantándose y avanzando a pulso hasta la puerta del autobús. Van Brunt refunfuñó algo y le siguió.

La señora Pritchard acomodó su mejilla sobre el abrigo del señor Pritchard y cerró los ojos. Estaba muy consternada. ¿Cómo podía haber discutido con él en público?..., ¡con su propio marido! Nunca había sucedido antes. Cuando no había más remedio que enfrentarse siempre procuraba que estuvieran solos. Ni siquiera a Mildred se le permitía oír sus disputas. Consideraba vulgar reñir cuando otros la podían oír, y además, rompía con una imagen que llevaba años cultivando, un relato según el cual disfrutaba de un matrimonio ideal gracias a la dulzura de su carácter. Todos sus conocidos así lo creían. Ella misma lo creía. Con su propio esfuerzo había construido un matrimonio precioso, y ahora había tropezado. Habían reñido. Se le había escapado lo de la casita de las orquídeas.

Llevaba unos años deseando tener aquella casita, desde el día en que había visto un artículo en *Harper's Bazaar* sobre una tal señora de William O. Mackenzie que tenía una. Las fotografías eran preciosas. La gente hablaría de la señora Pritchard y diría que tenía una casita de orquídeas que era una auténtica monada. Era algo precioso y muy valioso. Era mejor que las joyas o los abrigos de piel. Gente a la que ni conocía oiría hablar de su casita de orquídeas. Se había informado discretamente y en detalle sobre tales proyectos. Había visto distintos planos. Conocía los precios de los sistemas de calefacción y humidificadores. Sabía dónde se compraban los ejemplares originales y cuánto costaban. Había consultado libros sobre reproducción, y todo ello muy a escondidas, porque sabía que llegado el momento en que pudiera tener la casita, el señor Pritchard querría averiguar todas esas cosas y contárselas. No podía ser de otra forma. A ella ni siquiera le irritaba. Era un modo de vida, simplemente, la forma en la que había convertido su matrimonio en un éxito. Ella se mostraría impresionada por sus conocimientos y le pediría consejo acerca de todo.

Sin embargo, le preocupaba haber dejado que aquello saliera a relucir en un momento de ira. Un error semejante podía suponerle un retraso de seis meses o más. Su plan consistía en que lo sugiriera él, y por medio de una reticencia calculada lograr que él fuera venciendo su resistencia. Pero ahora que se había mencionado el asunto en un momento de ira, él tendría un bloqueo en contra. A menos que en adelante tuviera mucho cuidado, era posible que nunca se aviniera. Había sido algo estúpido por su parte, además de vulgar.

Podía oír los cuchicheos de Norma y Camille en el asiento de atrás. Tenía los ojos cerrados y se la veía tan encogida y tan indispuesta que no se podían imaginar que les estuviera escuchando.

Norma iba diciendo:

—Una cosa que me gustaría aprender de ti es cómo manejas…, bueno, a los tíos.

Camille soltó una risa breve y seca.

—¿A qué te refieres?

—Bueno, mira a Pimples. Se nota que ha estado… intentándolo contigo, tú no le das ninguna cancha, y a la vez no parece que le estés negando nada. Y luego mira al otro, el vendedor. Ese es bastante espabilado, pero lo has manejado como si nada. Me encantaría saber cómo lo haces.

Camille se sintió complacida. Por mucho que le preocupara aquella incipiente rueda de molino, le halagaba la admiración. Ahora era el momento de contarle a Norma que no era ayudante dental, de hablarle de la copa de vino gigante y las despedidas de soltero, y sin embargo, no era capaz.

Lo cierto era que no quería escandalizar a Norma. Quería ser admirada.

—Lo que me gusta es que nunca te pones cortante ni desagradable, y aun así no te ponen un dedo encima —continuó Norma.

—No me había dado cuenta —dijo Camille—. Debe de ser como una especie de instinto. —Rio entre dientes—. Una amiga que tengo, esa sí que sabe manejar a los hombres. Le importa todo un pepino, y es bastante mala con ellos. Bueno, pues Loraine, que así se llama, estaba más o menos comprometida con uno que tenía un buen trabajo, así que no le daba problemas. Loraine quería un abrigo de piel. Ya tenía una chaqueta corta de piel de lobo y un par de prendas de zorro blanco, cómo no, porque es una chica muy querida. Es bonita y menudita y cuando está entre chicas no paras de reírte con ella. Así que quería un abrigo de visón, no uno corto, sino uno de verdad, de los largos, y esos valen tres o cuatro mil dólares.

Norma silbó entre dientes.

—¡Dios es Cristo!

—Pues bien, una tarde me dice Loraine:

»—Bueno, creo que ya toca ir a por mi abrigo de visón.

»—Me tomas el pelo —le contesto.

»—¿Crees que te tomo el pelo? Me lo va a regalar Eddie.

»—¿Cúando te lo ha dicho? —le pregunto. Loraine se me ríe.

»—No me lo ha dicho. Él ni lo sabe aún.

»—Ya —le digo—. Mira, tú estás como una cabra.

»—¿Qué te juegas? —me dice. A Loraine le gusta apostar por todo. A mí no me van las apuestas, así que le pregunto cómo lo piensa conseguir y me dice—: Si te lo cuento, ¿me guardarás el secreto? Es fácil. Conozco a Eddie. Esta noche le voy a chinchar, y no voy a dejar de chincharle hasta que se cabree. Y luego voy a seguir hasta que me pegue un puñetazo. Igual hasta tengo que arrimar la cara, porque cuando Eddie va algo borracho no suele acertar. Luego dejaré que se vaya cociendo en su propio jugo. Lo conozco. Acabará arrepentido y sintiéndose mala persona. ¿Quieres jugarte algo? Hasta puedo ponerte un plazo. Apuesto a que para mañana por la noche ya tengo el abrigo.

»Como yo no hago apuestas, le dije:

»—Dos monedas de cincuenta a que no.

Norma estaba boquiabierta, fascinada, y entre los párpados cerrados de la señora Pritchard se reflejó un destello de luz.

—¿Lo consiguió? —preguntó Norma.

—Pues el domingo por la mañana fui a su casa. Loraine tenía un ojo a la funerala, morado pero de verdad, llevaba un parche por encima y además tenía un corte en la nariz.

—¿Y el abrigo?, ¿lo consiguió?

—Ya lo creo —dijo Camille, con el ceño fruncido y una expresión de perplejidad—. Tenía el abrigo, y era una hermosura de abrigo. Entonces se quitó toda la ropa. Solo estábamos nosotras dos. Volvió el abrigo del revés, se lo puso para sentir el pelo sobre la piel, y luego se echó a rodar por el suelo sin parar, riendo como una loca.

Norma exhaló lentamente el aliento que había contenido.

—Dios. ¿Y para qué hacía eso?

—No lo sé. Era como si…, bueno, como si se volviera un poco loca, algo chiflada.

La señora Pritchard tenía las mejillas encendidas. Respiraba agitadamente, notaba un hormigueo en la piel y una sensación de picor y comezón en las piernas y el estómago que nunca había sentido antes, y además sentía una excitación que solo había conocido una vez en la vida, y aquello había sido montando a caballo hacía mucho tiempo.

—No me parece bien —dijo Norma en tono juicioso—. Si de verdad quería a Eddie y él se iba a casar con ella, no me parece que estuviera bien lo que hizo.

—A mí tampoco —convino Camille—. Me inquietaba eso de Loraine y se lo dije, pero lo que me dijo ella fue: «Las hay que prefieren andarse con rodeos. Yo lo quería ya. Al final es lo mismo, de una manera o de la otra. Alguna iba a camelarse a Eddie».

—¿Y se casó con él?

—Pues no. No se casaron.

—Seguro que ni le quería —dijo Norma, acalorándose—. Seguro que no hacía más que aprovecharse de él.

—Puede ser —concedió Camille—, pero ha sido amiga mía durante mucho tiempo, y siempre que he necesitado algo, ahí estaba. Una vez que tuve una pulmonía se quedó levantada conmigo tres días y tres noches. Yo estaba en la ruina, y fue ella la que pagó al médico.

—Nunca se sabe, supongo —dijo Norma.

—No, supongo que no. De todas formas, tú preguntaste por lo de manejar a los hombres.

La señora Pritchard se estaba flagelando con palabras. Su reacción la había asustado. Se dijo a sí misma, susurrando incluso las palabras: «Qué historia tan horrible, tan vulgar. Qué bestias esas jóvenes. Así que esto es lo que entiende Elliott por mezclarse con el pueblo llano. Ay, qué horror. Y es que nos olvidamos de cómo es la gente, lo grosera y malvada que puede llegar a ser. Querida Ellen —escribió frenéticamente, con el hormigueo de la excitación recorriéndole todavía el interior de los muslos—. Querida Ellen, el viaje entre San Ysidro y San Juan de la Cruz fue espantoso. El autobús se quedó atascado en una zanja y tuvimos que esperar sentados durante horas. Mi Elliott fue un amor y me preparó una cama dentro de una cueva, qué cosa. Dijiste que yo siempre viviría aventuras, ¿recuerdas? Pues las he vivido. Iban en el autobús dos chicas ordinarias, analfabetas, una de ellas camarera y la otra bastante mona. Una ya sabes qué. Estaba yo descansando y debieron de creer que estaba dormida, así que no dejaban de hablar. No podría poner por escrito lo que dijeron. Aún sigo ruborizada. La gente bien criada no tiene idea de cómo viven estas criaturas, es algo increíble. Yo siempre digo que es la ignorancia. Si tuviéramos mejores escuelas y si —por decirlo todo— los que debiéramos dar ejemplo diéramos un ejemplo mejor, estoy segura de que las cosas cambiarían, poco a poco, pero sin duda cambiarían».

Ellen leería aquella carta a otros en voz alta una y otra vez. «Acabo de recibir carta de Bernice. Está viviendo unas aventuras de lo más emocionante. Bueno, ya sabéis, como hace siempre. Quiero que oigáis lo que dice. Nunca he conocido a nadie con tanta capacidad para ver el lado bueno de las personas como Bernice».

Norma iba diciendo:

—Si a mí me gustara un tío no se me ocurriría hacerle algo así. Si quisiera hacerme un regalo, tendría que pensarlo y elegirlo él.

—Sí, bueno, yo también lo veo así —dijo Camille—. Pero yo no tengo un abrigo de piel, ni siquiera de los que solo llegan a la cintura. Y Loraine tiene tres.

—Pues a mí no me parece justo —dijo Norma—. No creo que me cayera bien Loraine.

«¡Dios de mi vida! —exclamó para sí Camille—. Que no sabes si te caería bien Loraine... ¿Tienes la menor idea de lo que pensaría Loraine de ti?». No, pensó, no es verdad. Loraine seguramente tomaría a aquella chica de la mano y la ayudaría a buscar casa y trabajo. Se dijera lo que se dijera de Loraine, nadie podía negar que tenía buen corazón.

CAPÍTULO 16

Mildred mantenía gacha la cabeza para evitar que la lluvia le empañase las gafas. Le dio gusto sentir la grava de la carretera bajo los pies y el ejercicio la hizo respirar hondo. Le daba la impresión de que iba oscureciendo. No podía ser muy tarde, y una cierta luz vespertina hacía que lo que era de color claro, como el cuarzo y las calizas, pareciese aún más claro, y que lo oscuro, como los postes de los cercados, pareciese negro.

Caminaba deprisa, con los pies azuzando el suelo y los talones golpeando la gravilla. Trataba de alejar la discusión de sus pensamientos. No recordaba haber visto nunca antes pelearse a su madre y a su padre, pero no había parecido que les faltara práctica; lo habían hecho con un aire de rutina que daba a entender que estaba lejos de ser algo raro entre ellos. Su madre debía procurar que las disputas tuvieran lugar en el dormitorio, donde nadie les pudiera oír. Había creado y mantenido una historia del matrimonio perfecto. Aquella vez la tensión había llegado al límite y no había dormitorio al que retirarse. Se habían destilado maléficas gotitas de ponzoña amarilla en aquella disputa que perturbaban a Mildred. Era un veneno que iba rezumando de manera sutil, no una rabia abierta y a la cara, sino más bien una ira secreta, sigilosa, que hería con una hoja fina y afilada para luego ocultar enseguida el arma.

Y aún quedaba por delante ese interminable viaje a México. ¿Y si Mildred no volvía? ¿Y si seguía caminando, hacía autostop y desaparecía?, ¿si alquilaba una habitación en alguna parte, quizá junto al mar, y pasaba el tiempo entre las rocas o en la playa? La idea le agradaba mucho. Podía preparar sus propias comidas y conocer a otra gente en la playa. Era una idea ridícula. No tenía ningún dinero. Su padre era muy generoso, pero no con el dinero en efectivo. Podía cargar en su cuenta la ropa que compraba y firmar cheques en los restaurantes, pero la cantidad de dinero en metálico que llevaba era siempre muy escasa. Su padre era generoso, pero muy curioso. Quería saber qué compraba y dónde comía, y de esas cosas se podía enterar por las facturas mensuales.

Podía ponerse a trabajar, cómo no. Lo iba a hacer muy pronto de todas formas, pero aún no era el momento. No, iba a tener que capear el temporal. Tenía que pasar como pudiera el trago de aquel viaje espantoso a México, tan maravilloso si hubiera podido ir sola, y luego volver a la universidad. No pasaría mucho tiempo hasta que empezara a trabajar, y a su padre eso le parecería bien. Le diría a Charlie Johnson: «Yo le daría lo que me pidiera, pero no, tiene demasiada iniciativa. Se gana la vida por su cuenta». Y lo diría con orgullo, como si alguna virtud propia jugara un papel en ello, y nunca se daría cuenta de que ella trabajaba para poder tener un poco de intimidad, para poder tener su propio apartamento y algo de dinero para sus gastos, para cosas que él no supiera.

En casa, por ejemplo, tenía permiso para ir a la licorera siempre que quisiera, pero sabía que su padre recordaba el nivel exacto de líquido que había en cada botella, y que si tomaba tres copas él lo sabría de inmediato. Siempre quería estar al tanto de todo.

Se quitó las gafas, las limpió con el forro del abrigo y se las volvió a poner. Vio sobre la carretera las huellas de Juan, sus zancadas largas. Había lugares en los que le había resbalado el pie sobre una piedra, y trechos embarrados en los que eran visibles las marcas enteras de sus suelas, con los bordes rotos por el impulso de la puntera. Mildred trató de caminar pisando las huellas, pero la zancada era demasiado larga para ella, y al rato notó el tirón en los muslos.

Era un hombre extraño y cautivador, pensó. Se alegró de haber superado aquella locura de la mañana. No tenía ningún sentido, lo sabía. La interacción del mal humor con las funciones glandulares..., todo eso ya lo sabía. Y también sabía que era una chica de impulsos sexuales poderosos. Llegaría el momento, en un futuro no muy lejano, en el que tendría que casarse o bien establecer alguna clase de relación permanente. Sus episodios de desazón y necesidad se iban haciendo más frecuentes. Pensó en el rostro moreno de Juan y en sus ojos luminosos, pero no le afectó. Desprendía simpatía y sinceridad, sin embargo. Le gustaba.

Al salvar la colina, vio la granja abandonada abajo y se sintió fascinada. La subyugaba lo lúgubre del lugar. Supo que no podía pasar de largo sin echarle un vistazo a la casa. Apretó el paso. Había despertado todo su interés.

«El banco ejecutó la hipoteca —había dicho Van Brunt—, y la familia se tuvo que mudar; al banco no le podía interesar una casa vieja. Era la tierra lo que querían quedarse».

Sus zancadas eran ahora casi tan largas como las de Juan. Bajó aprisa y pisando hacia uno y otro lado hasta el pie de la colina y al camino embarrado de la granja; de repente se detuvo: las huellas de Juan se desviaban hacia allí. Siguió un poco más por la carretera para ver si volvían a salir por alguna parte y continuaban, pero no encontró ninguna otra huella más adelante.

«Tiene que seguir ahí dentro —se dijo—. ¿Pero por qué? Iba a la carretera del condado. Aquí no puede haber un teléfono». Se volvió más cautelosa al darse cuenta de que no sabía lo que estaba pasando, y que no sabía gran cosa de aquel hombre. Atravesó despacio la entrada, se apartó del camino y fue por la hierba para no hacer ningún ruido rasposo sobre la gravilla.

Había un aire de peligro en aquella casa abandonada. Recordó viejas historias en la prensa sobre asesinatos en lugares como aquel. El miedo le atenazó la garganta. «En fin —se consoló—, puedo dar media vuelta y largarme. Nadie me lo impide. Nadie me obliga a entrar, pero sé que tengo que hacerlo. Sé que no me voy a ir. Quizá esas chicas a las que asesinaron también podían haber escapado. Puede que se lo buscaran ellas mismas».

Tuvo una visión de sí misma tendida sobre el suelo de una de las habitaciones, estrangulada o apuñalada, y hubo un detalle de la visión que la hizo reír: seguía con las gafas puestas. ¿Y qué sabía ella de Juan? Tenía una mujer y un negocio. Entonces recordó un titular. «Padre de tres hijos comete un brutal asesinato. Párroco asesina a un cantante del coro». «¿Por qué asesinan a tantos cantantes de coro y organistas? —se preguntó—. Parece que ser cantante de coro es una actividad de alto riesgo. Cada tanto aparecen coristas asesinados detrás del órgano». Se rio. Sabía que iba a entrar en la casa. ¿Debía entrar pisando fuerte o hacerlo sigilosamente y sorprender a Juan Chicoy en medio de lo que estuviera haciendo? Quizá solo había parado para ir al baño.

Posó cuidadosamente el pie sobre el escalón y vaciló un momento al crujir las tablas del suelo bajo su peso. Recorrió toda la casa abriendo armarios. En la cocina había una lata de pimienta derramada y una percha para abrigos en el armario del dormitorio. Volvió la cabeza hacia un lado para ver las tiras cómicas antiguas que asomaban bajo el papel despegado de las paredes. Leyó una, la de *Happy*

Hooligan. La mula, Maud, recogía las patas y lanzaba una coz; Cy salía volando por los aires con las huellas de los cascos de la mula marcadas en el fondillo del pantalón.

Volvió a mirar hacia delante. ¿Por qué no había pensado antes en el establo? Mildred volvió sigilosamente al porche de la entrada y se fijó bien en los tablones del suelo. Se veía el rastro húmedo de los zapatos de Juan. Siguió el rastro hasta el salón y lo perdió. Luego fue hasta la puerta trasera abierta y se asomó al exterior. ¡Qué tonta había sido, andando a hurtadillas! Allí estaban las huellas que salían, y se dirigían, en efecto, hacia el establo.

Bajó por los escalones rotos y siguió el rastro que atravesaba el terreno y pasaba junto al viejo molino. Entró en el establo y se detuvo a escuchar. No se oía ruido alguno. Pensó en dar voces, pero desistió. Lentamente, fue recorriendo la hilera de casillas hasta llegar a la última. Sus ojos tardaron un rato en acostumbrarse la luz. Se detuvo ante la entrada que daba a la parte central. Desaparecieron todos los ratoncitos en un abrir y cerrar de ojos. Entonces vio a Juan tumbado boca arriba con las manos bajo la cabeza. Tenía los ojos cerrados y respiraba de forma acompasada.

«Puedo marcharme —se dijo Mildred—. Nadie me lo impide. Será culpa mía. Solo quiero tenerlo presente. Él está a lo suyo. ¿Pero qué tonterías digo?».

Se quitó las gafas y se las guardó en el bolsillo. Ahora veía borroso el contorno de Juan con sus ojos desenfocados, pero aún podía verle. Caminó despacio y con cuidado por el suelo cubierto de paja, y al llegar a su lado cruzó los tobillos y se dejó caer con suavidad hasta sentarse sobre ellos. Veía la cicatriz blanca del labio de Juan y oía su respiración acompasada y poco profunda. «Estaba cansado, nada más —se dijo Mildred—. Se echó un momento a descansar y se quedó dormido. No debería despertarle».

Pensó en la gente del autobús. ¿Y si ni Juan ni ella volvían? ¿Qué harían? Su madre sufriría un colapso nervioso. Su padre mandaría un telegrama al gobernador del estado, a dos o tres gobernadores. Llamaría al FBI. Aquello no iba a quedar así. Y sin embargo, ¿qué podían hacer? Ella tenía veintiún años. Cuando dieran con ella podía decir: «Tengo veintiún años y hago esto porque quiero. ¿A quién le importa?». ¿Y si se iba a México con Juan? Eso sí que sería otra historia, algo muy distinto.

Entonces toda una serie de pensamientos irrelevantes se agolparon en su mente. Si es indio o tiene sangre india, ¿cómo se le puede acercar alguien a hurtadillas sin que se dé cuenta? Se estiró las comisuras de los ojos para poder enfocar su cara. Era una cara curtida y con cicatrices pero hermosa, pensó. Tenía una boca generosa y burlona pero de aspecto bondadoso. Se mostraría tierno con una mujer. Quizá no se quedara con ella mucho tiempo, pero sería bueno con ella. Pero tenía aquella mujer, aquella mujer horrorosa, y seguía a su lado. Sabe Dios por cuánto tiempo. Sería bonita cuando se casó con ella, pero ahora era fea. ¿Qué se cocía entre esos dos? ¿Cómo le tenía atado aquella mujer horrorosa? Quizá él fuera como todos los demás, como su padre. Quizá no fueran más que los miedos y la costumbre lo que le tenía a raya. Mildred no entendía cómo podía pasarle eso a nadie, pero sabía que pasaba. Al envejecer la gente le va teniendo miedo a cosas cada vez más nimias. A su padre le asustaban una cama extraña, un idioma desconocido o un partido político al que no perteneciera. Su padre creía sinceramente que el Partido Demócrata era una organización subversiva cuyo programa destruiría a los Estados Unidos y dejaría el país en manos de comunistas barbudos. Temía a sus amigos y sus amigos le temían a él. Las puñaladas entre trepadores de la escala social, pensó Mildred.

Recorrió con la mirada el cuerpo de Juan, un cuerpo duro y fibroso que se iría volviendo más duro y fibroso a medida que envejeciera. Tenía los pantalones un poco mojados por la lluvia y ceñidos sobre las piernas. Tenía un cierto aire de pulcritud, la pulcritud de un mecánico que acaba de lavarse. Se fijó en su vientre plano y en lo ancho de su pecho. No notó ningún cambio en su respiración, ni un solo movimiento, pero tenía los ojos abiertos y la miraba. Y no parecían amodorrados por el sueño, sino vivos y alerta.

Mildred se llevó un susto. Quizá llevaba todo el rato despierto. Quizá la había visto entrar en el establo. Se encontró dando explicaciones.

—Me hacía falta un poco de ejercicio. Llevaba mucho tiempo sentada. Pensaba ir caminando hasta la carretera del condado y esperar allí al coche. Entonces he visto este sitio tan viejo. Me gustan las casas viejas.

Se le estaban durmiendo los pies. Se inclinó hacia un lado y, apoyándose sobre una mano, sacó las piernas y los pies y se tapó con cuidado la rodilla con la falda. Los pies le ardieron y hormiguearon con la sangre que regresaba.

Juan no contestó. No apartaba los ojos de su cara. Lentamente, rodó hasta quedar de lado y apoyó la cabeza sobre una mano a la altura de la oreja. Un fulgor oscuro apareció en su mirada y alzó un poco las comisuras de los labios. Era un rostro impenetrable, pensó Mildred. No había manera de ver la mente que había más allá de los ojos. O estaba todo en la superficie, o bien estaba demasiado bien protegido como para poder acceder a ello jamás.

—¿Qué haces aquí? —preguntó ella.

Él abrió un poco los labios:

—¿Qué haces tú aquí?

—Ya te lo he dicho, me hacía falta un poco de ejercicio. Te lo he dicho.

—Sí, me lo has dicho.

—¿Pero qué haces tú?

Ya no parecía tan despierto.

—¿Yo? Bueno, me senté a descansar. Me quedé dormido. No pegué ojo anoche.

—Sí, lo recuerdo. —No podía dejar de hablar. Estaba nerviosa—. Me has tenido intrigada. No estás en tu lugar. A lo de conducir un autobús, me refiero. Deberías estar en otra parte.

—¿Cómo cuál? —preguntó Juan en tono juguetón. Bajó la mirada hasta el punto en el que se cruzaban las solapas del abrigo de ella.

—Pues… —respondió un poco vacilante—. Se me pasó una idea curiosa por la cabeza mientras venía de camino. Pensé que quizá no ibas a volver, que a lo mejor seguías y volvías a México. Entiendo que yo en tu lugar podría hacer lo mismo.

Entornó los ojos y la miró fijamente.

—¿Estás loca? ¿Cómo se te ocurrió algo así?

—Bueno, se me vino a la cabeza, sin más. Tu vida, conduciendo el autobús, quiero decir, debe parecerte bastante aburrida después de…, bueno, después de la vida en México.

—¿Tú no has estado en México?

—No.

—Entonces no sabes si es aburrido o no.

—No.

Juan levantó la cabeza, estiró el brazo y apoyó la cabeza sobre él.

—¿Qué crees que les pasaría a los que se han quedado ahí atrás?

—Ah, ya se las arreglarían de alguna manera para volver. No está tan lejos. De hambre no se iban a morir.

—¿Y qué crees que le pasaría a mi mujer?

—Pues… —Mildred se quedó confusa—. En eso no había pensado.

—Sí que lo has pensado —replicó Juan—. No te cae bien. Una cosa te diré. Le cae mal a todo el mundo menos a mí. Una de las cosas que me gustan de ella es que a nadie le cae bien. —Sonrió. «Menudo embustero estoy hecho», se dijo.

—Solo ha sido una idea descabellada que tuve —dijo Mildred—. Hasta pensé que a lo mejor me escapaba yo también. Pensé en desaparecer y vivir por mi cuenta, y... bueno, no volver a ver nunca más a nadie que conozca.

Sc irguió un momento sobre las rodillas y se sentó de nuevo del otro lado.

Juan le miró la rodilla. Alargó la mano y se la tapó con la falda. Mildred dio un respingo al ver la mano que se le acercaba, y luego se relajó, pero seguía inquieta.

—No quiero que pienses que te he seguido hasta aquí.

—No quieres que lo piense, pero me has seguido —dijo Juan.

—Bueno, ¿y qué si lo hice?

La mano volvió a acercarse; se posó sobre su rodilla tapada y ella sintió que una llamarada le recorría el cuerpo.

—No es por ti —dijo ella. Tenía la garganta seca—. No quiero que pienses que es por ti. Soy yo. Sé lo que quiero. Ni siquiera me gustas. Hueles a cabra —iba hablando a trompicones—. No sabes la vida que llevo. Estoy muy sola. No puedo contarle nada a nadie.

La mirada de Juan era cálida y luminosa, parecía bañarla con su calor.

—Quizá seas diferente de la demás gente —continuó Mildred—. ¿Cómo saberlo? Pero no es por ti. Ni siquiera me gustas.

—Tú misma te montas unas discusiones tremendas, ¿no? —observó Juan.

—Mira, ¿qué vas a hacer con lo del autobús? —quiso saber ella—. ¿Vas a ir a la carretera?

El peso de la mano de Juan sobre su rodilla aumentó y luego la apartó.

—Voy a volver a sacar el autobús del hoyo y llevar a esa gente a su destino.

—¿Para qué has venido aquí entonces?

—Algo se salió de madre. Un plan que tenía se fue al garete.

—¿Cuándo vas a volver?

—Bastante pronto.

Ella le miró la mano, relajada sobre la paja que tenía delante, su piel morena, reluciente y ligeramente arrugada.

—¿No vas a intentar liarte conmigo?

Juan sonrió, y era una sonrisa bondadosa y franca.

—Sí, supongo que sí. Cuando hayas terminado de discutir contigo misma. Ahora estás de las dos partes. A ver si de aquí a poco decides si estás a favor o en contra y así se me abre algún camino por el que tirar.

—¿No…, no me deseas?

—Claro. Claro que sí.

—¿Es que sabes que voy a caer en tu regazo de todas formas, y no tienes por qué molestarte en hacer un esfuerzo?

—A mí no me metas en tu discusión —dijo Juan—. Soy más viejo que tú. A mí esto me gusta. Me gusta tanto que puedo esperar. Soy capaz de pasarme sin ello un rato y todo.

—Podrías llegar a caerme muy mal —dijo ella—. No haces nada por mi orgullo. No me fuerzas ni un poco para que luego me pueda justificar.

—Para mí que te sentirías más orgullosa si te dejan decidir por tu cuenta.

—Pues no.

—No, ya veo. En mi país las mujeres también son así. Hay que suplicar, o si no, obligarlas. Así se quedan tranquilas.

—¿Y tú? ¿Siempre eres así?

—No —respondió Juan—. Solo contigo. Viniste aquí por algo. Tú misma dijiste que no tenía nada que ver conmigo.

Mildred se miró los dedos.

—Tiene gracia. Soy lo que se dice una chica intelectual. Leo. No soy virgen. Conozco miles de casos diferentes de otra gente, pero soy incapaz de tomar yo la iniciativa. —Sonrió de modo cálido y fugaz—. ¿No podrías forzarme un poquito?

Él abrió los brazos y ella cayó a su lado sobre la paja.

—¿No me meterás prisa?

—Tenemos todo el día —respondió él.

—¿Me perderás el respeto, o te burlarás de mí?

—¿Qué más te da?

—Pues sí me importa, quiera o no.

—Hablas demasiado —dijo él—. De verdad que hablas demasiado.

—Lo sé, y nunca puedo parar. ¿Me llevarás contigo? ¿A México, quizá?

—No —dijo Juan—. Vamos a ver si eres capaz de estar callada un ratito.

CAPÍTULO 17

Pimples cogió las llaves de contacto del salpicadero y fue hasta la parte trasera del autobús. Abrió el candado que cerraba el maletero y levantó la tapa. El dulce olor de las tartas acudió a su nariz. El señor Pritchard miró al interior por encima de su hombro. El equipaje iba bien apilado y apretado dentro del compartimento.

—Me parece que hay que quitar lo demás para sacar esas lonas —dijo Pimples, y empezó a tirar de las maletas encajadas y prietas.

—Espera —objetó el señor Pritchard—. Deja que yo levante y tú tiras, así no las tendremos que sacar. —Se encaramó al parachoques y tiró hacia arriba de la maleta de abajo mientras Pimples tiraba de la pesada lona doblada. Pimples la fue moviendo de lado a lado hasta lograr sacarla de debajo del equipaje.

—Igual estaría bien aprovechar y sacar un par de tartas ahora que lo tenemos abierto —dejó caer Pimples—. Hay de frambuesa, limón y nata, pasas y crema al caramelo. Un trozo de la de crema al caramelo no nos sentaría nada mal.

—Luego —respondió el señor Pritchard—. Vamos a acomodar a mi mujer primero. —Agarró un extremo de la pesada tela, Pimples el otro y procedieron hacia la pared de las cuevas.

Era una formación bastante común. La ladera de la colina se había derrumbado en alguna época remota, dejando al descubierto una superficie lisa de caliza blanda. Poco a poco, el viento y la lluvia la fueron socavando mientras la parte superior de la colina se mantenía en su sitio gracias a la capa de suelo y a las raíces de la vegetación. A lo largo de los tiempos se fueron formando varias cuevas en la parte inferior del muro rocoso. Aquí paría una coyote a sus cachorros, y aquí, en los tiempos en los que aún existían tal cosa, venía a dormir algún oso pardo. En las cuevas más altas moraban los búhos durante el día.

Al pie de la pared se formaron tres cuevas profundas y oscuras, así como unas cuantas más pequeñas en las partes más altas. Las entradas de todas ellas estaban ahora protegidas de la lluvia por el saliente elevado de la pared. Las cuevas no eran por entero producto de la naturaleza, pues en este lugar habían descansado y vivido los indios durante sus expediciones a la caza del antílope, e incluso habían luchado aquí en batallas olvidadas. Más adelante se convirtió en parada de hombres blancos que atravesaban la zona a caballo, y tanto unos como otros fueron ensanchando las cuevas y encendiendo sus hogueras bajo el saliente.

Las manchas de humo en la arenisca eran antiguas unas, otras más bien recientes, y el suelo de las cuevas estaba bastante seco, pues a esta pequeña colina, que había perdido una de sus laderas, no le llegaba el drenaje de las otras colinas más elevadas. Había algunas iniciales inscritas en la pared de arenisca, pero la superficie era tan blanda que no tardaron en quedar ilegibles. Solo la palabra «Arrepentíos», en grandes letras desgastadas, podía leerse con claridad. El predicador trotamundos que se había descolgado de una cuerda para dejar escrita aquella gran palabra con pintura negra se habría marchado rebosante de júbilo por cómo iba propagando la palabra de Dios por un mundo pecaminoso.

El señor Pritchard, cargando todavía con su extremo de la lona, levantó la vista y vio la palabra «Arrepentíos».

—Alguien se tomó mucha molestia. Mucha molestia —dijo, y se preguntó quién habría financiado tal iniciativa. Algún misionero, supuso.

Soltaron la lona al pie del saliente y entraron a inspeccionar las cuevas. Los huecos poco profundos eran casi iguales unos a otros, de un metro y medio de altura, de unos dos metros y medio de ancho y de unos tres metros o tres y medio de profundidad. El señor Pritchard eligió la cueva más alejada hacia la derecha porque parecía más seca y porque el interior estaba algo más oscuro. Pensó que la escasa luz sería conveniente para el dolor de cabeza que se le avecinaba a su mujer. Pimples le ayudó a extender la lona.

—Ojalá tuviéramos unas ramas de pino o algo de paja para poner debajo de la lona —comentó el señor Pritchard.

—La hierba está muy mojada, y no hay ni un pino en ochenta kilómetros a la redonda.

El señor Pritchard frotó la lona con el talón de la mano para ver si el tejido estaba sucio.

—Se puede echar encima de mi abrigo y taparse con el abrigo de piel.

Ernest y Van Brunt entraron a ver la cueva.

—Podríamos pasar semanas aquí si tuviéramos qué comer —dijo Ernest.

—Pues podemos pasar bastante tiempo, ya que lo dice —respondió Van Brunt—. Si ese conductor no está de vuelta mañana por la mañana, yo me voy andando. Ya estoy harto de tonterías.

—Puedo sacar un par de tartas si les apetece —propuso Pimples.

—Eso puede ser una idea —convino Ernest.

—¿Cuál le gusta?

—Bah, cualquiera.

—La de crema al caramelo está rica. Lleva galleta integral en vez de masa.

—Me parece bien.

El señor Pritchard volvió al autobús a buscar a su mujer. Se sentía avergonzado por su enfado de hacía un rato. Tenía aquel nudo duro en el estómago que se le formaba cuando las cosas no iban bien, un nudo como un puño. Charlie Johnson decía que debía tener una úlcera, y bromeaba al respecto. Decía que nadie que ganara menos de veinticinco mil dólares al año tenía una úlcera. Era síntoma de tener una cuenta corriente saneada, decía Charlie. Por eso, sin ser muy consciente de ello, el señor Pritchard se enorgullecía un tanto de sus dolores de estómago.

Al subir al autobús, vio que la señora Pritchard tenía los ojos cerrados.

—Ya te tenemos preparada la camita.

Abrió los ojos y miró a su alrededor despavorida.

—¡Ah!

—¿Estabas dormida? No tenía que haberte despertado, lo siento.

—No, cariño, no pasa nada. Solo estaba adormilada.

La ayudó a ponerse en pie.

—Te puedes echar encima de mi abrigo y taparte con el abriguito de piel.

Aquel tono hizo que ella sonriera lánguidamente.

La ayudó a bajar por la escalerilla.

—Siento haber sido tan brusco, chiquilla.

—No pasa nada. Es que estás cansado, nada más. Sé que no era tu intención.

—Bueno, te voy a invitar a una gran cena en Hollywood para compensarte, quizá en Romanoff's, con *champagne*. ¿Qué te parece?

—No se te puede dejar suelto con dinero en las manos —contestó ella en tono juguetón—. Ya está olvidado. Estabas cansado. —«Querida Ellen, cenamos de maravilla en Romanoff's, y seguro que no te imaginas quién estaba en la mesa de al lado»—. Pero si apenas llueve ya.

—No, y quiero que mi nena duerma un poco para que se ponga buena y fuerte.

—¿Estás seguro de que no hay humedad, ni serpientes?

—Está bien, lo hemos comprobado.

—¿Ni tampoco arañas?

—Bueno, no vimos ninguna tela.

—¿Y qué pasa con las tarántulas gordas y peludas? Esas no hacen telas.

—Podemos echar otro vistazo. Las paredes son lisas. No tienen donde esconderse. —La guio hasta la pequeña cueva—. ¿Ves qué bien? Y te puedes echar con la cabeza apoyada aquí para mirar hacia afuera si quieres.

Tendió su abrigo en el suelo y ella se sentó sobre él.

—Ahora échate y te tapo.

Bernice se mostró muy dócil.

—¿Cómo está la cabeza de mi nena?

—Bueno, no tan mal como me temía.

—Me alegro. Échate una siestecita. ¿Estás cómoda?

Soltó un gruñidito dando a entender que sí.

—Si quieres cualquier cosa solo tienes que llamar. Estaré por aquí cerca.

Apareció Pimples a la entrada de la cueva con la boca llena y un trozo de tarta en la mano.

—¿Quiere un trozo de tarta, señora?

La señora Pritchard levantó la cabeza, se estremeció y la volvió a bajar.

—No, gracias. Gracias por acordarte de mí, pero no podría comer tarta ahora. —«Elliott me acaba de tratar como a una reina, Ellen. ¿Cuántas pueden decir eso después de veintitrés años de casados? Me siento siempre tan afortunada...».

El señor Pritchard se quedó mirándola. Tenía los ojos cerrados y sus labios esbozaban una pequeña sonrisa. Sintió aquella tristeza solitaria que le asaltaba tan a menudo. Recordaba, y muy bien, la primera vez que había ocurrido. Tenía cinco años cuando nació su hermana pequeña, y de repente había puertas cerradas para él y no se le permitía entrar en la habitación de la niña, ni tocarla. Siempre tenía la impresión de ser un niño un poco sucio, ruidoso e indigno y de que su madre estaba siempre ocupada. Fue entonces cuando le sobrecogió aquella fría soledad, la fría soledad que seguía asaltándole a veces, que le asaltaba ahora. Aquella pequeña sonrisa quería decir que Bernice se había retirado del mundo a una habitación exclusivamente suya adonde no la podía seguir.

Sacó su lima de uñas de oro del bolsillo, la abrió y se alejó limpiándose las uñas. Vio a Ernest Horton sentado al otro lado del saliente, bajo la cueva más alta. Estaba sentado sobre unos periódicos, y al acercarse el señor Pritchard se sacó una hoja doblada de debajo y se la ofreció.

—Son la cosa más útil que hay en el mundo. Sirven para todo menos para leer.

El señor Pritchard se rio, cogió la hoja y se sentó sobre ella junto a Ernest.

—Si lo has leído en la prensa es que no es verdad —dijo, citando a Charlie Johnson—. Bueno, pues aquí estamos. Hace dos días estaba en una *suite* del Hotel Oakland, y ahora estamos en una cueva. Está claro: no se puede hacer planes.

Se quedó mirando el autobús. A través de la ventanilla veía que Pimples estaba allí con las dos chicas y que comían tarta. Sintió un fuerte impulso de unirse a ellos. Le apetecía un trozo de tarta.

—De todo se pueden sacar conclusiones —dijo Ernest—. A veces me tengo que reír. ¿Sabe?, se supone que somos un pueblo hábil en cuestión de mecánica. Todo el mundo va en coche, tiene nevera y radio. La gente creerá que de verdad entiende de cacharros, pero se ensucia un poco el carburador y, ¡hala!, ahí se queda el coche hasta que venga un mecánico y saque el filtro. Que se va la luz: tiene que venir un electricista a poner un fusible nuevo. Se para un ascensor y cunde el pánico.

—Bueno, no sé. A los estadounidenses en general se les da bien la mecánica. Nuestros antepasados se las arreglaron bastante bien.

—Sí, desde luego. Igual haríamos nosotros si no nos quedara otro remedio. ¿Sabe ajustar el distribuidor de encendido de su coche?

—Bueno, yo…

—Llevemos la idea más allá. Supongamos que hubiera que pasar dos semanas aquí. ¿Se las arreglaría para no morir de hambre? ¿O moriría de una neumonía?

—Bueno, verá —respondió el señor Pritchard—, lo que pasa es que ahora la gente se especializa.

—¿Sería capaz de matar una vaca? —insistió Ernest—. ¿De descuartizarla y guisarla?

El señor Pritchard empezaba a perder la paciencia con aquel joven.

—Hay como una corriente de cinismo que circula por el país —dijo en tono brusco—. Me da la impresión de que la juventud ha perdido la fe en los Estados Unidos. Nuestros antepasados tenían fe.

—Nuestros antepasados tenían que comer. No tenían tiempo para la fe. Ahora que la gente ya no trabaja tanto es cuando tiene tiempo para la fe.

—Pero si no tienen fe ninguna —dijo el señor Pritchard alzando la voz—. ¿Qué mosca les ha picado?

—Yo también me lo pregunto. Hasta he tratado de comprenderlo. Mi viejo tenía fe en dos cosas. Una era que la honradez se veía recompensada de una forma o de otra. Pensaba que si un hombre era honrado, de alguna manera saldría adelante; la otra, que si trabajaba duro y ahorraba, podía reunir un dinerillo y sentirse seguro. El escándalo de las reservas petrolíferas de Teapot Dome y muchos otros como ese le aclararon las cosas en cuanto a lo primero, y 1930 le acabó de dejar claro lo otro. Se dio cuenta de que los personajes más admirados no eran honrados en absoluto. Y murió preguntándose, haciéndose cruces, algo espantoso, porque las dos cosas en las que había creído no servían: la honradez y el ahorro. En lo que caí fue en que no hay nada que haya venido a sustituir esas dos cosas.

El señor Pritchard apartó bruscamente aquella idea de su mente.

—La culpa de que no se pueda ahorrar es de los impuestos. Hubo un tiempo en que uno podía irse haciendo con un patrimonio, pero ahora no se puede. Se lo llevan todo en impuestos. No hace uno más que trabajar para el Gobierno. Se lo digo yo, eso acaba con la iniciativa. Ya nadie tiene ambición.

—No importa tanto para quién trabaje uno, con tal de que crea en lo que hace —respondió Ernest—. Para el Gobierno, o para quien sea.

—Los soldados que vuelven a casa, esos son los que me preocupan —interrumpió el señor Pritchard—. No quieren sentar la cabeza y ponerse a trabajar. Creen que el Gobierno les debe el mantenerlos de por vida, y eso no nos lo podemos permitir.

Ahora Ernest tenía la frente perlada de sudor, una línea blanca alrededor de la boca y una expresión de asco en la mirada.

—Yo estuve en la guerra —dijo en voz baja—. No, no se preocupe. No le voy a contar. No quiero hablar de eso. No me apetece.

—Por descontado —aseguró el señor Pritchard—, siento el mayor de los respetos por nuestros soldados, y creo que deben tener voz.

Ernest se llevó los dedos al ojal de la solapa.

—Sí, claro, ya me imagino. —Hablaba como quien se dirige a un niño—. Ya he leído lo de nuestros mejores hombres en los periódicos. Deben de ser los mejores, porque les han dado los mejores empleos. He leído lo que hacen y lo que dicen, y tengo muchos amigos que para usted serían vagabundos, y hay muy poquita diferencia entre los unos y los otros. He oído que hay vagabundos que se cogen las cogorzas con marcas aún mejores que las que gasta el secretario de Estado para cogerse las suyas… Bueno, ¡qué narices! —Rio—. Tengo un invento que es un tambor de goma al que le atizas con una esponja. Es para los borrachos que quieren acompañar a la orquesta dándole al bombo. Me voy a dar una vuelta.

—Está nervioso —dijo el señor Pritchard.

—Sí, estoy nervioso. Todo el mundo lo está. Y una cosa le voy a decir. Si tenemos que volver a luchar contra alguien, ¿sabe qué es lo peor de todo? Que volveré a ir. Eso es lo peor. —Se levantó y se alejó por el camino por donde había venido el autobús.

Iba cabizbajo y con las manos en los bolsillos, pateando la gravilla de la carretera, con los dientes muy apretados y sin poder detenerse.

—Estoy nervioso. Solo estoy nervioso, eso es todo.

El señor Pritchard vio cómo se alejaba, luego se miró las manos, volvió a sacar la lima de uñas y se las limpió. Estaba alterado y no sabía por qué. Con todo lo pesimista que era en cuanto a las intromisiones del Gobierno en los negocios, en el fondo albergaba siempre una gran esperanza. En algún lugar habría un hombre como Coolidge o Hoover, que vendría a arrebatarles el gobierno de las manos a estos incompetentes de la administración, y entonces todo empezaría a marchar como es debido. Cesarían las huelgas, todo el mundo ganaría dinero y todos contentos. Estaba a la vuelta de la esquina. El señor Pritchard así lo creía. No tenía ni idea de que el mundo había cambiado. El mundo había tirado por un mal camino, nada más, y tenía que aparecer el hombre adecuado —digamos un Bob Taft—[10] para que todo volviera a marchar como Dios manda y acabar de una vez con estos malditos experimentos.

Este joven le inquietaba, sin embargo, porque era un joven espabilado y estaba desencantado. Aunque no lo hubiera dicho, el señor Pritchard sabía que a Ernest Horton ni se le ocurriría votar a Bob Taft si saliera nominado. Y el señor Pritchard, como la mayoría de sus asociados, creía en los milagros, pero aquello le perturbaba. Horton no le había atacado directamente, pero… además estaba lo del carburador. El señor Pritchard imaginó la forma de un carburador. ¿Era capaz de desmontarlo? Tenía la vaga noción de que en un carburador hay un pequeño flotador, y en su mente podía ver la malla de latón y las juntas.

Pero tenía cosas más importantes en las que pensar, se dijo. Horton había dicho «si se va la luz»…, el señor Pritchard trató de ubicar la caja de los plomos de su casa, y tuvo

[10] Senador que dirigió la llamada Coalición Conservadora opuesta al New Deal de Roosevelt, tachado de «socialista».

que desistir. Horton le había estado atacando. No le había caído bien a Horton. ¿Y si estaban abandonados a su suerte, como había dicho el joven?

El señor Pritchard cerró los ojos y se imaginó de pie en el pasillo del autobús. «No se preocupen —decía al resto de los pasajeros—. Yo me ocuparé de todo. Si he creado una gran organización empresarial, será que alguna capacidad tengo, ¿no les parece? Vamos a usar la cabeza. Primero, necesitamos comida. Hay unas vacas en ese campo de ahí atrás». Que no sabría matar una vaca, le había dicho Horton. Bueno, pues se iba a enterar. Seguro que Horton no sabía que había una pistola en la guantera. El señor Pritchard sí lo sabía.

El señor Pritchard sacaba la pistola. Bajaba del autobús, se dirigía hacia el campo y escalaba una valla. Iba con la gran pistola negra en la mano. El señor Pritchard había visto muchas películas. Sin querer, su mente hizo un fundido en negro. No se vio a sí mismo matar a la vaca ni descuartizarla, pero se vio regresando hacia el saliente con un gran corte de carne roja. «Aquí está la comida. Ahora hay que hacer fuego». Otro fundido en negro, y ya estaban ahí brincando las llamas, y sobre ellas un gran trozo de carne ensartada en un palo.

«—¿Pero qué hay del animal? —decía Camille—. Será propiedad de alguien.

»—La necesidad no entiende de leyes —respondía el señor Pritchard—. Nadie podría esperar que les dejara a ustedes morir de hambre».

Y de repente, otro fundido en negro. Sacudió la cabeza y abrió los ojos.

—No vayas por ahí —se dijo en un susurro—. Déjalo ya. —¿Dónde la había visto? Si pudiera hablar con ella un ratito nada más, seguramente podría recordar dónde había sido. Sabía que no se equivocaba porque ver su cara le había producido una sensación que le atenazaba el pecho. No solo la había visto en alguna parte, sino que tenía que haber pasado algo. Miró hacia el autobús. Pimples y las dos chicas seguían dentro.

Se puso en pie y se sacudió el fondillo de los pantalones como si el periódico no le hubiera protegido del polvo. La lluvia era ya poco más que vaho, y hacia el oeste se veían retazos de cielo azul. Todo se iba a arreglar. Fue hasta el autobús y subió la escalerilla. Van Brunt estaba tendido sobre el asiento de atrás que abarcaba toda la anchura del autobús. Parecía dormido. Pimples y las chicas hablaban en voz baja para no molestarle.

—Lo que yo quiero si me caso es que ella me sea fiel —decía Pimples.

—¿Y tú qué? —le preguntó Camille—. ¿Tú también le serías fiel?

—Claro. Si es una esposa como tiene que ser, le seré fiel.

—Ya, ¿y si no lo es?

—Bueno, pues entonces se iba a enterar de un par de cosillas. Se iba a enterar de que a ese juego pueden jugar dos, como hace Cary Grant en la película esa.

En el asiento contiguo había una tartera de hojalata ya vacía y otra en la que solo quedaba un cuarto. Las dos chicas estaban sentadas juntas, y Pimples, sentado de lado en el asiento de delante, tenía el brazo colgando por encima del respaldo.

Todos levantaron la vista al entrar el señor Pritchard.

—¿Les importa si me siento aquí? —preguntó.

—Siéntese, cómo no —dijo Pimples—. ¿Quiere un trozo de tarta? Aquí mismo tiene uno. —Le ofreció el cuarto de tarta y apartó las tarteras vacías para que se pudiera sentar.

—¿Tienes novia ahora? —continuó Camille.

—Bueno, sí, más o menos. Es que…, esto…, bueno, es un poco boba.

—¿Te es fiel?

—Claro.

—¿Cómo lo sabes?

—Bueno, no hay forma de..., vamos, que..., sí, estoy seguro.

—Supongo que te casarás pronto —dijo el señor Pritchard en tono jocoso—, y que montarás un negocio propio.

—No, de momento no. Voy a estudiar por correspondencia. Lo del radar tiene mucho futuro. Se pueden llegar a ganar setenta y cinco dólares a la semana antes de un año.

—¿De verdad?

—Unos que hicieron el curso escribieron después y dicen que ganan eso —explicó Pimples—. Uno de ellos ya es gerente de distrito, en solo un año.

—¿Gerente de distrito de qué? —preguntó el señor Pritchard.

—Gerente de distrito sin más. Eso decía en la carta, y lo pone en el anuncio mismo.

El señor Pritchard empezaba a sentirse bien otra vez. He ahí un ejemplo de ambición. No todo el mundo se había vuelto cínico.

—¿Y cuándo crees que te casarás? —terció Camille.

—Ah, todavía es pronto. A mí me parece que hay que ver un poco de mundo antes de sentar cabeza. Hay que viajar un poco. Igual me embarco. Si sabes de radares, pues entonces es que también sabes de radio. Igual me embarco una temporada como operador de radio.

—¿Pero cuándo vas a terminar el curso? —preguntó el señor Pritchard.

—Bueno, las clases van a empezar bastante pronto. Ya he rellenado los datos y estoy ahorrando para la cuota de entrada. Hice una prueba y dicen que tengo un montón de talento. Ya me han mandado tres o cuatro cartas.

Los ojos de Camille delataban su gran cansancio. El señor Pritchard escrutó su rostro. Sabía que sus propios ojos se los disimulaban las gafas. Pensó que vista de cerca tenía un rostro hermoso. Sus labios eran tan carnosos y su expresión tan agradable en ese momento, solo los ojos parecían cansados. Todo el camino desde Chicago en autobús, pensó. No parecía lo bastante fuerte. Podía apreciar el volumen de sus pechos bajo el traje, y este lo llevaba arrugado. Se había puesto al revés los puños vueltos de la camisa para que se viera limpio el borde. El señor Pritchard se dio cuenta. Lo consideraba un indicio de pulcritud. Se fijaba en los pequeños detalles.

Su presencia era casi como un perfume para él. Le producía cierta emoción, cierta ansia. Es porque no se ve a una chica como ella a menudo, tan atractiva, tan agradable, se decía. Y entonces se oyó a sí mismo hablar, sin que él mismo supiera que iba a hacerlo.

—Señorita Oaks, lo he estado pensando, y se me ha ocurrido que podría interesarle oír una pequeña idea que he tenido, un asunto de negocios. Soy presidente de una empresa bastante grande, y he pensado…, bueno, estoy seguro de que estos jóvenes nos disculparán un ratito si es tan amable de escucharme. ¿Querría acompañarme hasta esa roca de ahí? Tengo unos periódicos para que nos podamos sentar.

Sus propias palabras le dejaron asombrado.

«¡Jesús!…, ya empezamos», se dijo Camille.

El señor Pritchard bajó primero y ayudó galantemente a Camille a bajar del autobús. Le sostuvo el brazo al pasar sobre la cuneta y la guio gentilmente hasta los periódicos abiertos que seguían en el lugar donde se habían sentado Ernest y él. Le hizo ademán de que se sentara.

—Ay, no sé. Llevo mucho rato sentada.

—Bueno, quizá descanse con el cambio de postura. ¿Sabe?, cuando yo llevo muchas horas trabajando en mi escritorio voy cambiando la altura de la silla, más o menos cada hora, y encuentro que así no me canso. —La ayudó a sentarse sobre los periódicos. Camille se tapó las rodillas con la falda y se sentó, abrazada a sus piernas, apretándolas contra el pecho.

El señor Pritchard se sentó junto a ella. Se quitó las gafas.

—He estado pensando. Verá, un hombre de mi posición tiene que pensar en el futuro y hacer planes. Ahora mismo, se supone que estoy de vacaciones. —Sonrió—. Vacaciones…, me pregunto cómo serían unas vacaciones de verdad.

Camille sonrió. El suelo estaba muy duro. Se preguntaba cuánto rato iba a durar aquello.

—El caso es que la principal materia prima de una empresa de éxito son las personas. Yo siempre ando en busca de personas. El acero y el caucho se pueden conseguir en cualquier momento, pero el seso, el talento, la belleza, la ambición…, esos son los productos que escasean.

—Mire, señor, estoy muy cansada.

—Lo sé, querida, y voy a ir al grano. Quiero contratarla. Más claro y más breve no puedo ser.

—¿Para qué puesto?

—Como recepcionista. Es un trabajo bastante especializado, y partiendo de ahí podría llegar a…, bueno, hasta podría llegar a ser mi secretaria personal.

Camille ya no estaba para juegos. Miró hacia la entrada de la cueva donde estaba la señora Pritchard. No se la veía.

—¿Y qué tendrá que decir su mujer sobre eso?

—Bueno, ¿y eso qué tiene que ver? Ella no lleva mi negocio.

—Como ya le he dicho, señor, estoy cansada. No hace falta que pasemos por todo eso. A mí me gustaría casarme.

Sería una buena esposa, y con un convenio para que me pudiera despreocupar una temporada, vaya, hasta podría portarme bien con un hombre y todo.

—No sé adónde quiere llegar.

—Lo sabe muy bien. No le voy a caer bien porque yo no juego a su manera. A usted le gustaría tardar meses en ir al grano y luego darme una sorpresa, pero yo estoy casi en la ruina. Dice usted que su mujer no lleva sus negocios, pero yo le digo que sí. Lo lleva a usted, lleva sus negocios y lleva todo lo que es suyo. Estoy haciendo un esfuerzo por ser amable, pero estoy cansada. Seguramente elige ella a sus secretarias y usted no se da ni cuenta. Es una mujer dura.

—No sé de qué me habla.

—Sí que lo sabe. ¿Quién le compró la corbata?

—Bueno…

—No tardaría más de un minuto en saber de mí. Seguro. Ahora déjeme hablar a mí un poco. Usted no sería capaz de hacerle una proposición a las claras a una chica. Tiene que ir dando rodeos. Pero solo hay dos maneras, señor. O se enamora, o hace una propuesta de tipo económico. Si me hubiera dicho: «Esto es lo que hay, tanto para un apartamento y tanto para ropa», pues entonces podría habérmelo pensado, podría haber llegado a alguna conclusión, y quizá habría funcionado. A lo que no estoy dispuesta es a andar mareando la perdiz, hoy un poquito, al día siguiente un poquito más. ¿Pretendía sorprenderme después de tenerme sentada dos, tres meses en la mesa de un despacho? Ya me voy haciendo mayor para estos juegos.

El señor Pritchard levantó más la barbilla.

—Mi mujer no lleva mi negocio. No sé de dónde ha sacado esa idea.

—Bueno, vale, dejémoslo. Pero casi preferiría vérmelas con un nido de serpientes de cascabel antes que con su mujer si no le caigo bien.

—Me sorprende un poco su actitud. Yo no había pensado en nada de todo eso. Yo solo trataba de ofrecerle un empleo. Lo puede tomar o dejar.

—¡Ay, Dios! Si es capaz de engañarse a sí mismo hasta el punto de creerse eso, ¡ay de la pobre chica a la que consiga liar! Nunca sabrá a qué atenerse.

El señor Pritchard le sonrió.

—Está usted cansada, eso es todo. Quizá cuando haya descansado se lo vuelva a pensar.

El entusiasmo había desaparecido de su voz, y Camille se sintió aliviada. Pensó que quizá sí estuviera cometiendo un error, por lo fácil que sería él de manejar; un auténtico pelele. Loraine le habría sacado hasta la camisa en un solo día.

Al señor Pritchard le producía ahora otra impresión el rostro de Camille. Percibía la dureza y la actitud de desafío; ahora que estaba tan cerca, veía el maquillaje y cómo se lo había aplicado, y se sintió desnudo ante aquella chica. Le perturbaba que le hablara de aquella forma. Había pensado que si todo marchaba bien…, vaya, entonces quizá…, bueno…, el problema era que ella lo sabía. Pero a él no le parecía que eso fuera…, en fin, estaba lo que se llama ser una señora con estas cosas.

Estaba confuso, y entre la confusión iba surgiendo la rabia. Enfadarse dos veces en un día no era algo habitual en él. Se le iba enrojeciendo el cuello de ira. Tenía que disimular. Tenía que hacerlo por su propio bien. En un tono algo brusco, dijo:

—Yo solo le he ofrecido un empleo. ¿No lo quiere? Pues muy bien. No hay motivo para ponerse vulgar. Está lo que se llama ser una señora.

Con una cierta aspereza en su tono, Camille replicó:

—Oye, majo. Yo también sé jugar duro. Lo de la señora ya es la gota que colma el vaso. Voy a decirte una cosa. Creías que me habías visto en alguna parte. Vamos a ver, ¿eres socio de algún club como el Octagon International, el Birds of the World o el Two Fifty-Three Thousand Club?

—Soy un Octagon —respondió el señor Pritchard, algo rígido.

—¿Te acuerdas de la chica que se sienta dentro de la copa de vino? Ya os tengo más que calados a los muchachotes como tú. No sé qué aliciente le sacáis, ni lo quiero saber. Pero no tiene nada de bonito, eso te lo digo yo. Y quizá seas capaz de reconocer a una señora cuando la ves, no lo sé.

La voz le salía en pequeñas ráfagas y casi la dominaba una especie de histeria producto del cansancio. Se puso en pie de un salto.

—Ahora me voy a dar una vuelta, majete. Más te vale no molestarme, porque te conozco, y a tu mujer también.

Se alejó deprisa. El señor Pritchard se quedó mirando cómo se alejaba. Tenía los ojos como platos y sentía una gran opresión en el pecho, una especie de horror visceral tras aquel repaso. Observó el balanceo de su bonito cuerpo al alejarse, vio sus bonitas piernas, la desnudó mentalmente y la vio erguida junto a la enorme copa, con el vino chorreándole en hilillos colorados por el vientre, los muslos y las nalgas.

El señor Pritchard estaba boquiabierto, y tenía el cuello muy enrojecido. Apartó de ella la vista y se miró las manos. Sacó la lima de uñas de oro y se la volvió a guardar en el bolsillo. Empezó a sentirse mareado. Se puso en pie, tambaleándose un poco, y bajó por la colina hasta la cueva donde estaba tendida la señora Pritchard.

Al entrar, ella abrió los ojos y le sonrió. El señor Pritchard se tumbó rápidamente a su lado. Levantó el abrigo y se metió debajo.

—Cariño, estás cansado. ¡Elliott! ¿Qué haces? ¡Elliott!

—Cállate. ¿Me oyes? ¡Cállate! Eres mi mujer, ¿no? ¿Es que un hombre no tiene algún derecho con su propia mujer?

—Elliott, ¡estás loco! Alguien..., alguien podría verte. —Luchaba contra él, presa del pánico—. No te conozco. Elliott, me estás rompiendo el vestido.

—Lo compré yo, ¿no? Ya estoy cansado de que me traten como a un gato enfermo.

Bernice, llena de espanto, sollozaba calladamente.

Cuando él se marchó, ella se quedó llorando, acurrucada, con la cara apretada contra el abrigo de piel. Poco a poco cesó su llanto, se incorporó y miró por la entrada de la cueva. Había una expresión feroz en sus ojos. Se llevó la mano a la mejilla, tocándola con las uñas. Se las clavó un poco a modo de experimento; luego se mordió el labio inferior y se desgarró la mejilla con las uñas. Sentía brotar la sangre de los arañazos. Alargó la mano, se la ensució en el suelo de la cueva y restregó la tierra sobre su mejilla ensangrentada. La sangre corrió entre la tierra y le bajó por el cuello, hasta el cuello de la blusa.

CAPÍTULO 18

Mildred y Juan salieron del granero.

—Mira, ha dejado de llover —comentó ella—. Mira cómo luce el sol sobre las montañas. ¡Qué tarde más bonita!

Juan sonrió.

—Oye, me siento de maravilla —dijo Mildred—. De maravilla.

—Claro —respondió Juan.

—¿Te sientes tú lo bastante de maravilla como para sostenerme el espejo? Ahí dentro no podía ver. —Sacó un espejito cuadrado del bolso—. Ahí. No, un poco más arriba. —Se arregló rápidamente el pelo, se empolvó las mejillas y se pintó los labios. Escudriñaba el espejo muy de cerca porque solo veía bien a muy corta distancia—. ¿Te parezco muy frívola para ser una chica recién violada?

—Me parece muy bien. Me gustas.

—¿Pero solo eso? ¿Nada más?

—¿Quieres que te mienta?

Se rio.

—Supongo que sí, un poco. No, no quiero que mientas. ¿Y no me vas a llevar a México?

—No.

—Entonces, ¿esto ha sido todo? ¿No hay nada más?

—¿Cómo lo voy a saber?

Se guardó el espejo y el lápiz de labios en el bolso y extendió el carmín apretando un labio sobre el otro.

—¿Me puedes quitar la paja del abrigo? —Se dio la vuelta mientras él le pasaba la mano por el abrigo—. Es que

—siguió diciendo— mi padre y mi madre no entienden de estas cosas. Estoy segura de que mi concepción fue inmaculada. Mi madre me plantó, un bulbo de primera, antes de que llegaran las nieves, y me cubrió con tierra, arena y abono. —Mildred sentía una especie de vértigo—. No puedo ir a México. ¿Qué hacemos ahora, entonces?

—Volver, sacar el autobús del hoyo y a San Juan. —Se dirigió hacia la entrada de la vieja granja.

—¿Puedo cogerte de la mano solo un rato? —Juan miró la mano del dedo amputado y empezó a cambiar de lado para ofrecerle la mano entera—. No, me gusta esa. —Le cogió de la mano y le pasó el dedo sobre la piel lisa del muñón.

—No hagas eso. Me pone nervioso.

Ella le apretó la mano con fuerza.

—Así no tendré que ponerme las gafas.

Las cadenas montañosas que se veían al este relucían doradas bajo el sol poniente. Juan y Mildred fueron hacia la derecha y enfilaron cuesta arriba hacia el autobús.

—¿Me puedes contar algo como… bueno, en pago de mi puterío?

Juan se rio.

—¿Qué quieres saber?

—¿Por qué viniste aquí? ¿Pensabas que te seguiría?

—¿Quieres la verdad o quieres andar con juegos?

—Bueno, me gustarían las dos cosas. Pero no…, esto…, supongo que quiero la verdad lo primero.

—Pues estaba huyendo. Pensaba volverme a México, desaparecer y dejar a los pasajeros que se las apañaran por su cuenta.

—Ah, ¿y por qué no lo haces?

—No sé. Se me agrió la cosa. La Virgen de Guadalupe me ha abandonado. Creí que la había engañado. No le gustan los engaños. Le quitó todo el aliciente a la cosa.

—Tú no crees eso —dijo muy seria—. Yo tampoco. ¿Cuál es la verdadera razón?

—¿De qué?

—De que bajaras a ese lugar abandonado.

Juan siguió caminando, y en su cara se dibujó una amplia sonrisa que por la cicatriz del labio pareció torcida. La miró, y había una expresión cálida en sus ojos negros.

—Vine porque esperaba que salieras a dar un paseo, y pensé que quizá… con suerte hasta me liaba contigo.

Lo tomó del brazo y apretó la mejilla contra la manga de su chaqueta.

—Ojalá pudiera durar un poco más. Pero ya sé que no puede ser. Adiós, Juan.

—Adiós —respondió Juan. Regresaron a paso lento hacia el autobús.

CAPÍTULO 19

Van Brunt estaba tendido sobre el asiento trasero del autobús con las piernas estiradas. Tenía los ojos cerrados, pero no dormía. Apoyaba la cabeza sobre el brazo derecho, y su peso le estaba cortando el riego de la sangre a la mano derecha.

Tras bajar Camille y el señor Pritchard del autobús, Pimples y Norma permanecieron un rato en silencio.

Van Brunt podía oír cómo la edad le iba reptando por las venas. Casi podía sentir el rumor de la sangre al circular por sus arterias de papel, y oír como latía su corazón con un silbido rechinante. La mano derecha se le estaba quedando dormida, pero era la izquierda la que le preocupaba, pues apenas sentía nada con ella. Tenía la piel insensible, como si estuviera hecha de una goma gruesa. Cuando estaba solo se frotaba y masajeaba la mano para que volviera a circular la sangre, y lo cierto es que sabía lo que andaba mal, aunque a duras penas lo admitiera, siquiera ante sí mismo.

Unos meses atrás había sufrido un desmayo breve. El médico le tomó la tensión arterial y le dijo que se tomara las cosas con calma, que todo iría bien. Hacía dos semanas había ocurrido algo más. Había sentido un fogonazo eléctrico en la cabeza, detrás de los ojos, como un resplandor blanco azulado y cegador que duró un segundo, y desde entonces ya no podía leer. No es que no pudiera ver. Veía bastante bien, pero las palabras de la letra impresa empezaban a nadar y juntarse y a retorcerse como culebras, y no era capaz de ver qué decían.

Sabía muy bien que había sufrido dos ataques de apoplejía, pero era un secreto que le ocultaba a su mujer, ella a él y el médico a ambos. Así que esperaba, esperaba a que le diera otro ataque, el que sería como un fogonazo en la cabeza que le atravesara el cuerpo y que, si no lo mataba, le dejaría entumecido y acabaría con todas sus sensaciones. Saberlo le había estropeado el humor, y estaba siempre enfadado con todo el mundo. Un odio muy visceral hacia todos los que le rodeaban le atenazaba la garganta.

Probó con todos los tipos de gafas posibles. Usaba lupa con los periódicos, porque él mismo, una parte de él, trataba de ocultarse a sí mismo la situación. Sus enfados tenían ahora la costumbre de estallar sin previo aviso, pero el verdadero horror para él era que lloraba, de manera incontrolable a veces, y era incapaz de parar. Recientemente, se había despertado una mañana temprano preguntándose «¿Para qué esperar?».

Su padre había muerto de lo mismo, pero antes de morir se había pasado once meses en la cama hecho un gusano gris e indefenso, y todo el dinero que había ahorrado para la vejez se fue en las facturas del médico. Van Brunt sabía que si a él le pasaba lo mismo, los ocho mil dólares que había en el banco volarían, y a su anciana esposa no le iba a quedar nada después de enterrarle.

En cuanto abrieron los comercios aquel día, fue a ver a su amigo Milton Boston al Boston Drug Store.

—Tengo que envenenar a unas ardillas, Milton. ¿Me puedes dar un poco de cianuro?

—Es una sustancia peligrosa del carajo. No me gusta venderlo. Mejor llévate estricnina. Te va a funcionar igual de bien.

—No —respondió Van Brunt—. Tengo un boletín del Gobierno con una fórmula nueva, y requiere cianuro.

—Bueno, vale. Tendrás que firmar en el registro de venenos, claro. Pero ten cuidado con eso, Van. Tenlo a buen recaudo. No lo dejes por ahí.

Eran amigos desde hacía muchos años. Habían ingresado juntos en la Logia Azul, habían pasado por los diferentes grados y uno había sucedido al otro como venerable maestro de la logia de San Ysidro. Luego Milton pasó al Royal Arch y al Rito Escocés sin que Van Brunt pasara nunca del tercer grado. Pero habían conservado la amistad.

—¿Qué cantidad quieres?

—Como una onza, digo yo.

—Eso es un montón, Van.

—Te traeré de vuelta lo que me sobre.

Milton estaba preocupado.

—No lo toques para nada con las manos, ¿vale?

—Sé cómo manipularlo.

Luego fue al despacho que tenía en el sótano de la casa, y con una navaja afilada se pinchó el dorso de la mano. Cuando ya salía un poco de sangre, abrió el tubo de vidrio con los cristales. Se quedó inmóvil. No lo podía hacer. No era capaz de verter los cristalitos sobre la herida.

Pasada una hora llevó el tubo al banco y lo depositó en la caja de seguridad junto con su testamento y sus pólizas de seguros. Pensó en comprar una pequeña ampolla para llevarla colgada al cuello. Así, si le daba el ataque definitivo, podía llevárselo a la boca como habían hecho los tipos aquellos en Europa. Pero ahora no lo podía tomar. Quizá no lo hiciera.

Le pesaba la decepción, y cargaba también con la ira. Todas las personas a su alrededor que no iban a morir le enojaban. Y había otra cosa que le molestaba. El ataque de apoplejía había destapado ciertas inhibiciones. De repente volvía a sentir un deseo intenso. Se sentía desesperadamente atraído por las mujeres jóvenes, incluso por las niñas pequeñas.

No era capaz de apartar los ojos ni el pensamiento de ellas, y entre el torbellino de sus deseos enfermizos reventaba a llorar. Tenía miedo, como el miedo de un niño a una casa extraña.

Era demasiado viejo para adaptarse al cambio de personalidad y a la nueva naturaleza resultantes del ataque. Nunca había leído gran cosa, pero ahora que se veía impedido para hacerlo tenía un hambre voraz de lecturas. Y su genio no dejaba de volverse cada vez más impaciente y violento, con lo cual incluso personas que le habían conocido desde hacía años empezaron a rehuirle.

Oía el tiempo pasar por sus venas, deseaba que le llegara la muerte y al mismo tiempo la temía. A través de sus ojos entreabiertos vio la luz dorada del sol poniente que alumbraba el interior del vehículo. Movió un poco los labios para decir «ocaso, ocaso, ocaso». Era una palabra muy hermosa, y oía aún aquel silbido de su corazón. Una ola de sentimiento se le vino encima, fue creciendo en su pecho y en su garganta y le latió en la cabeza. Le pareció que iba a echarse a llorar otra vez. Trató de cerrar la mano derecha en un puño, pero la tenía dormida y no pudo.

Entonces se quedó tenso y rígido. Su cuerpo parecía haberse dilatado, como un guante de goma inflado. La luz del ocaso resplandeció con fuerza. Detrás de los ojos sintió el parpadeo de un fogonazo terrible. Sintió que caía más y más hacia lo gris, hacia la oscuridad y lo negro, negro…

El sol se acható al tocar las montañas al oeste, y su luz era clara y dorada. El valle empapado resplandecía bajo la luz rasa. La lluvia había dejado un aire fresco y vigorizante. El grano tendido sobre los campos y los tallos gruesos y aletargados de la avena silvestre volvían a erguirse, y los pétalos envainados de las amapolas doradas se abrieron un poco. El río amarillento bullía, se arremolinaba y mordía con saña las orillas. En el asiento del fondo, Van Brunt roncaba con un ruido áspero del paladar. Tenía la frente sudorosa. Tanto su boca como sus ojos estaban abiertos.

CAPÍTULO 20

Pimples cambió de asiento para sentarse al lado de Norma, y ella se recogió recatadamente la falda y se arrimó un poco más a la ventana.

—¿Qué crees que querrá ese viejo con la chica? —preguntó Pimples en un tono suspicaz.

—No lo sé. Pero una cosa te digo. Ella lo sabrá manejar. Es un portento de chica.

—Bueno, no sé. Hay otras chicas que son un portento.

Norma dio un respingo. —¿Cómo quién? —preguntó, despectiva.

—Como tú.

—¡Vaya! —Aquello no lo esperaba. Bajó la cabeza y se quedó mirando sus dedos castigados, tratando de recuperar la compostura.

—¿Cómo vas y dejas el trabajo?

—Bueno, la señora Chicoy no se portó bien conmigo.

—Ya. Esa no se porta bien con nadie. Pero ojalá no lo hubieras dejado. Igual habríamos hecho buenas migas.

Norma no respondió. Pimples añadió:

—Si te apetece, voy y saco una de esas tartas de pasas. Están bastante ricas.

—No. No, gracias. No me apetece comer nada.

—¿Estás mala?

—No.

—Bueno, pues si quisieras volver a trabajar en Corners, podríamos ir los sábados por la noche a San Ysidro a bailar y esas cosas.

—Eso no se te había ocurrido antes.

—Me parecía que yo no te gustaba.

Norma se sintió un poco maliciosa. El juego se ponía divertido.

—¿Qué te hace creer que me gustas ahora?

—Bueno, ahora estás diferente. Como que has cambiado. Me gusta lo que te has hecho en el pelo.

—Ah, eso. Bueno, no había ningún motivo para arreglarme trabajando en el comedor. ¿Quién me iba a ver?

—Yo —dijo Pimples, galante—. ¿Por qué no vuelves? Te devolverán el empleo. Eso te lo garantizo.

Norma negó con la cabeza.

—No. Cuando dejo algo, lo dejo. No vuelvo arrastrándome. Además, tengo perspectivas. Tenemos planes.

—¿Qué planes?

Norma se preguntó si debía contarlo. En cierto modo era tentar a la mala suerte, pero vio que no lo podía evitar.

—Vamos a coger un apartamento pequeño con un buen sofá Davenport y una radio. Tendremos cocina y nevera, y yo voy a estudiar para ayudante dental. —Le brillaban los ojos.

—¿Tú y quién más?

—Yo y la señorita Camille Oaks, para que lo sepas. Cuando sea ayudante dental, podré vestirme bien, iremos a ver espectáculos, puede que hasta demos cenas para unos pocos.

—Y unas narices. Eso no lo vas a hacer ni en broma.

—¿Por qué dices eso?

—Porque no. Mira, ¿por qué no vuelves a Corners? Yo estoy estudiando radar, podemos salir de vez en cuando, y nunca se sabe..., igual nos va bien juntos. Piensa que una chica..., una chica, en algún momento lo que quiere es casarse. Yo soy un tío joven. Es..., esto..., para un tío joven es bueno casarse. Le da como... como ambición.

Norma se encaró con él y le miró de modo inquisitivo, para ver si le estaba tomando el pelo. Hubo algo tan directo en su mirada que Pimples la malinterpretó y apartó la suya, avergonzado.

—Ya sé —dijo en tono amargo—. Piensas que no podrías estar con un tío que tiene la cara así. Lo he intentado todo. Me he gastado más de cien dólares yendo al médico y comprando potingues en la farmacia. Pero no me ha servido de nada. Uno de los médicos me dijo que no me iba a durar mucho. Dice que en un par de años más se me irá. Pero no sé si es verdad. Vete, entonces —dijo, enojado—. Ve a por tu apartamento de las narices. Igual yo tengo maneras de divertirme de las que tú ni te has enterado. No tengo por qué aguantar chorradas de nadie. —Sonaba triste y abatido, y no levantaba la vista del regazo.

Norma le miraba asombrada. Nunca había visto esa clase de dolor abyecto en nadie que no fuera ella misma. Nadie había necesitado nunca su cariño ni su apoyo. En su interior estalló una burbuja cálida y una especie de gratitud.

—No pienses eso. No tienes por qué. Si a una chica le importas, ella no va a pensar eso. El médico sabía lo que decía. Yo sé de otros tres chicos que se les quitó la cosa con el tiempo.

Pimples seguía con la cabeza gacha. No dejaba de sentirse triste, pero a la vez un pequeño demonio se agitaba en su interior. Intuyó que la ventaja se inclinaba de su lado y decidió aprovecharla; era algo nuevo para él, todo un descubrimiento. Siempre se había hecho el gallito con las chicas y se había dedicado a fanfarronear, pero aquello era mucho más fácil. El demonio astuto se puso a maquinar.

—Hay veces que ya no lo aguanto más. A veces pienso en matarme y ya está. —Fingió un sollozo entrecortado.

—Venga, no te pongas así —le animó Norma. Ella también se veía desempeñando un papel nuevo, pero parecía un papel que le sentaba como ningún otro.

—A todo el mundo le caigo mal. Nadie quiere saber nada de mí.

—No te pongas así —repitió Norma—. No es verdad. A mí siempre me has caído bien.

—No, a ti nunca.

—Que sí, te digo. —Le posó la mano en el brazo para animarle.

A tientas Pimples buscó la mano de Norma y la retuvo contra su brazo. Entonces le aferró la mano apretándole los dedos, y automáticamente ella apretó a su vez. Él se giró en el asiento, la rodeó con los brazos y apretó su cara contra la suya.

—¡No! ¡No hagas eso!—gritó Norma—. ¡Para!

La aferró aún con más fuerza.

—Para ya —insistió—. Para. Está el viejo ahí atrás.

Pimples respondió con un susurro:

—¿No oyes como ronca el cabrón? Está planchando la oreja. Venga, venga.

Norma le hincó los codos en el pecho para mantenerlo apartado. Pimples empezó a tirarle de la falda.

—Para —susurró—. Para de una vez. —Ahora se daba cuenta de que le había tendido una trampa—. ¡Para! ¡Déjame salir de aquí!

—Venga ya —rogó Pimples, desesperado—. Venga, por favor... —Tenía los ojos vidriosos y seguía forcejeando con la falda.

—Para, por favor, para. Imagínate..., imagínate que entra Camille. Imagina que ve lo que estás...

A Pimples se le despejó la mirada por un momento. La miró con malicia.

—¿Y qué si me ve? ¿A ti qué te importa lo que vea la golfa, la perdida esa?

Norma se quedó boquiabierta y sus músculos se distendieron. Le miró como si no hubiera oído lo que había dicho. Entonces su rabia se volvió fría y asesina. Sus músculos endurecidos por el trabajo se contrajeron de nuevo. Liberó la mano de la de Pimples y le golpeó en la boca. Se puso en pie de un salto y empezó a pegarle con ambos puños, y él se llevó tal susto que se protegió la cara con las manos.

Norma bufaba como un gato.

—¡Rata asquerosa! ¡Pedazo de rata sucia y asquerosa! —Le dio de patadas, lo sacó a empujones al pasillo, salió corriendo y bajó del autobús. Él tenía los pies atrapados entre las patas de los asientos y trataba de dar la vuelta rodando.

Norma sintió náuseas y flojera. Le temblaban los labios y le lloraban los ojos.

—Menuda rata —seguía diciendo—, rata sucia y asquerosa.

Atravesó la cuneta, se echó de bruces sobre la hierba y apoyó la cabeza sobre los brazos. Pimples se levantó y miró a hurtadillas por la ventana. No sabía dónde meterse.

Camille, que volvía despacio por la carretera, vio a Norma tendida boca abajo sobre la hierba. Cruzó la cuneta, fue junto a ella y se inclinó.

—¿Qué ha pasado? ¿Te has caído? ¿Qué te ha pasado?

Norma levantó del suelo su rostro lleno de lágrimas.

—Estoy bien.

—Levántate —dijo Camille en tono cortante—. Quítate de encima de esa hierba mojada. —Alargó el brazo, puso a Norma en pie de un tirón, la llevó hasta la pared de roca y la sentó sobre los periódicos doblados.

—Vamos a ver, ¿se puede saber qué demonios te pasa?

Norma se secó el rostro mojado con la manga, acabando con lo que quedaba del carmín.

—No quiero hablar de ello.

—Vale, es cosa tuya.

—El Pimples ese. Se me echó encima.

—Pero bueno, ¿es que no sabes cuidar de ti misma? ¿Tenías que tirarte de morros al suelo?

—No ha sido por eso.

—¿Y por qué ha sido entonces? —A Camille no le interesaba en realidad. Tenía sus propios problemas.

Norma se frotó los ojos enrojecidos.

—Le he pegado. Le he pegado porque te llamó golfa y perdida.

Camille apartó rápidamente la mirada. Miró más allá del valle, allá donde el último pedazo de sol desaparecía tras las montañas, y se frotó la mejilla. Tenía los ojos apagados. Entonces se obligó a insuflarles vida, los obligó a sonreír y le ofreció su sonrisa a Norma.

—Mira, chica. Vas a tener que creer lo que te voy a decir hasta que lo aprendas por tu cuenta: todo el mundo es una golfa, o un vagabundo y anda perdido alguna vez en la vida. Todos. Y los peores de todos son los que no lo reconocen y lo llaman de otra manera.

—Pero tú no.

—Vamos a dejarlo. Dejémoslo y ya está. Venga, vamos a ver qué podemos hacer con esa cara. Una pasada nueva de pintalabios no es tan buena como un baño, pero es mejor que nada.

Camille abrió el bolso, rebuscó en él y sacó un peine.

CAPÍTULO 21

Juan aceleraba el paso y a Mildred le costaba mantenerse a la par.

—¿Hace falta correr? —preguntó ella.

—Será mucho más fácil sacar el autobús del hoyo mientras haya luz, que no andar a trompicones en la oscuridad.

Mildred trotó hasta alcanzarle.

—¿Crees que lo podrás sacar?

—Sí.

—Entonces, ¿cómo es que no pensaste en eso primero en vez de marcharte?

Juan aminoró el paso por un momento.

—Ya te lo he dicho. Te lo he dicho dos veces.

—Ah, sí. Hablabas en serio, entonces.

—Yo siempre hablo en serio.

Llegaron al autobús después de que el sol se hubiera agazapado tras la sierra. Las nubes altas estaban teñidas de rosa, sin embargo, y arrojaban una transparencia rosácea sobre la tierra y los montes.

Pimples, que andaba merodeando detrás del autobús tratando de pasar desapercibido, salió al ver que se acercaba Juan. Había un aire crispado y hostil en su gesto y su actitud.

—¿Cuándo vienen? —preguntó.

—No puede venir nadie —respondió Juan, cortante—. Lo vamos a tener que hacer nosotros mismos. Nos va a hacer falta ayuda. ¿Dónde carajo está todo el mundo?

—Por ahí, cada uno por su lado.

—Bueno, ve sacando la lona.

—La tiene debajo la señora esa, está echada ahí arriba.

—Bueno, pues que se levante. Necesito piedras, si las puedes encontrar, y tablas o postes. Puede que tengamos que desmontar algún cercado. Pero deja tendido el alambre de espino para que no se salga el ganado. Y oye, Pimples...

Pimples se quedó boquiabierto. Se le cayó el alma a los pies.

—Dijiste que...

—Reúne a todos los hombres. Voy a necesitar ayuda. Voy a sacar el gato grande de debajo del asiento trasero.

Juan subió al autobús. Dentro del vehículo estaba ya un poco oscuro. Vio a Van Brunt tendido sobre el asiento.

—Tendrá que moverse para que pueda sacar el gato —le dijo.

Juan acercó repentinamente la cara al viejo. De su boca salía un ronquido áspero y fatigado, tenía los ojos abiertos y en blanco y baba alrededor de las comisuras. Juan le dio la vuelta poniéndole boca arriba, y la lengua se le metió en la garganta, impidiéndole tomar aire. Juan le introdujo los dedos en la boca abierta y apretó la lengua hacia fuera y abajo.

—¡Pimples! ¡Pimples! —gritó, y con la mano libre golpeó la ventana con la alianza de oro.

Pimples subió al autobús.

—Este hombre está enfermo, maldita sea. Pide ayuda. Toca la bocina.

Fue el señor Pritchard el que se hizo cargo de Van Brunt. Encontraba detestable la tarea, pero tenía que hacerlo. Juan cortó un trozo de palo a medida y le enseñó a mantener sujeta la lengua apoyándolo en el paladar para que el viejo pudiera respirar. Al señor Pritchard le repugnaba el aspecto de aquel hombre, y el olor acre que le salía del pecho convulso le provocaba arcadas. Pero tenía que hacerlo. No quería pensar en nada. Su mente ansiaba dejar de funcionar. Le asaltaban varios pensamientos angustiosos y escalofriantes. Su mujer subió al autobús, le vio y se sentó en el primer asiento junto a la puerta, lo más lejos posible de él. Incluso a la luz del crepúsculo podía ver los arañazos y la sangre en el cuello del vestido. No le dijo ni una palabra.

«Debo de haberme vuelto loco —se decía—. No sé cómo he podido hacerlo. Cariño, ¿no puedes pensar que estaba trastornado, fuera de mis cabales?». Le daría la casita de las orquídeas, y sería más casa que casita. Le mandaría construir la mejor casa de orquídeas que se pudiera comprar con dinero. Pero no podría ni mencionarlo durante mucho tiempo. Y el viaje a México... habría que seguir adelante con él. Iba a ser espantoso, pero habría que seguir adelante. ¿Cuánto tiempo habría de pasar antes de que sus ojos perdieran aquella mirada, la del reproche, el daño, la acusación? No le hablaría en varios días, lo sabía, o cuando lo hiciera sería con toda corrección; respuestas breves en un tono dulce, y no le miraría nunca a los ojos. «Dios mío —pensó—, ¿cómo me meto en estas cosas? ¿Por qué no puedo ser yo el que se esté muriendo, en vez de este viejo? Él nunca más va a tener que pasar por nada».

Sentía cómo iban trabajando los hombres bajo el vehículo, a sus pies. Oía los mordiscos de la pala, el chapoteo del barro y el ruido de la piedra al soltarla bajo las ruedas. Su mujer estaba sentada en actitud muy rígida, con los labios fijos en una sonrisa tolerante. Él aún no sabía cómo manejaría ella la situación, pero ella ya daría con la manera.

Estaba triste, y se decía «No debo pensar mal. Que Elliott haya sucumbido a un ataque de bestialidad no es razón para que yo pierda el sentido de la belleza y de la tolerancia». Sintió una chispa de triunfo en su interior.

—He dominado la ira —susurró—, y he dominado el asco. Puedo perdonarle, sé que puedo. Pero por su propio bien no debo hacerlo demasiado pronto. Por su propio bien. Tendré que esperar. —Su rostro era todo un cuadro de dignidad herida.

Afuera, Pimples hacía milagros de fortaleza y puro músculo. Sus *oxfords* bicolores estaban arruinados por el barro. Los había arruinado casi a propósito. Había una capa de barro sobre sus pantalones de color chocolate. Estaba destrozando sus mejores galas. Hundía la pala en la tierra, cavaba por detrás de las ruedas y bajo los lados y sacaba tierra sin parar. Se arrodilló sobre el barro para trabajar con las manos. Sus ojos lobunos brillaban por el esfuerzo y la frente le relucía del sudor. Por el rabillo del ojo observaba a Juan. Juan se había olvidado, y justo en el momento en que más le necesitaba. Pimples hundía la pala en el suelo movido por arrebatos súbitos de energía.

Ernest Horton cogió una piqueta y atravesó la cuneta. Desbrozó la vegetación, apartando las raíces y la capa superior del suelo hasta encontrar lo que buscaba: las piedras rotas del antiguo desmoronamiento de la colina. Fue sacándolas y apilándolas sobre la hierba junto al hoyo que iba abriendo.

Camille se acercó hasta él.

—Te ayudaré a llevarlas para allá.

—Te vas a poner perdida —objetó Ernest.

—¿Más perdida de lo que ya estoy?

Ernest dejó reposar la cabeza de la piqueta sobre el suelo.

—¿Estás segura de que no quieres darme tu teléfono? Podríamos salir a dar una vuelta.

—Te dije la verdad. Aún no tengo casa. No tengo número.

—Como quieras.

—No, no te estoy dando largas. ¿Dónde te vas a alojar?

—En el Hollywood Plaza.

—Bueno, pues si estás en el vestíbulo a eso de las siete pasado mañana, quizá me pase.

—Me parece bien. Te llevaré a cenar a Musso & Franck.

—No he dicho que iré. He dicho que quizá me pase. No sé cómo me voy a sentir. Si no aparezco, no te desanimes. Estoy demasiado agotada como para decidir nada.

—Me parece bien. Estaré por ahí hasta las siete y media.

—Eres un tío majo.

—Soy un mamón. Uno de tantos. No cojas las grandes esas, ya las llevo yo. Tú lleva las pequeñas.

Camille cargó una piedra en cada mano y se dirigió al autobús.

Juan fue hasta el viejo cercado y arrancó los postes del suelo. Sacó ocho postes, pero alternos, para que la alambrada no acabara en el suelo. Los llevó al vehículo y volvió a por más.

El fulgor rosado se iba volviendo rosa pálido, y la oscuridad iba cubriendo el valle. Juan asentó el gato sobre un poste y bajo la aleta del guardabarros, y levantó un lado del autobús. A medida que iba subiendo la rueda, Pimples rellenaba el hueco bajo los neumáticos con las piedras.

Juan volvió a hincar el gato y volvió a izar, y poco a poco aquel costado del autobús se levantó por encima del barro. Luego llevó el gato al otro lado y levantó la otra rueda.

Camille y Norma traían piedras para rellenar los huecos mientras Ernest seguía cavando para sacarlas.

—¿Qué puedo hacer yo? —preguntó Mildred.

—Pon derecho este poste mientras voy a por más —respondió Juan. Trabajaba furiosamente para adelantarse a la oscuridad que se avecinaba. La frente le brillaba del sudor. Pimples, de rodillas sobre el barro, apilaba piedras bajo las ruedas, y el otro lado del autobús salió del hoyo.

—Vamos a dejarlo con altura de sobra —dijo Juan—, para no tener que empezar otra vez desde el principio. Hay que meter esos postes debajo de las ruedas.

Casi había oscurecido del todo para cuando estaban listos.

—Quiero que todo el mundo empuje cuando yo arranque. Si lo podemos mover cosa de un metro, conseguiremos salir.

—¿Cómo está la carretera por allá adelante? —preguntó Pimples.

—A mí me ha parecido que bien. ¡Dios! Te has destrozado toda la ropa.

Pimples tenía la desilusión pintada en su rostro enfermizo.

—Eso no importa nada. ¿Qué más da la ropa? —Su tono era de tal abatimiento que Juan le clavó la mirada a través de la oscuridad, casi completa ya.

A Juan se le levantaron las comisuras en una sonrisa tensa.

—Tendrás que hacerte cargo aquí atrás, Kit, mientras estoy al volante. Mira que empujen con todo el cuerpo cuando yo lo mueva. Tú ya sabes cómo. Quedas tú al mando aquí atrás, Kit.

Pimples tiró al suelo la pala.

—Vengan aquí todos —gritó—. ¡Vamos, espabilen ya! Yo me pongo a la derecha. Las chicas también. A empujar todo el mundo. —Puso en orden a su gente en la trasera del autobús. Durante un segundo echó una mirada ansiosa a la señora Pritchard, que no se había movido de su asiento—. No haría más que estorbar, digo yo —dijo.

Juan subió al autobús.

—Salga a empujar —le dijo al señor Pritchard.

El motor arrancó sin especial dificultad. Juan lo dejó calentar un momento. Luego metió la primera reforzada, golpeó dos veces en la chapa del vehículo y escuchó los dos golpes de la respuesta de Pimples en la parte trasera. Aceleró un poco el motor y metió el embrague. Las ruedas agarraron, resbalaron, gimieron y volvieron a agarrar, y Sweetheart salió tambaleándose como un pato borracho sobre el lecho de piedras hasta posarse sobre la carretera. Juan dejó atrás el barro de la calzada y echó el freno de mano. Se levantó y se asomó por la puerta.

—Dejad las herramientas aquí dentro, en el suelo, y ya está. Venga, vámonos de aquí.

Encendió los faros y su haz iluminó la calzada de gravilla hasta lo alto de la pequeña colina.

CAPÍTULO 22

Juan llevó el autobús muy despacio hasta lo alto de la colina, y luego cuesta abajo por la calzada de gravilla castigada por el agua que pasaba junto a la casa desierta. Al girar, los faros iluminaron la casa con sus ventanas rotas, el molino de viento en ruinas y el establo.

Hacía una noche muy oscura, pero se había levantado una brisa nueva que traía el olor a semilla de la hierba y el aroma especiado de los altramuces. Los faros abrían un haz de luz entre la noche por encima de la carretera, y un búho entró volando y salió enseguida del mismo. Pasado un buen trecho, un conejo que cruzaba la calzada se volvió a mirar los faros, le relucieron los ojos como dos chispazos rojos y se puso a salvo de un salto a la cuneta.

Juan mantuvo el autobús en segunda y fue esquivando los baches inundados. El interior del autobús estaba a oscuras salvo por la luz del salpicadero. Juan miró repentinamente de soslayo a la virgen.

—Solo una cosa te pido —dijo para sí—. He renunciado a la otra, pero sería todo un detalle si pudieras hacer que esté sobria cuando yo llegue.

La señora Pritchard ya no se sentaba tan rígida. Su cabeza se balanceaba con el movimiento del autobús, y estaba sumida en una de sus ensoñaciones. Iba vestida de… ¿qué?…, ¿qué llevaría? Algo claro. Tendría que ser blanco. Y estaba enseñándole a Ellen su casita de orquídeas. «¿Sabes por qué tengo estas orquídeas moradas? —le preguntaba a Ellen—. Pues bueno, porque todo el mundo tiene parientes a los que les gustan las moradas. Incluso tú los tienes, Ellen, ya lo sabes. Pero fíjate en estas de aquí. Acaban de empezar a salir..., mira qué marrones y verdes tan bonitos. Elliott las encargó de Brasil. Vienen de más de mil quinientos kilómetros Amazonas arriba».

Sobre el suelo del vehículo, la piqueta tintineaba contra la pala. Pimples se inclinó para hablarle al oído a Juan.

—Puedo coger yo el volante, señor Chicoy. Está cansado. Ya lo llevo yo si quiere.

—No, gracias, Kit, tú has hecho suficiente ya.

—Pero no estoy cansado.

—Estoy bien, no pasa nada.

Mildred veía el perfil de Juan, recortado sobre la carretera iluminada. «Me pregunto cuánto puedo hacer que me cunda este día. Me tendré que agarrar a él como a un palo de caramelo de menta, hasta que venga otro igual de bueno».

Entre el golpeteo y los botes del autobús, el señor Pritchard estaba atento a la respiración de Van Brunt. Apenas podía distinguir su rostro contra el fondo del asiento. Se dio cuenta de que odiaba a aquel hombre por estar muriéndose. Examinó con asombro aquel odio que sentía. Se le ocurrió que podría estrangular fácilmente a aquel individuo y acabar de una vez.

—¿Pero qué clase de engendro estoy hecho? —dijo en voz alta—. ¿De dónde salen estos horrores que llevo dentro? ¿Me estoy volviendo loco? Quizá haya estado trabajando demasiado. Puede que sea una crisis nerviosa.

Acercó la cara al enfermo para asegurarse de que no se le había cortado la respiración. Se iba a magullar de mala manera el paladar allí donde tenía apoyado el palo. Oyó que algo se movía a su lado y vio que Ernest Horton había vuelto a ocupar el asiento de al lado.

—¿Quiere que le releve?

—No —respondió el señor Pritchard—. Creo que no hay problema. ¿Qué cree que le pasa?

—Es un ataque de apoplejía. No fue mi intención arremeter contra usted antes. Estaba nervioso, nada más.

—Un mal día, eso es todo. Cuando las cosas se ponen feas, mi mujer dice: «Algún día miraremos atrás y nos reiremos de esto».

—Pues sí, es bueno ver así las cosas si uno es capaz —respondió Ernest—. Estaré en el Hollywood Plaza por si decide llamarme. O llame al apartamento alguna noche... a ese número que le di.

—Voy a estar muy ocupado, me temo. Pero me gustaría que se pasara por la planta alguna vez. Quizá aún podamos hacer algún negocio.

—Quizá sí.

Norma ocupaba ahora el asiento de la ventana, y Camille iba a su lado. Norma tenía el codo apoyado en el marco de la ventanilla y la mirada puesta en la oscuridad cambiante. Había una pequeña franja de cielo más claro rodeando el extremo de una gran nube oscura que se cernía sobre las montañas al oeste, y luego a medida que la nube se disipaba fue quedando al descubierto el lucero de la tarde, nítido, firme y reluciente.

—Estrella, estrellita, la primera que esta noche veo, ojalá me concedas hoy el deseo que hoy deseo.

Camille se volvió, adormilada.

—¿Qué has dicho?

Norma guardó silencio un momento. Luego preguntó dulcemente:

—Entonces, ¿ya veremos?

—Eso es, ya veremos.

Por delante y un poco a la izquierda, apareció un racimo de luces, pequeñas luces que parpadeaban a lo lejos, solitarias y perdidas en la noche; luces remotas, frías y vacilantes que pendían de cadenas.

Juan se volvió hacia los pasajeros y anunció:

—Allá adelante está San Juan.

ÍNDICE

Esta edición de *El autobús perdido*, compuesta en
tipos AGaramond 12/15 sobre papel offset Natural de Torras de 80 g,
se acabó de imprimir en Salamanca el día 15 de septiembre de 2025,
aniversario de la muerte de Thomas Wolfe

Biblioteca John Steinbeck

Los crisantemos

Viajes con Charley

El invierno de mi desazón

El autobús perdido